MANESSE BIBLIOTHEK DER WELTLITERATUR

KENNETH GRAHAME

DAS GOLDENE ZEITALTER
TRAUMTAGE

Übersetzung aus dem Englischen
und Nachwort
von Meret Ehrenzeller

MANESSE VERLAG
ZÜRICH

Titel der englischen Originalausgaben:
«The Golden Age», London 1895
«Dream Days», London 1898

CIP-Titelaufnahme der Deutschen Bibliothek

Grahame, Kenneth:
Das Goldene Zeitalter. Traumtage / Grahame Kenneth.
Übertr. aus d. Engl. u. Nachw. von Meret Ehrenzeller.
Zürich: Manesse Verlag, 1988
(Manesse Bibliothek der Weltliteratur)
Einheitssacht.: The golden age <dt.>.
Einheitssacht. d. beigef. Werkes: Dream days <dt.>
ISBN 3-7175-1722-8 Gewebe
ISBN 3-7175-1723-6 Ldr.

NE: Grahame, Kenneth: [Sammlung <dt.>]

DAS GOLDENE ZEITALTER

Prolog: Die Olympier

Wenn ich heute auf jene alten Tage zurückblicke, ehe noch das Tor hinter mir zugefallen war, merke ich, daß für Kinder, mit den richtigen Eltern ausstaffiert, diese Dinge anders ausgeschaut hätten. Aber wem Onkel und Tanten die nächsten Angehörigen sind, muß eine besondere Geisteshaltung zugestanden werden. Zwar behandelte man uns, was die Bedürfnisse des Fleisches anging, anständig, im übrigen aber mit Gleichgültigkeit (einer Gleichgültigkeit, die ich mir heute nur aus einer gewissen Dummheit erklären kann), in der weit verbreiteten Meinung eben, ein Kind sei lediglich so etwas wie ein Tierchen. Ich erinnere mich, daß ich schon ganz früh, sachlich und gelassen, das Vorhandensein dieser Dummheit und ihren wichtigen Einfluß auf die Welt bemerkte; gleichzeitig wuchs in mir, wie im ähnlich gelagerten Fall von Caliban und Setebos[1], die Ahnung einer Herrschermacht, die, willkürlich und launenhaft, die unmöglichsten Einfälle haben konnte – «nur weil es ihr so beliebte»: in unserm Fall die Übergabe der Befehlsgewalt an diese hoffnungslos unfähigen Wesen. Wenn man sie doch wahrhaftig vernünftiger uns über sie verliehen hätte. Diese Erwachsenen, die ja nur durch eine Laune des Zufalls die Überlegenen waren, erweckten in uns keinen Respekt, höchstens eine Art Neid, weil sie Glück gehabt hatten, und Mitleid, weil sie so gar nichts damit anzufangen wußten. Das war überhaupt das Hoffnungslose an ihrer Wesensart (wenn wir, was nicht oft vorkam, einen Gedanken an sie verschwendeten), daß sie trotz ihrer völligen Freiheit, das Leben zu genießen, so wenig davon hatten. Den ganzen Tag hätten sie im Teich planschen, Hühnern nachjagen, ja selbst in den ungeeignetsten Sonntagskleidern auf Bäume klettern können; ihnen stand es frei, am hellichten Tag Schießpulver kaufen zu gehen, Kanonen abzufeuern und auf dem Rasen Minen explodieren zu lassen; doch taten sie nichts von alledem. Keine unwiderstehliche Gewalt trieb sie sonntags zur Kirche, doch gingen sie regelmäßig aus freien Stücken, obwohl sie dabei keine größere Begeisterung zeigten als wir.

Im großen ganzen schien das Dasein dieser Olympier jeglichen Inhalts zu entbehren, wie ja auch ihre Bewegungen langsam und gemessen und ihre Gewohnheiten stereotyp und sinnlos waren. Außer für Äußerlichkeiten waren sie für alles blind. In ihren Augen lieferte der Obstgarten (dieser herrlich verwunschene Elfengrund!) einfach soundso viele Äpfel und Kirschen – oder eben nicht, wobei das Versagen der Natur nicht selten uns in die Schuhe geschoben wurde. Nie setzten sie einen Fuß in den Tannwald oder ins Haselgebüsch, noch träumten sie von den darin verborgenen Wundern. Die geheimnisvollen Quellen, Quellen wie beim alten Nil, die den

Ententeich speisten, hatten für sie nichts Zauberhaftes. Sie hatten kein Gespür für Indianer, und Büffel oder Piraten (mit Pistolen!) bereiteten ihnen keine Sorgen, obwohl es in unserer Gegend von ihren Spuren wimmelte. Sie machten sich nichts daraus, Räuberhöhlen zu erforschen oder nach verborgenen Schätzen zu graben. Am Ende war es vielleicht einer ihrer besten Charakterzüge, daß sie die meiste Zeit muffig im Hause verbrachten.

Die einzige Ausnahme war in dieser Beziehung der Pfarrvikar. Ohne mit der Wimper zu zucken, nahm er zur Kenntnis, daß die Wiese hinter dem Obstgarten eine Prärie mit Büffelherden sei, die wir, begleitet von blutrünstigem Gebrüll, mit Mokassins und Tomahawks ausgestattet, niederreiten wollten. Er lachte und spottete nicht, wie es die Olympier getan hätten, sondern wurde ernsthaft erregt und steuerte so viele wertvolle Ratschläge zum Jagen gerade dieser Großwildart bei, daß uns schien, er hätte wohl kaum ein so reifes Alter und eine so hervorragende Stellung erreichen können, ohne praktische Erfahrung mit Tieren und ihren angestammten Lagerplätzen zu besitzen. Er war auch stets bereit, sich auf Abruf als feindliche Armee oder plündernde Indianerbande zur Verfügung zu stellen: kurzum, ein bemerkenswert fähiger Mann, mit Talenten, die, so wie wir das beurteilen konnten, weit über das Übliche hinausgingen. Ich nehme an, er ist inzwischen Bischof geworden. In unsern Augen besaß er alle Voraussetzungen dazu.

Diese merkwürdigen Leute hatten manchmal Besuch – steife, farblose Olympier wie sie, ebenso interesselos und ohne vernünftige Beschäftigung: aus den Wolken tauchten sie auf und verschwanden wieder, um ihr nichtsnutziges Dasein jenseits unseres Horizonts weiterzuführen. Uns widerfuhr dann erbarmungslos rohe Gewalt. Wir wurden eingefangen, gewaschen, in saubere Kragen gezwängt und fügten uns, wie gewohnt, wortlos, eher verächtlich als erzürnt. Bald saßen wir da, mit pomadisiertem Haar, das Gesicht zu einem konventionellen Grinsen verzogen, und hörten uns die üblichen Gemeinplätze an. Wie konnten vernünftige Leute nur derart ihre kostbare Zeit vertun? Das fragten wir uns immer von neuem, wenn wir endlich in die alte Lehmgrube hinausstürzten, um Töpfe zu machen, oder zur Bärenjagd in den Haselsträuchern.

Wir konnten es einfach nicht fassen, daß diese Olympier über unsere Köpfe hinweg – während der Mahlzeiten zum Beispiel – über irgendeine gesellschaftliche oder politische Nichtigkeit sprachen und sich einbildeten, es handle sich bei diesem fahlen Abklatsch der Wirklichkeit um etwas Lebenswichtiges. Wir Illuminati, die wir schweigend aßen und deren Köpfe voller Pläne und Verschwörungen steckten, hätten ihnen etwas über das wirkliche Leben erzählen können! Wir hatten es draußen gelassen und brannten darauf, zu ihm zurückzukehren. Natürlich verschwendeten wir unsere Erkenntnis nicht an sie: die Nutzlosigkeit des Unterfangens war uns längst klar. Beseelt von den gleichen Vorstellungen und verbunden durch die Notwendigkeit, uns gegen dasselbe feindliche Schicksal zu wehren, gegen eine Macht, die ewig gegen uns war und vor der wir uns gemeinsam drückten, hatten wir keine andern Verbündeten als uns selbst. In Wirklichkeit standen uns diese merkwürdigen, blutarmen Wesen ferner als die guten Tiere, die unser natürliches Leben in der Sonne teilten. Die Entfremdung wurde durch die ungerechte Art, mit der man uns stets behandelte, noch verstärkt; denn die Olympier dachten nie daran, sich zu rechtfertigen, etwas zurückzunehmen, einen Fehler zuzugeben und uns die gleichen Zugeständnisse zu machen. Als ich zum Beispiel die Katze aus einem Fenster oben hinauswarf (obwohl ich es nicht böse meinte und der Katze auch nichts geschah), gab ich meinen Fehler, wie es sich für einen Gentleman gehört, nach kurzer Überlegung bereitwillig zu. Aber hatte es damit sein Bewenden? Beileibe nicht! Und als Harold einen ganzen Tag lang in sein Zimmer gesperrt wurde, weil er angeblich das Schwein eines Nachbarn angegriffen hatte – eine Tat, die er schmählich von sich gewiesen hätte, da er mit dem betreffenden Schwein sehr gut auskam –, gab es keine artige Reuebezeigung, als man den wahren Schuldigen entdeckt hatte. Was Harold zu schaffen machte, war nicht so sehr der Zimmerarrest – er war ja auch mit Hilfe seiner Verbündeten bald durchs Fenster entkommen und gerade rechtzeitig zu seiner Freilassung zurückgekehrt – als die Haltung der Olympier. Ein Wort hätte alles wieder in Ordnung gebracht, aber dieses Wort fiel natürlich nie.

Freilich, die Olympier sind alle dahin! Irgendwie scheint die Sonne nicht mehr so hell wie einst; die weglosen Wiesen von früher sind zusammengeschrumpft und bis auf ein paar erbärmliche Aren verschwunden. Ein trüber Gedanke, ein dunkler Verdacht steigt in mir auf. *Et in Arcadia ego* – ich lebte doch einmal in Arkadien. Kann es sein, daß auch ich ein Olympier geworden bin?

Ein freier Tag

Ein mächtiger Wind hatte sich erhoben und jagte heulend daher – der Herr des Morgens. Die Pappeln schwankten und bogen sich unter ächzendem Krachen; das dürre Laub flog auf und wirbelte in die Luft, und der reingefegte Himmel schien von einem Schwirren erbebt wie eine Riesenharfe. Es war ein erstes Frühlingserwachen. Die Erde lächelte und reckte sich im Schlaf, und alles hüpfte und pulste im Einklang mit der sich regenden Riesin. Vor uns lag ein ganzer freier Tag, ein Geburtstag war der Anlaß – wessen, spielt keine Rolle. Jemand von uns hatte unter den üblichen hübschen Reden Geschenke erhalten und erglühte in einem heldischen Gefühl, das nicht weniger süß ist, wenn man nichts getan hat, um es zu verdienen. Aber der freie Tag galt für alle, so gut wie die Wonnen der erwachenden Natur, die mannigfachen Freuden im Freien mit Pfützen und Sonne und Hecken zum Durchschlüpfen, die für alle da waren. Wie ein Füllen rannte ich über die Wiesen und vollführte Luftsprünge angesichts der mir aufmunternd zulachenden Natur. Der Himmel über mir war vom klarsten Blau; die großen Wasserlachen, welche die Regengüsse des Winters zurückgelassen hatten, warfen die Farbe getreu und leuchtend zurück, und die linde Luft war erfüllt von einem belebenden Hauch, der in meiner eigenen kleinen Person, wie in der ersten Primel an geschützter Stelle, etwas zu entfachen schien. Ich rannte in die übermütige, sonnendurchflutete Welt hinaus, frei von Schulstunden, frei von Zucht und Strafen, mindestens für einen Tag. Meine Beine liefen ganz von selbst, und wenn ich auch hinter mir schwach und schrill meinen Namen rufen hörte, so gab es für mich kein Halten mehr. «Das war nur Harold», sagte ich mir, «und wenn seine Beine auch kürzer waren als meine, so taugten sie selbst für einen längeren Wettlauf als diesen.» Da hörte ich den Ruf von neuem, schwächer diesmal und mitten drin kläglich abbrechend. Ich erkannte Charlottes flehentliche Stimme und hielt an.

Schon keuchte sie heran und warf sich neben mir ins Gras. Keinem von uns war es ums Reden; die Daseinswonne an diesem vollkommenen Morgen mit seinem Glanz genügten ganz und gar.

«Wo ist Harold?» fragte ich schließlich.

«Ach, der spielt wieder einmal Brötchenmann», sagte Charlotte ungehalten. «Wie kann man nur an einem ganzen freien Tag Brötchenmann sein wollen!»

Gewiß war es eine sonderbarer Marotte; aber Harold, der sich seine eigenen Spiele erfand und ohne fremde Hilfe spielte, ritt ein neues Steckenpferd immer verbissen, bis er es endgültig zu Tode geritten hatte. Gegenwärtig war er eben Brötchenmann, ging Tag und Nacht treppauf und -ab, bimmelte eine lautlose Glocke und bot unsichtbaren Passanten nicht vorhandene Brötchen an. Das scheint ein kläglicher Zeitvertreib zu sein; und doch: durch selbsterbaute belebte Straßen zu gehen, ständig eine nur in der Vorstellung existierende Glocke zu schwingen und selbstgemachte Brötchen aus Luft einer selbsterschaffenen, geschäftig drängenden Menge anzubieten – das Spiel hatte etwas für sich, das ließ sich nicht leugnen, wenn es auch nicht recht zu diesem strahlenden, windgepeitschten Morgen passen wollte.

«Und Edward, wo steckt er?» fragte ich weiter.

«Der geht die Straße entlang», antwortete Charlotte. «Wenn wir kommen, versteckt er sich im Straßengraben, um sich als Graubär auf uns zu stürzen; aber du darfst nicht verraten, daß ich dir's erzählt habe, es soll eine Überraschung sein.»

«Schon gut», sagte ich großmütig, «lassen wir uns also überraschen!» Aber selbst einen Graubären empfand ich an einem Tag wie dem heutigen als fehl am Platz und vulgär.

Kein Zweifel, da stürzte sich eindeutig ein Bär auf uns, als wir in die Straße einbogen; darauf folgten Schreie, Brummen, Revolverschüsse und unerhörter Heldenmut, bis Edward endlich auf die Seite zu rollen und zu sterben geruhte, ein großer, grimmiger Klotz, ein Bär ganz und gar. Es war eine ausgemachte Sache, daß wer immer sich die Bärenrolle zulegte, am Ende unweigerlich sterben mußte, selbst wenn er der Älteste war; sonst wäre das Leben nichts als Kampf und

Gemetzel gewesen und die Eichelzeit hätte unsere hart errungene Zivilisation verdrängt. Nachdem der kleine Zwischenfall zu allgemeiner Zufriedenheit geendet hatte, schlenderten wir die Straße dahin und lasen unterwegs den saumseligen Harold auf, der jetzt keine Brötchen mehr hatte und wieder normal und ansprechbar war.

«Was würdet ihr machen», fragte Charlotte, deren Gedanken immer von ihrer jeweiligen Lektüre beherrscht wurden, bis sie sie bis zum letzten Tropfen ausgesaugt hatte und beiseite warf, «was würdet ihr machen, wenn ihr zwei Löwen auf der Straße sähet, auf jeder Seite einen, und ihr wüßtet nicht, ob sie angekettet wären oder nicht?»

«Was machen?» rief Edward heldenmütig. «Ich würde ... ich würde ... ich würde ...», sein großmäuliges Gestammel erstarb in einem Gemurmel: «Weiß nicht, was ich machen würde.»

«Ich würde gar nichts machen», bemerkte ich nach einiger Überlegung, und zu einem gescheiteren Schluß war auch kaum zu kommen.

«Wenn es soweit käme, etwas zu machen», bemerkte Harold nachdenklich, «da würden die Löwen alles machen, was es zu machen gäbe, nicht wahr?»

«Wenn es aber liebe Löwen wären», meldete sich Charlotte, «dann wüßten sie: tue mir, wie ich dir.»

«Ja, aber wie willst du einen lieben Löwen von einem bösen unterscheiden?» gab Edward zu bedenken. «Das steht in keinem Buch, und alle Löwen sehen gleich aus.»

«Überhaupt gibt es gar keine lieben Löwen», sagte Harold knapp.

«O doch, sehr viele sogar», widersprach ihm Edward. «In den Geschichtenbüchern sind fast alle Löwen lieb. Denk nur an den Löwen des Androclus und den Löwen des heiligen Hieronymus und... und... und an den Löwen und das Einhorn...[2]»

«Der jagte aber das Einhorn durch die ganze Stadt», gab Harold zu bedenken.

«Das beweist ja gerade, daß es ein lieber Löwe war», trumpfte Edward auf. «Aber die Frage ist, wie kann man ihnen das ansehen?»

«Ich würde Martha fragen», sagte Harold in seinem Kinderglauben.

Edward schnaubte verächtlich und wandte sich an Charlotte. «Also los», sagte er, «spielen wir einfach Löwen! Ich renne zu jener Ecke und bin der Löwe – ich bin zwei Löwen, einer auf jeder Seite der Straße –, und ihr kommt daher und wißt nicht, ob ich angekettet bin oder nicht, und das ist gerade der Witz!»

«Nein danke», sagte Charlotte bestimmt, «dann bist du angekettet, bis ich ganz nahe komme, und dann bist du doch nicht angebunden und reißt mich in Stücke und machst mir den Rock schmutzig, und am Ende tust du mir noch weh. Ich kenne deine Löwen!»

«Nein, auf Ehrenwort nein», beteuerte Edward. «Diesmal werde ich ein ganz neuartiger Löwe sein – wie du ihn dir überhaupt nicht vorstellen kannst.» Und schon rannte er auf seinen Posten. Charlotte war unschlüssig – dann machte sie sich zögernd auf, und ihr kecker Alltagsschritt verwandelte sich zusehends in den schleppenden Gang der Pilger aller Zeiten. Bei ihrem Näherkommen schwoll der Zorn des Löwen fürchterlich an, und sein Gebrüll ließ die Luft erbeben. Ich wartete, bis die beiden ganz in ihrem Spiel aufgingen, und schlüpfte dann von der Landstraße durch die Hecke auf die weiten, offenen Wiesen. Nicht daß ich hätte ungesellig sein wollen, und es war auch nicht, weil ich Edwards Löwen bis zum Überdruß kannte; aber der Gefühlssturm und der Ruf des himmlischen Morgens brausten in meinem Blut. Erde zu Erde! Das war die eindeutige Botschaft, der fröhliche Lockruf des Tages, und Menschenrede und Kinderspiel wirkten nur störend in ihrer Gekünsteltheit, jetzt wo die freundliche Natur ihr Schweigen brach und aus voller Kehle ein Lied sang, das einen im Innersten aufwühlte. Die Luft war Wein, der feuchte Erdgeruch war Wein, der Gesang der Lerche, die Schwaden vom Kuhstall dort oben im Feld, das Keuchen und der Rauch der Eisenbahn in der Ferne – alles war Wein, oder soll ich sagen ein Lied? Oder verschmolz dies alles zu einem Duft? Ich hatte damals keine Worte, um dieses drängende Leben zu beschreiben, das da der Erde entströmte und das ich so deutlich spürte, noch habe ich bis heute Worte dafür finden können. Seitwärts hüpfte ich dahin und schrie dazu; meine Absätze gruben sich lustvoll in den glucksenden Boden; mit einem Stock spritzte ich aus Pfützen Diamanttropfen; wild schleuderte ich Erdklumpen himmelwärts, und ohne es zu merken, begann ich zu singen. Die Worte ergaben keinen Sinn, waren ein albernes Gestammel, die Melodie aus dem Stegreif ein unbeholfenes, unrhythmisches, steigendes und fallendes Geleier; doch empfand ich es als echten Ausdruck meiner Stimmung und dem Augenblick einzig angemessen. Menschen hätten es höhnisch verworfen. Die Natur aber, wo alles auf die gleiche Weise eingestimmt war, verstand mein Lied und ließ es vorbehaltlos gelten.

Die ganze Zeit hörte der Wind nicht auf, mir von dorther, wo er die Baumwipfel schüttelte und umbrauste, gesellig zuzurufen. «Nimm mich zum Führer heute!» schien er zu locken. «Sonst bist du an freien Tagen der sturen, eingleisigen Sonne nachgezogen, bis du beim Bummeln von der Nacht überrascht wurdest und die müden Füße nur mit dem bleichen, gleichgültigen Mond als Gefährten heimschleppen mußtest. Warum soll heute nicht ich es sein, der Schalk, der Gaukler? Ich, der um alle Ecken fegt und braust, sich duckt und drückt, um dann von neuem loszubrechen. Ich kann dich die besten und ausgefallensten Tänze lehren; denn ich bin der große Schelm, der Anführer der Spaßmacher, und als einziger anerkenne ich keine Regeln und gehorche keinem Gesetz.» Die Stimmung des Burschen entsprach nur allzu genau meiner eigenen; lag nicht ein ganzer freier Tag vor mir? So zogen wir los, Arm in Arm sozusagen, und vertrauensvoll folgte ich dem hüpfenden, überzwerchen Lauf, den mein entfesselter Führer für mich ersann.

Als wunderlichen Gefährten sollte ich ihn noch kennenlernen. War es aus Spaß oder steckte mehr dahinter, daß er mich ausgerechnet zu einem Liebespaar führte, das über einen diskreten wachsamen Zauntritt hinweg wortlos Aug in Auge verharrte? Sonst kam mir so etwas als Gipfel der Lächerlichkeit vor. Wenn zwei Kälber durch ein Gatter hindurch ihre Nasen aneinander rieben, war das natürlich, richtig und in Ordnung; aber daß vernünftige Menschen, mit wichtigen Geschäften und wirklichen Aufgaben, die allenthalben winkten, sich so benahmen! Da konnte man sich nur schämen, machen, daß man vorbeikam, und nicht mehr daran denken. An diesem Morgen aber schien alles seine Berechtigung zu haben und sich dem Zauber in der Luft zu fügen. Zu meinem eigenen Erstaunen betrachtete ich die albernen beiden mit Wohlwollen statt mit Verachtung, als ich unbemerkt an ihnen vorbeiging. So waltete wirklich überall ein versöhnender Geist und brachte selbst derartige Possen mit dem Knospen und Sprießen und dem allgemeinen Übermut in Einklang.

Ein leichter Stoß meines unberechenbaren Gefährten gegen meine rechte Wange ließ mich eine andere Richtung einschlagen, und bald kam abseits in einem Kreis von Ulmen die Dorfkirche in Sicht. Aus dem Fenster der Sakristei strampelten zwei kurze Beine und versuchten vergeblich, Fuß zu fassen. Ihr Gezappel ließ auf Diebstahl, wenn nicht sogar auf Kirchenschändung schließen: ein gotteslästerlicher Anblick für einen treuen Anhänger der Kirche. Zwar sah ich nur die Beine, diese aber waren mir wohlbekannt und gehörten üblicherweise zu Bill Saunders, dem berüchtigten Dorfschlingel. Welche Beute ihn lockte, konnte ich leicht erraten; ich wußte, daß sich der Pfarrer in einem Schrank neben seinen kirchlichen Gewändern auch einen Vorrat an Keksen hielt. Einen Augenblick lang war ich unschlüssig; dann ging ich weiter. Das soll nicht heißen, daß ich für Bill Partei ergriffen hätte, aber ebensowenig stand ich auf seiten des Pfarrers, und etwas an diesem ausgelassenen Morgen schien zu besagen, daß Bill vielleicht gleich viel Recht auf die Kekse habe wie der Pfarrer und sie ihm erst noch besser schmecken würden. So oder so war es eine heikle Frage und ging mich nichts an. Der Natur, mit der ich im Bunde stand, war es ziemlich gleichgültig, wer auf der Welt die Kekse bekam, und es wäre sicher nicht in ihrem Sinn gehandelt gewesen, wenn ein Freund von ihr seine Zeit damit verschwendet hätte, für die Gesellschaft die Polizistenrolle zu übernehmen.

Wieder drängte und zerrte mich mein Führer vorwärts, und als ich ihm folgte, war ich sicher, daß er noch mit weiteren festtäglichen Überraschungen aufwarten wollte. So war es auch; und alles gehorchte der gleichen regellosen Melodie. Wie eine schwarze Piratenflagge schwebte ein Habicht bedrohlich im Meer des Himmels und schoß dann lotrecht auf die Hecke hinab, aus der dünn und schrill ein jammervolles Quietschen ertönte. Als ich zur Stelle kam, deuteten nur einzelne Federn – wie verwehte Theaterzettel – auf die Tragödie hin, die sich eben abgespielt hatte. Die Natur jedoch lächelte und sang weiter, erbarmungslos, heiter, unbeteiligt. Für sie, die nicht Partei ergriff, hatte der Habicht die gleiche Daseinsberechtigung wie der Buchfink. Beide waren ihre Kinder, und sie zog keines vor.

Beim Weitergehen stieß ich mitten auf dem Weg auf einen toten Igel – was sage ich tot, er war ausgesprochen in Verwesung, ein jämmerlicher Anblick für einen, der den Burschen in rühriger er Verfassung gekannt hatte. Die Natur hätte zumindest kurz innehalten können; eine einzige Träne hätte sie ihrem kleinen stachligen Sohn nachweinen und über seine vereitelten Pläne, sein vergebliches Streben und sein so plötzlich abgeschnittenes nützliches Leben vergießen können. Aber nichts da! Jubilierend wie vordem setzte sie ihr rauschendes Lied fort, «Tod im Leben» und «Leben im Tod» wechselten sich im Kehrreim ab. Und als ich mich umblickte und auf dem Boden die angeknabberten Rüben umherliegen sah, denen die Schafe an den vergangenen Frosttagen das Herz ausgebissen hatten, stieg in mir eine Ahnung von der Unerbittlichkeit ihres trutzigen Gesangs auf.

Mein unsichtbarer Gefährte sang ebenfalls, nicht ohne dabei manchmal verschmitzt in sich hineinzulachen – wohl beim Gedanken an die sonderbaren neuen Lehren, die er mir erteilte; vielleicht aber auch, weil er noch einen ganz besondern Schabernack mit mir vorhatte. Denn als er schließlich solch unbedeutender, erdgebundener Gesellschaft müde wurde, stellte er mich an einer mir wohlbekannten Stelle ab; er ließ nach, fiel in sich zusammen und löste sich in nichts auf. Ich blickte auf, und vor mir stand drohend der flechtenüberzogene alte Schandpfahl des Dorfes; rundum waren die Initialen einer Generation eingeritzt, die seine stumme Warnung in den Wind schlug, aber daneben sah man auch die Spuren der schweren rostigen Fesseln, mit denen die Vorfahren dieser Generation an den Handgelenken angekettet worden waren, wenn sie es gewagt hatten, sich über Recht und Ordnung hinwegzusetzen. Wäre ich ein kleiner Laurence Sterne gewesen, so hätte sich hier die Gelegenheit zu einem empfindsamen Erguß geboten![3] So aber konnte ich nur mit eingezogenem moralischen Schwanz nach Hause eilen, denn wenn ich einen Blick zurückwarf, überkam mich das unbehagliche Gefühl, daß mich mein Freund nicht zufällig gerade hier abgesetzt hatte.

Vor unserm Gartentor fand ich Charlotte allein und in Tränen. Wie sich herausstellte, hatte sie sich von Edward dazu überreden lassen, sich zu verstecken, natürlich in der sicheren Erwartung, gefunden zu werden, wobei er sich wild hätte auf sie stürzen müssen; er aber war des Fleischerwagens ansichtig geworden und, ohne an seine Verpflichtungen zu denken, davongestürzt, um mitzufahren. Harold, so stellte sich weiter heraus, der Kaulquappen gegenüber immer schwach wurde, hatte im Übereifer das Gleichgewicht verloren und war in den Teich gefallen. An sich wäre das nicht schlimm gewesen, aber als er sich durch die Hintertür ins Haus schleichen wollte, fiel seine mit Wasserlinsen behangene Person in die Hände einer Tante, und er wurde schnurstracks zu Bett geschickt; und das, an einem freien Tag, war nun wirklich arg. Die Moral des Schandpfahls bewahrheitete sich, und ich war nicht im geringsten überrascht, als ich beim Heimkommen ergriffen und einer Missetat bezichtigt wurde, die mir gar nie eingefallen wäre. Und in meiner jetzigen Geistesverfassung konnte ich nur wünschen, ich hätte sie begangen.

Ein reingewaschener Onkel

Es war in unserm Kinderleben ein Ereignis, wenn wieder einmal ein weiterer Onkel aus der Stadt kam und seine charakterlichen Eigenschaften (wenn auch nichtsahnend) unserer kritischen Begutachtung unterzog. Frühere Onkel waren gewogen und – ach – viel zu leicht befunden worden. Da war Onkel Thomas – eine Niete von Anfang an. Nicht daß er uns böse gesinnt gewesen wäre; noch waren seine Gewohnheiten derart, daß er sich damit in anständiger Gesellschaft nicht hätte zeigen dürfen; aber er war der unverbesserlichen Meinung, die Daseinsberechtigung eines Kindes bestehe darin, einfältigen Erwachsenenscherzen als Zielscheibe zu dienen, wobei aber nur aus dem schallenden Gelächter, das sie begleitete, die scherzhafte Absicht zu erraten war. Wir wollten ihm trotzdem Gerechtigkeit widerfahren lassen und versammelten uns zu dem Behuf zwischen Frühstück und Unterrichsbeginn im Werkzeugschuppen, um in aller Ruhe, kritisch und sachlich, alle seine Witzeleien im einzelnen durchzudiskutieren und zu prüfen. Der Fall war hoffnungslos! Wir konnten kein Körnchen Salz darin entdecken. Und da nur echter Humor Onkel Thomas hätte retten können – denn auf etwas anderes erhob er keinen Anspruch –, wurde er, ungern zwar, als hoffnungloser Hochstapler abgeschrieben.

Onkel George, der Jüngste, war eindeutig vielversprechender. Gut gelaunt begleitete er uns durch Haus und Hof, ließ sich jeder Kuh einzeln vorstellen, streckte dem Schwein kameradschaftlich die Rechte entgegen und tönte sogar an, daß demnächst aus der Stadt – ganz unerwartet – ein Paar rotäugige Himalajakaninchen eintreffen könnten. Wir überlegten eben, ob auf diesem günstigen Boden eine beiläufig hingeworfene Bemerkung über die bewährten Eigenschaften der Meerschweinchen und Frettchen nicht möglicherweise Blüten treiben und Früchte tragen könnte, als unsere Gouvernante auf dem Plan erschien. Onkel Georges Benehmen erfuhr schlagartig eine höchst unwürdige Veränderung. Sein Interesse an vernünftigen Themen ließ nach und versiegte wie ein versickerndes Rinnsal, und obwohl Miss Smedley vorgeblich Selina zu ihrem gewohnten Spaziergang abholen wollte, kann ich bezeugen, daß Selina ihren Morgen mit dem Wildhüterjungen und mir auf Rattenjagd verbrachte, während Miss Smedley bei ihrem Spaziergang allem Anschein nach mit Onkel George vorliebnehmen mußte.

Aber wenn wir für sein Betragen auch nur Verachtung übrig hatten, wollten wir ihn doch nicht vorschnell verurteilen. Wir erörterten seinen Abfall in seiner ganzen Tragweite und kamen schließlich zu dem traurigen Befund, daß dieser Onkel eine angeborene Charakterschwäche und einen Hang zu schlechter Gesellschaft haben mußte. Wir, die aus täglicher Erfahrung Miss Smedley bestens kannten, wußten nur zu gut, daß sie ein unbegabtes, reizloses Wesen war und sich außer durch ihre ureigene Bösartigkeit und Launenhaftigkeit überhaupt durch nichts auszeichnete. Sie wußte zwar die Daten der englischen Könige auswendig; aber was konnte das Onkel George nützen, da er doch schon in der Armee war und folglich dieses Schulstubenwissen nicht mehr nötig hatte? Unsere Pfeile und Bogen dagegen standen ihm frei zur Verfügung; da hätte ein Soldatenherz bei der Wahl keinen Augenblick zögern dürfen. Nein, Onkel George war in Ungnade gefallen und wurde einstimmig verdammt. Daß die Himalajakaninchen nicht kamen, war nur noch ein weiterer Nagel zu seinem Sarg. Mit Onkeln ließ sich also derzeit nicht viel Staat machen, das Marktgeschehen war flau und matt und die Tendenz lustlos. Dennoch waren wir uns einig, daß Onkel William nun, der eben aus Indien zurückgekehrt war, so unvoreingenommen wie die andern beurteilt werden sollte, besonders da man nicht wissen konnte, was an romantischen Möglichkeiten in einem stecken mochte, dem der märchenhafte Osten zu Füßen gelegen war.

Selina hatte mir – wie das Mädchen so tun – bei einer Balgerei im Korridor gegen die Schienbeine getreten, und ich rieb diese immer noch mit einer Hand, als die andere lahm von dem zu erprobenden Onkel geschüttelt wurde. Ein rosig aussehender älterer Herr suchte das Schütteln unserer schmutzigen Pfoten in sichtlicher Verlegenheit so schnell wie möglich hinter sich zu bringen, wurde dabei hochrot und sagte mit gekünstelter Munterkeit: «Na, da seid ihr ja alle! Hocherfreut, was?» Da wir uns zu diesem frühen Zeitpunkt füglich noch keine Meinung über ihn hatten bilden können, schauten wir einander nur schweigend an, was die Situation nicht weniger peinlich machte. In der Tat verzogen sich die Wolken während der ganzen Zeit seines Aufenthaltes nie restlos. Als wir später die Sache besprachen, äußerte einer die Vermutung, er müsse irgend einmal ein gräßliches Verbrechen begangen haben. Ich aber konnte nicht glauben, daß der Mann, auch wenn er offensichtlich nicht sehr gelöst wirkte, tatsächlich etwas auf dem Gewissen hatte; ein paarmal ertappte ich ihn, wie er uns ganz liebevoll betrachtete, aber sobald er sich beobachtet fühlte, errötete er und blickte weg.

Als die Luft endlich nicht mehr von seiner bedrückenden Gegenwart vergiftet war, kamen wir mißvergnügt im Kartoffelkeller zusammen – alle außer Harold, der abkommandiert worden war, seinen Verwandten zum Bahnhof zu begleiten –, und man war einstimmig der Ansicht, daß William als Onkel den Anforderungen nicht entsprach. Selina erklärte kurzerhand, er sei ein Scheusal, und wies darauf hin, daß er uns nicht einmal einen halben freien Tag verschafft habe. Wir wollten gerade das Urteil verkünden, als Harold auf der Bildfläche erschien; sein rotes Gesicht, die Kulleraugen und sein geheimnisvolles Gehaben ließen Schlimmes vermuten. Eine Weile stand er wortlos da; dann zog er langsam die Hand aus der Tasche seiner Knickerbocker und streckte uns auf seiner schmutzigen Hand ein – zwei – drei – vier Halbkronenstücke entgegen! Wir konnten nur staunen – stumm, atemlos und gebannt. Nie hatte eines von uns so viel geprägtes Gold aufs Mal gesehen. Dann rückte Harold mit seiner Geschichte heraus.

«Ich brachte den Alten zum Bahnhof», sagte er, «und unterwegs erzählte ich ihm alles über die Familie des Stationsvorstands und wie ich gesehen hätte, daß der Dienstmann unser Dienstmädchen küßte, wie nett der sei, gar nicht etwa eingebildet, alles eben, was ich so dachte, es könnte ihn interessieren. Aber er hörte, wie mir schien, gar nicht richtig zu, ging einfach so daher und paffte an seiner Zigarre, und einmal meinte ich – ich kann das nicht beschwören, aber ich meinte –, ich hätte ihn sagen hören: ‹Na, Gott sei Dank, das wäre vorbei!› Als wir zum Bahnhof kamen, blieb er plötzlich stehen und sagte: ‹Warte einen Augenblick!› Dann steckte er mir das hier in die Hand, ganz verstört, und sagte: ‹Schau, Junge! Die sind für dich und die andern Kinder. Kauft euch, was ihr wollt – haut einmal über die Schnur –, aber sagt den Großen ja nichts davon! Nun mach, daß du fortkommst!› Was ich mir nicht zweimal sagen ließ.»

Die Versammlung verharrte in feierlichem Schweigen, das die kleine Charlotte als erste brach. «Ich habe gar nicht gewußt», bemerkte sie träumerisch, «daß es auf der Welt so gute Menschen gibt. Hoffentlich stirbt er noch heute nacht, dann kommt er gleich in den Himmel!» Die reuige Selina aber wehklagte unter Seufzern und Tränen und war untröstlich, daß sie diesen reinherzigen Verwandten vorschnell ein Scheusal gescholten hatte.

«Ich weiß, was wir tun», meldete sich Edward, dessen überlegener Geist sich jeder Situation gewachsen zeigte. «Wir taufen das scheckige Schwein nach ihm – dasjenige, das noch keinen Namen hat. Und damit zeigen wir, daß wir unsern Irrtum bereuen!»

«Ja aber... das Schwein habe ich heute morgen schon getauft», gestand Harold schuldbewußt. «Ich taufte es nach dem Vikar. Es tut mir leid, aber gestern abend, als ihr alle früh zu Bett mußtet, kam er und übte Kricket mit mir – und da fühlte ich mich irgendwie dazu verpflichtet!»

«Ach, das zählt nicht», sagte Edward schnell, «weil wir nicht alle dabei waren. Wir enttaufen das Schwein und nennen es Onkel William. Den Vikar kannst du dir für den nächsten Wurf aufheben.»

Der Antrag wurde ohne Gegenstimme angenommen, und das Parlament bildete einen Finanzausschuß.

Warnrufe und Streifzüge

«Heute spielen wir Kavaliere und Rundköpfe[4]», schlug Harold vor, «und *du* bist ein Rundkopf!»

«Blödsinn» erwiderte ich unlustig, «das haben wir schon gestern gespielt, und es ist ohnehin nicht an mir, ein Rundkopf zu sein.» Ich war nämlich faul und hatte für den Ruf zu den Waffen taube Ohren. Wir drei Jüngeren lagen ausgestreckt im Obstgarten. Die Sonne schien heiß, es war heiterer Juni und mir war, ich hätte noch nie Butterblumen in solcher Fülle im saftigen Gras gesehen. Grün und gold war die Tonart des Tages. Statt unter Geschrei und schweißtriefend anstrengende Rollen zu übernehmen, war es viel behaglicher, fand ich, untätig dazuliegen und sich in grüngoldenen Gedanken vorzustellen, daß man aus der eigenen Haut schlüpfe und als sorgloser Faulenzer durch die goldgrüne Traumwelt ziehe. Aber der hartnäckige Harold gab nicht so leicht auf.

«Ja dann», setzte er von neuem an, «spielen wir Ritter von der Tafelrunde; und» (mit Aplomb) «*ich* bin Lancelot!»

«Ich mache nicht mit, wenn ich nicht Lancelot sein darf», sagte ich. Es war mir damit nicht richtig ernst, aber das Ritterspiel begann immer mit diesem Vorgeplänkel.

«Ach bitte!» flehte Harold. «Weißt du, wenn Edward da ist, darf ich nie Lancelot sein. Schon wochenlang bin ich nicht mehr Lancelot gewesen.»

Da war ich so anständig nachzugeben. «Also gut», sagte ich, «und ich bin Tristan.»

«Ja das geht nicht», protestierte Harold. «Charlotte ist immer Tristan gewesen. Sie macht nur mit, wenn sie Tristan sein darf. Sei diesmal ein anderer!»

Charlotte sagte nichts, atmete aber tief und blickte geradeaus. Der unvergleichliche Jäger und Harfenspieler war unter den Rittern ihr ganz spezieller Held, und eher als sie die Rolle in weniger verständnisvollen Händen gesehen hätte, wäre sie weinend ins muffige Schulzimmer zurückgegangen.

«Mir ist es gleich», sagte ich, «ich kann einen andern nehmen. Ich bin Herr Keie. Also kommt!»

Da erlebten es diese Lande wieder einmal, daß gepanzerte Ritter, auf Abenteuer aus, durch die grünen Wälder zogen, um Unrecht zu sühnen, und Räuber, fünfmal überlegen, stoben auseinander und flohen geschlagen in ihre Höhlen. Wieder wurden Jungfrauen befreit, Drachenbäuche aufgeschlitzt, und in jedem Winkel des Obstgartens wurden Riesen um sowieso überzählige Köpfe kürzer gemacht, während Palomides, der Sarazene, an der Quelle unser wartete und Ritter Breunis Saunce Pité vor dem Speerwurf aus Meisterhand, der sein Schrecken und sein Schicksal war, feige die Flucht ergriff. Wieder einmal wurden in Camelot die Turnierschranken aufgestellt, und überall glänzte es von Seide und Gold. Die Erde bebte unter den stampfenden Hufen, eschene Lanzenschäfte zersplitterten, und das Himmelsgewölbe erdröhnte, wenn Schwert und Helm aufeinanderkrachten. Das Glück des Tages blieb lange schwankend – war bald der einen, bald der andern Seite hold; bis der große Lancelot in seinem Grimm schließlich eine Bresche schlug, den Ritter Tristan aus dem Sattel hob (kein Kunststück), sich rittlings todverheißend auf sie setzte und der Ritter aus Cornwall, seinen hart errungenen Ruhm von ehedem vergessend, kläglich schrie: «Du tust mir weh, au, hör auf! Und du zerreißt mir das Kleid!» Da begab es sich, daß Herr Keie, der zu Hilfe geeilt war, in seinem Lauf innehielt, weil er plötzlich durch das Geäst der Apfelbäume in der Ferne etwas scharlachrot hatte schimmern sehen und ihm und seinen Kampfgenossen gleichzeitig das Getrappel vieler Pferde, untermischt mit Gespräch und Gelächter, an die Ohren drang.

«Was ist das?» erkundigte sich Tristan, setzte sich auf und schüttelte ihre Locken, während Lancelot den klirrenden Kampfplatz verließ und schnell zur Grenzhecke lief.

Ich stand einen Augenblick wie gebannt, dann stürzte ich mit dem Ruf «Soldaten!» zur Hecke; auch Herr Tristan rappelte sich auf und eilte uns nach.

Da kamen sie die Straße heruntergeritten, immer zwei und zwei, im Trott; scharlach flimmerte es vor den Augen, das Zaumzeug klirrte, und die Sättel knarrten, daß es eine Wonne war, während die Männer in einer Gloriole von Staub ihre kurzen Tonpfeifen rauchten, wie es zu solchen Helden paßte. In einem Wirbel berauschender Pracht rasselte und trappelte die Truppe dahin, indessen wir schrien und winkten, auf und ab hüpften und die großen, flotten Reiter unsern Gruß mit herablassender Ungezwungenheit erwiderten. Sobald sie vorbei waren, schlüpften wir durch die Hecke ihnen nach. Soldaten gab es nicht alle Tage. Etwas Derartiges hatte es seit vorletztem Winter nicht mehr gegeben, als an einem Nachmittag – ohne Laub und Farbfleck in der Eintönigkeit des aufgeweichten Brachlands und des von Frost gezeichneten Buschwerks – plötzlich die Jagdhunde mit unterdrücktem Gebell durch den Zaun brachen und die Pferdekoppel mit einem Male vom Stampfen der Hufe widerhallte und mit leuchtendem Rot gesprenkelt war. Aber das hier war noch besser, denn es verhieß Kampf und Blutvergießen.

«Gibt es jetzt eine Schlacht?» keuchte Harold und konnte vor Aufregung kaum Schritt halten.

«Ja natürlich», antwortete ich. «Wir kommen gerade recht. Beeilt euch!»

Eigentlich hätte ich es besser wissen sollen, aber eben... von Schweinen und Geflügel, unserm hauptsächlichen Umgang, war nicht viel Auskunft über den Frieden zu erwarten, der in der jüngsten Zeit unser meerumgürtetes Königreich umspülte. In den Schulstunden plagten wir uns gerade mit den Rosenkriegen ab; und erzählte man in der Gegend nicht noch viele Geschichten über die Kavaliere, die einst aus ihrem Quartier im Dorf auf eben diesen Wegen dahergesprengt waren? Das hier waren eindeutig Soldaten; was anderes als Kämpfen konnte ihre Aufgabe sein? Wir witterten die Freude einer Schlacht und folgten ihnen dicht auf den Fersen.

«Wird es Edward jetzt nicht leid tun», keuchte Harold, «daß er mit diesem blöden Latein angefangen hat?»

Auch mir kam das hart vor. Da saß Edward, der kriegerischste Geist von uns allen, in seinen vier Wänden und konjugierte lustlos *amo* (ausgerechnet!), und Selina, die beim Anblick einer roten Jacke jedesmal in Ekstase geriet, schlug sich mit der rauhen deutschen Sprache herum. «Das Alter», fand ich, «hat auch seine Tücken.»

Daß die Truppe ungehindert durchs Dorf ziehen konnte, enttäuschte uns schwer. Jedes einzelne Haus, bedeutete ich meinen Gefährten, hätte eine Schießscharte haben und sich bis zum äußersten verteidigen sollen. Aber die Soldaten trafen auf keinen Widerstand, waren überhaupt von einem Leichtsinn und einer Unvorsichtigkeit, die ans Kriminelle grenzten.

Beim letzten Haus wurde ich mir plötzlich meiner Verantwortung bewußt und wandte mich mit dem strengen Befehl zum Rückzug an Charlotte. Fügsam, aber dem Weinen nahe, schleppte sich das Jungfräulein heimwärts, wehen Herzens, weil sie an dem Tag keinen dieser strammen Kerle erschlagen sehen sollte; Harold und ich jedoch zogen unentwegt weiter in der Erwartung, daß es jeden Augenblick aus den umliegenden Hecken krachen und bleiernen Tod speien werde.

«Sind das Indianer?» fragte mein Bruder und meinte den Feind, «oder Rundköpfe oder was denn?»

Ich überlegte. Harold verlangte stets eindeutige Antworten und ließ sich nicht mit Vermutungen abspeisen.

«Indianer sind es nicht», erwiderte ich schließlich, «auch keine Rundköpfe. Es gibt hier schon lange keine Rundköpfe mehr. Es sind Franzosen.»

Harold machte ein langes Gesicht. «Na gut», sagte er, «Franzosen tun's auch; aber eigentlich habe ich auf Indianer gehofft.»

«Wenn es Indianer wären», erklärte ich, «würde ich wahrscheinlich nicht weitergehen. Denn wenn dich Indianer gefangennehmen, skalpieren sie dich zuerst, und dann verbrennen sie dich auf einem Scheiterhaufen. Franzosen dagegen tun so etwas nicht.»

«Bist du auch sicher?» fragte Harold mißtrauisch.

«Ganz sicher», erwiderte ich. «Franzosen sperren dich nur ein an einem Ort, der Bastille heißt, und dann schickt man dir in einem Laib Brot eine Feile hinein, und du sägst die Gitterstäbe durch und läßt dich an einem Seil hinunter, und alle schießen auf dich – aber sie treffen dich nicht –, und du rennst, so schnell du kannst, zum Meer hinunter und schwimmst zu einer britischen Fregatte und bist gerettet.»

Harolds Gesicht erhellte sich wieder. Das waren verlockende Aussichten. «Wenn sie uns also gefangennehmen wollen, dann ... dann rennen wir also nicht fort?» fragte er.

Jetzt dauerte es eine Weile, bis sich der feige Gegner wieder blicken ließ; vor uns lag ein fremder, abgelegener Landstrich, so wild, daß man bei einbrechender Dunkelheit mit umherstreifenden Löwen rechnen mußte. Ich hatte Seitenstechen, und Harold schlotterten beide Strümpfe um die Beine. Gerade als düstere Zweifel an dem sprichwörtlichen Mut der Franzosen in mir aufstiegen, rief der Offizier etwas, die Männer schlossen auf und fielen in Trab, und die Truppe entschwand in der Ferne unsern Blicken. Mir sank das Herz, und ein Verdacht bemächtigte sich meiner, wir seien genarrt worden.

«Gehen sie jetzt zum Angriff über?» fragte Harold, dem es verleidet war, wenn er sich auch tapfer zusammennahm.

«Ich glaube nicht», sagte ich unsicher. «Wenn sie zum Angriff übergehen, hält der Offizier immer eine Rede, und dann ziehen sie ihre Schwerter, und die Trompeten blasen und ... aber versuchen wir, eine Abkürzung zu nehmen! Vielleicht holen wir sie noch ein.»

So schlugen wir uns durch die Felder, gewannen eine andere Straße, stampften dieser entlang und dann wieder über Felder, keuchend, mit sinkendem Mut, doch immer noch auf eine Wendung zum Besseren hoffend. Die Sonne verzog sich, und ein dünner Nieselregen setzte ein; wir waren schmutzig, außer Atem, halbtot; aber wir stolperten weiter, bis wir auf eine Straße gelangten, wie ich sie so erbarmungslos abweisend und unvertraut noch nie gesehen hatte. Kein Wink, keine Andeutung eines hilfreichen Hinweises auf ihrem grausamen weißen Gesicht. Es ließ sich nicht weiter verheimlichen: wir waren rettungslos verloren. Der feine Regen fiel ohne Unterlaß, der Abend senkte sich hernieder. Es gibt wirklich Momente, wo ein Bursche weinen darf, und ich hätte auch geweint, wenn da nicht Harold gewesen wäre. Dieses Kind betrachtete einen älteren Bruder mit Fug als wahren Gott, und ich sah, daß er sich so sicher fühlte, wie wenn eine ganze Gardebrigade ihn mit aufgepflanzten Bajonetten gedeckt hätte. Ich fürchtete bloß, er werde wieder mit seiner Fragerei beginnen.

Als ich meinen hilfesuchenden Blick über die gleichgültige Natur schweifen ließ, erfüllte mich der Lärm heranrollender Räder mit neuer Hoffnung, einer Hoffnung, die sich zu Frohlocken steigerte, als ich im Gefährt, das sich näherte, den vertrauten Wagen des alten Doktors ausmachte. Wenn je ein Gott aus einer Maschine stieg, so war es dieser vom Himmel gesandte Freund, der uns erkannte, anhielt und mit einem heiteren Grußwort aus dem Wagen sprang. Harold stürzte ihm sofort entgegen. «Sind Sie dabeigewesen?» rief er. «War die Schlacht toll? Wer war der Sieger? Sind viele getötet worden?»

Der Doktor war um Antwort verlegen. Ich erklärte kurz, um was es ging.

«Ach so», sagte der Doktor mit ernster Miene, und dabei zuckte es in seinem Gesicht. «Also, fest steht, daß es heute nicht mehr zu einer Schlacht kommen wird. Sie ist wegen des Wetterumsturzes verschoben worden. Man wird euch rechtzeitig über die Wiederaufnahme der Feindseligkeiten informieren. Jetzt aber steigt ihr besser ein, und ich fahre euch nach Hause. Das hätte bald schlimm geendet. Man hätte euch ebensogut fangen und als Spione erschießen können!»

An diese besondere Gefahr hatten wir gar nie gedacht. Dieser Nervenkitzel erhöhte das Behagen noch, mit dem wir uns in die bequemen Kissen kuschelten, als es heimwärts ging. Der Doktor verkürzte uns die Fahrt mit blutrünstigen Erzählungen selbsterlebter Abenteuer im Zeltlager, da er (so wollte es scheinen) dem Ruf der Waffen in alle Weltgegenden gefolgt war. Die Zeit, die Zerstörerin alles Schönen, enthüllte in der Folge die Haltlosigkeit dieser Geschichten; aber was schadet das schon? Die Wahrheit ist nicht das Höchste, und als er uns an unserm Gartentor absetzte, waren wir mit dem Umstand, daß die Schlacht verschoben worden war, beinahe versöhnt.

Die Prinzessin wird gefunden

Es war der Tag, an dem ich einer Zahnbürste für würdig befunden wurde. Die Mädchen waren schon vorher, ungeachtet ihres Alters, in deren Genuß gekommen; warum, konnten wir Knaben nie richtig begreifen, außer daß es eben zu der ausgeklügelten Günstlingswirtschaft paßte, in der diese sowohl körperlich unterlegenen als auch (das bewies ihr Hang zum Petzen) seelisch weniger robusten Wesen bevorzugt wurden. Nicht etwa daß uns an diesen sonderbaren Geräten an sich viel gelegen wäre. Edward verwendete seines sogar zum Ausschrubben seines Frettchenkäfigs und borgte sich, wenn ein erwachsenes Auge über ihm wachte, zum persönlichen Gebrauch unbesehen das meinige oder das von Harold. Aber der Nimbus der Auszeichnung, der ihnen anhaftete – darum ging es uns. Was war Höheres noch zu erwarten, bevor man dann einst in unausdenklicher Zukunft zu einem Rasiermesser samt Streichriemen aufstieg?

Vielleicht war mir die Freude in den Kopf gestiegen, oder die Natur und der vollkommene Morgen hatten sich verbündet, um mich meine Pflicht vergessen zu lassen. Kurzum, als ich gefrühstückt und ein Kirchengebet, über das ich am letzten Sonntag gestolpert war, erfolgreich geübt hatte – es war eines ohne Rhythmus oder Alliterationen, ein mit vielen Mängeln behaftetes Gebet –, nachdem ich all das erledigt hatte, regte sich in mir der alte Adam, und während ich breitbeinig und spuckend, wie ich es dem Kutscher abgeguckt hatte, durch den Stallhof schritt, wünschte ich den Schulbetrieb zum Kuckuck. Wir hatten an diesem Morgen ohnehin nur Geographie; da war die praktische Erfahrung mehr wert als alles Bücherwissen. Ich würde jetzt in die weite Welt ziehen, und Importe und Exporte, Völker und Hauptstädte konnten mir, während ich die bunte, pulsierende Welt draußen erkundete, gestohlen bleiben.

Dazu war allerdings ein Mitverschworener erforderlich, und für gewöhnlich hätte man dabei auf Harold zählen können. Aber just damals war Harold sehr stolz. Er hatte vorige Woche mit dem Einmaleins angefangen und war mit einer neuen Schiefertafel ausgestattet worden; daran hing ein winziges Schwämmchen, mit dem wir Charlottes Puppen das Gesicht wuschen und bei ihnen eine kränkliche Blässe hervorriefen, so daß die Schwester, die Kinderkrankheiten gegenüber sehr ängstlich war und gleich den Ausbruch einer Epidemie befürchtete, in große Unruhe geriet. Was das Einmaleins anging, so wußte niemand, was das genau war, zuallerletzt Harold; aber er war uns damit einen Schritt voraus, und das war Grund genug zur Selbstbewunderung und – ganz allgemein gesagt – Wichtigtuerei. Harold also, der seine Schiefertafel und seine neue Zwangsjacke anhimmelte, kam vorderhand nicht in

Frage. Mädchen taugten für ein solches Unterfangen überhaupt nichts, da es ihnen an der nötigen Willenskraft und an der Verachtung für selbsternannte Autoritäten fehlte. So schlüpfte ich eben als rebellierender Einzelgänger durch die Hecke und machte mich auf den Weg, während die übrige gesittete Welt sich hinter die Schulbücher setzte.

Die Umgebung war die altvertraute, und doch, wie verwandelt an diesem Morgen alles war! Die verwegene Unternehmung gab allem einen neuen, ungewohnten Anstrich; das merkte ich auch an mir selber, denn sobald meine Gedanken in das tintenklecksige, muffige Schulzimmer zurückwanderten, verstärkte sich ein dumpfes Gefühl in meiner Magengrube. War das wirklich ich? Oder betrachtete ich nur von der obgesagten Schulstube aus einen andern lustigen jungen Meuterer, der sich unter der lachenden Sonne davonmachte? Wie dem auch sei, hier stand der labende Brunnen am alten Ort auf halbem Weg zum Dorf. Hierher kamen früher die Dörfler mit geschultertem Joch, um ihre scheppernden Eimer zu füllen, wobei das überschwappende Naß Würmer in den dicken Staub zeichnete. Obenauf in den Eimern schwammen flache Holzkreuze, damit, wie man uns gesagt hatte, das Wasser nicht verschütte. Wir hatten uns stets gewundert, welch merkwürdiger Zauber da wirksam sei, wer diese Kreuze als erster erfunden habe und ob er dafür geadelt worden sei. Der Brunnen war überhaupt ein geheimnisumwobener Ort, denn ganz in der Nähe gab es ein Hornissennest, und schon der bloße Gedanke daran war furchterregend. Mit Wespen kamen wir zurecht, wir verabscheuten sie und stöberten sie in ihren Schlupfwinkeln auf. Aber diese in drohendes Orange gekleideten Riesenbiester, von denen drei Stiche bekanntlich ein Pferd töten konnten, die waren von anderm Kaliber, und ihr bedrohliches Brummen mahnte zur Vorsicht und zum Rückzug. Zur Zeit störten weder Dorfbewohner noch Hornissen die Stille, offenbar herrschte überall in der Natur Schulbetrieb. Nachdem ich mich also ein bißchen am Brunnen vergnügt hatte – welcher Junge kann denn an einem Wässerchen vorbeigehen, ohne es zu trüben? –, kroch ich da, wo keine Hornissen waren, durch die Hecke und gelangte in die Stille eines Wäldchens.

Wenn der Weg schon verlassen gewesen war, so wurde hier die Einsamkeit beseelt. Hier lauerte und spähte das Geheimnis; bald haschten Dornenranken nach einem und hielten einen aus unersichtlichen Gründen fest, bald schlugen einem Schößlinge mit menschlicher Boshaftigkeit ins Gesicht. Dabei zog sich das Gestrüpp ärger in die Länge, als man es vorne vom Weg aus vermutet hätte; ich war wirklich froh, als sich der Wald lichtete und ich weiter unten ein Bächlein ins Sonnenlicht hinaussprudeln sah. Diesem heiteren Gefährten wanderte ich nach, ohne an viel anderes zu denken, als daß die Natur, die ausgiebig für Wasserratten sorgte, sinnigerweise auch nicht vergessen hatte, Steine der richtigen Größe bereitzustellen. Es gab außerdem Stromschnellen, die von Kanus und Trageplätzen, gewundene

Buchten und Wasserarme, die von Piratenhöhlen und verborgenen Schätzen erzählten – die weise Mutter hatte an alles gedacht –, bis schließlich, ich weiß nicht nach wie langer Zeit, zwar nicht dem Lauf des Wassers, aber doch mir ein fast zwei Meter hohes Drahtgitter Einhalt gebot, das bis zu einer undurchdringlichen Hecke gespannt war und mir den Ausblick verwehrte.

Nun wurde es spannend. Sicher mußte da in der Nähe eine schwarze Fahne flattern. Die Piraten verfolgten mit dieser heimtückischen Vorrichtung offensichtlich den Zweck, unsern Kanonenbooten den Weg zu versperren, wenn wir stromaufwärts flitzten und sie in ihren Schlupfwinkeln beschießen wollten. Ein Kanonenboot hätte hier tatsächlich Schwierigkeiten gehabt, so dicht war das Drahtgeflecht, so nah die Hecke. Aber ich erspähte einen Kaninchendurchschlupf unten beim Wasser; wo ein Kaninchen durchkam, konnte auch ein Junge folgen, wenn auch bäuchlings und mit einem Bein im Bach; so gelang mir der Durchbruch, und ich stand wohlbehalten drinnen. Der Anblick verschlug mir den Atem.

Nichts mehr von dorniger Wildnis, nichts von peitschendem Waldesdickicht. Statt dessen senkte sich eine Rasenterrasse nach der andern, mit Steinbalustraden und Urnen an den Ecken, sanft bis zum Bach herunter. Auch dieser war jetzt gezähmt und gesittet und ergoß sich von einem Marmorbecken ins andere, in denen es zwischen den Seerosen ab und zu rot aufblitzte und auf reglose Goldfische schließen ließ. Still und wie in Schlaf versunken lag die Szene in der brütenden Mittagssonne: ein dösender Pfau duckte sich bucklig in den Rasen, kein Fisch sprang in den Becken, kein Vogel verriet seine Gegenwart in den gepflegten, abgezirkelten Hecken. Sonnenklar, daß das endlich der verwunschene Garten Dornröschens war!

In jenen alten Tagen war ich vor zweierlei Art Menschen besonders auf der Hut: vor Wildhütern und vor Gärtnern. Da sich jedoch nirgends etwas derartig Schlimmes zeigte, setzte ich meinen Weg zwischen den üppigen Blumenrabatten fort, um die dazugehörige Prinzessin zu finden. Alle Umstände wiesen, eindeutig wie Fanfarenstöße, auf ihre Gegenwart hin; ohne diesen Mittelpunkt war eine solche Umgebung undenkbar. Ein Pavillon, goldbedacht, jasminumrankt, lockte verheißungsvoll hinter Büschen. Hier, wenn überhaupt, mußte sie ruhen. Da ich mich in den Gewohnheiten von Prinzessinnen einigermaßen auskannte, hatte mir mein Instinkt den richtigen Weg gezeigt; denn da war sie tatsächlich! Allerdings lag sie nicht in Schlaf verfallen, sondern versuchte lachend ihre Hand einem Mann zu entwinden, der neben ihr auf der Marmorbank saß. (Sie mochten beide, so denke ich jetzt, mit dem entsprechenden Abstand so um die zwanzig herum gewesen sein. Für Kinder spielen diese kleinen Unterschiede keine Rolle. Für sie teilt sich die bewohnte Welt in die zwei Hauptgruppen: Kinder und Erwachsene, wobei letztere den ersteren keineswegs überlegen sind – nur eben hoffnungslos anders. Die beiden hier gehörten also zur Gruppe der Erwachsenen.) Ich hielt an mich und fand es merkwürdig, daß sie sich so absonderten, wo es doch draußen im Sonnenschein Fische zum Fangen und Schmetterlinge zum Jagen gab; noch während mich solche Gedanken beschäftigten, erblickte mich der Mann. «Hallo, Bürschchen!» rief er leicht ungehalten. «Wo kommst denn du her?»

«Ich kam den Bach herauf», erklärte ich höflich und deutlich, «ich habe nur die Prinzessin suchen wollen.»

«Dann bist du also ein Wasserkind[5]», erwiderte er. «Und was hältst du von der Prinzessin, nun da du sie gefunden hast?»

«Ich finde sie wunderschön», sagte ich (und hatte zweifellos recht, denn ein Schmeichler war ich nie). «Aber sie ist ganz wach, da denk' ich, daß jemand sie schon geküßt hat.»

Diese naheliegende Folgerung brachte den Mann zum Lachen; die Prinzessin hingegen errötete, sprang auf und erklärte, es sei Zeit zum Mittagessen.

«So komm denn!» sagte der Mann, «und auch du, Wasserkind! Du bist sicher hungrig und brauchst etwas zum Beißen.»

Ohne mich lange zu zieren, schloß ich mich ihnen an. In der Welt, wie ich sie kannte, standen überall zur Mittagszeit gedeckte Tische bereit, und an welchen man sich schließlich setzte, spielte keine Rolle. Das Schloß war sehr prunkvoll und herrlich, genau wie es sich für ein Schloß gehört; eine vornehme Dame empfing uns, die ziemlich erwachsener als die Prinzessin und offenbar ihre Mutter war. Mein Freund, der Mann, war sehr freundlich und stellte mich als Hauptmann vor, der eben von Aldershot heruntergefahren sei. Ich wußte nicht, wo Aldershot war, zweifelte aber keinen Moment an der Richtigkeit seiner Aussage. In der Regel stimmen die sachlichen Angaben der Erwachsenen einigermaßen; nur in den höheren Gefilden der Phantasie versagen sie so kläglich.

Das Essen war ausgezeichnet und abwechslungsreich. Ein weiterer Herr in prächtigen Kleidern – wahrscheinlich ein Lord – hob mich in einen hohen geschnitzten Sessel, stellte sich dahinter und schwebte wie ein Schutzengel über mir. Ich versuchte zu erklären, wer ich sei, woher ich käme, und der Gesellschaft mit meiner eigenen Zahnbürste und Harolds Einmaleins zu imponieren; aber entweder waren sie dumm – oder ist es im Märchenland Brauch, daß alles bei den gewöhnlichsten Bemerkungen lacht? Mein Freund, der Mann, sagte gutmütig: «Schon gut, Wasserkind; du bist den Bach heraufgekommen, und das soll uns genügen.» Der Lord – ein eher zugeknöpfter Mann, fand ich – beteiligte sich nicht an der Unterhaltung.

Nach dem Essen spazierte ich mit der Prinzessin und meinem Freund, dem Mann, auf der Terrasse auf und ab und war sehr stolz. Ich erzählte ihm, was ich einmal werden wolle, und er erzählte mir, was er werden wolle, und dann bemerkte ich: «Ich nehme an, Sie beide werden heiraten?» Er lachte nur auf Märchenlandweise. «Denn anders», fügte ich hinzu, «gehört es sich nicht» und wollte damit sagen, daß ein Mann, der eine Prinzessin entdeckte, erst noch eine in einem richtigen Schloß, ohne sie vom Fleck weg zu heiraten, allen Regeln der Tradition Hohn spreche.

Wieder lachten sie, und mein Freund schlug vor, ich solle zum Weiher hinuntergehen und mir die Goldfische anschauen, während sie ein bißchen spazieren gingen. Mir war das recht, denn ich war schläfrig; aber bevor wir uns trennten, steckte mir der Mann zwei Halbkronenstücke zu, damit ich, wie er erklärte, den andern Wasserkindern etwas stiften könne. Dieser handfeste Freundschaftsbeweis rührte mich fast zu Tränen, so daß ich unter dem Eindruck seiner Großmut kaum bemerkte, wie sich die Prinzessin beim Abschied hinunterneigte und mich küßte.

Ich sah ihnen nach, bis sie auf dem Weg verschwunden waren – wie natürlich legen sich doch im Märchenland Arme um Taillen! –, und dann, meine Wange an den kühlen Marmor geschmiegt und vom Rieseln des Wassers eingelullt, segelte ich sowohl aus der wirklichen als auch aus der Zauberwelt ins Traumland hinüber. Als ich erwachte, hatte sich die Sonne hinter eine Wolke verzogen, ein kühler Wind raschelte in den Blättern, und der Pfau auf dem Rasen kündigte Regen an. Mich ergriff eine wilde, unerklärliche Angst, und wie ein Schelm eilte ich aus dem Garten, zwängte mich durch den Kaninchendurchschlupf und bahnte mir in namenlosem Schrekken meinen Heimweg. Zwar fühlten sich die Halbkronenstücke zum Glück weiterhin wahrhaftig und solide an in meiner Tasche; aber konnte ich hoffen, mit einem solchen Schatz unbehelligt durch diesen Wald, wo überall Räuber lauerten, zu gelangen? Es war dann eine schmutzige, ermattete kleine Gestalt, die bei Einbruch der Nacht dank der unauffälligen Hilfe des Spülküchenfensters ins Haus gelangte; und daß ich nur ohne Abendbrot zu Bett geschickt wurde, schien mir eine unendliche Gnade. Offiziell ohne Abendbrot, wohlbemerkt; denn wie gewöhnlich nach solchen Eskapaden huschte ein gutherziges Hausmädchen die Hintertreppe hinauf, um einen mit kaltem Pudding und Trost zu füttern, bis das Bäuchlein wie eine Trommel gespannt war. Dann verschaffte sich die Natur ihr Recht, und ich wanderte ins tröstliche Traumreich hinüber, wo ich als goldener Karpfen von der allerfettesten Sorte durch klares Wasser schwamm, ein neues Halbkronenstück rechts und links unter die Flosse geklemmt, und nur die Nasenspitze durch die Seerosenblätter hervorstreckte, um sie mir von einer rosenwangigen Prinzessin küssen zu lassen.

Sägemehl und Sünde

Ein Band von Rhododendren zog sich bis zu unserm Weiher hinunter, wo alles üppig durcheinanderwuchs. Wenn man durch dieses Dikkicht kroch und sich beim Wasser niederduckte, fühlte man sich sofort ins Herz eines Tropenwalds versetzt – vorausgesetzt, daß man über eine normal funktionierende Phantasie verfügte. Über einem lärmten Affen, Papageien flitzten von Ast zu Ast, ringsum leuchteten fremdartige große Blüten; mächtige Tiere, die man zwar nicht sah, deren Knacken und Rascheln einen aber schon wohlig schaudern ließ, streiften umher. Und wenn man sich mit der Nase dicht ans Wasser legte, gerieten die alten Proportionen vollends ins Wanken. Die schillernden Insekten, die auf der Wasserfläche hin und herschossen, verwandelten sich in fürchterliche Seeungeheuer, die Mücken, die über ihnen schwebten, schwollen zu Albatrossen an, und der Weiher selbst dehnte sich zu einem riesigen Binnenmeer aus, auf dem eine Kriegsflotte durchaus denkbar war und aus dem jeden Augenblick die haarige Kopfhaut einer ungeheuren Seeschlage auftauchen konnte.

Es ist aber unmöglich, Tropenwald zu spielen, wenn einem der vertraute Tonfall einer menschlichen Stimme an die Ohren dringt, und meine ganze Hoffnung auf einen Tiger, der beim Trinken von einem Krokodil gepackt würde (*vide* Bilderbuch, *passim*) war augenblicklich dahin, und die Welt nahm wieder ihre alten Dimensionen an, als Charlottes Geplapper ganz in der Nähe meine Urwaldstille störte. Als ich aus dem Gebüsch hervoräugte, sah ich sie mit einer Puppe unter jedem Arm und mit kummervoll gerunzelter Stirn unterwegs zu der Rasenfläche auf der andern Seite des Weihers, und dabei redete sie, wie das ihre Art war, etwas vor sich hin. Dann lehnte sie ihre doppelte Last gegen einen geeigneten Baumstrunk und setzte sich, sorgenvoll und bedrückt wie ein Schatzkanzler vor der Budgetdebatte, vor ihnen nieder.

In ihren Opfern, die ergeben vor sich hin starrten, erkannte ich Jerry und Rosa. Jerry stammte aus dem fernen Japan: sein Haar war von schwarzer Glätte, er steckte in einem einfachen blauen Baumwollgewand und genoß einen ausgesprochen schlechten Ruf. Sein richtiger Name war Jerome[6], weil er angeblich dem heiligen Mann ähnelte, von dem ein Druck im Treppenhaus hing, obwohl die Tonsur das einzig Gemeinsame war zwischen dem westlichen Heiligen und dem östlichen Sünder. Rosa war von ihrem flachsblonden Schopf bis zu den stämmigen Waden, die sie freimütig zeigte, typisch britisch und gehörte ihrem Charakter nach in die untadelige Reihe derer, denen man noch nichts hat nachweisen können.

Mein Verdacht richtete sich von Anfang an auf

Jerry. Hinter seinen Schlitzaugen verbarg sich etwas Niederträchtiges, als er verdrossen dasaß; und da ich wußte, wozu er imstande war, ahnte ich, daß Charlotte Schwierigkeiten mit ihm haben würde. Bei Rosa war ich nicht so sicher; brav und aufrecht saß sie da und blickte, als ob sie die Welt um sich herum vergessen hätte, über die Baumwipfel hinaus träumerisch in die Ferne; jedoch wirkten ihre geschürzten Lippen in ihrer Gekünsteltheit übertrieben, und ihre Augen glänzten unnatürlich.

«Also ich fahre da weiter, wo wir stehengeblieben sind», sagte Charlotte, ohne sich unterbrechen zu lassen, und hämmerte mit der Faust erregt aufs Gras. «Und ihr müßt aufpassen, denn es ist eine besondere Gunst, wenn ihr vor dem Zubettgehen eine Geschichte erzählt kriegt. Der weiße Hase rannte also den Gang hinunter, und Alice hoffte, er werde zurückkommen, weil er eine Weste anhatte, und ihr Flamingo flog auf einen Baum – aber so weit sind wir noch nicht, ihr müßt einen Augenblick warten, und – wo bin ich jetzt stehengeblieben?»[7]

Jerry verhielt sich nur so lange ruhig, bis Charlotte richtig im Zuge war, dann neigte er sich langsam kopfüber Rosa zu. Als ein Haupt auf ihre rundliche Schulter plumpste, zuckte sie ängstlich zusammen.

Charlotte packte und schüttelte ihn energisch. «Also Jerry», klagte sie, «wenn du nicht auf der Stelle brav bist, kann ich meine Geschichte nicht weitererzählen!»

Jerrys Gesicht war die beleidigte Unschuld

selbst. «Schelten Sie, Madam», schien er zu sagen, «die ehernen Gesetze der Schwerkraft, nicht aber eine hilflose Puppe, die erst noch ein Waisenkind und fremd im Land ist!»

«Jetzt fahren wir weiter», setzte Charlotte von neuem an. «So kam sie schließlich in den Garten – ich habe da viel ausgelassen, aber das kann euch gleich sein, ich erzähle es euch ein andermal –, und sie spielten alle Krocket, und da kommt dann auch der Flamingo vor, und die Königin schrie: ‹Köpft sie!›»

Bei dieser Stelle sackte Jerry plötzlich völlig in sich zusammen, und der kahle Schädel landete zwischen seinen Knien. Diesmal erzürnte Charlotte nicht sehr. Die unvermutet tragische Wendung in der Geschichte war dem armen Burschen offenbar zu nahe gegangen. Sie richtete ihn wieder auf, schneuzte ihm die Nase, und nachdem sie mit ihm verschiedene Stellungen, denen er sich aber nicht fügen wollte, ausprobiert hatte, lehnte sie ihn an Rosas Schulter, ohne daß diese es zu beachten schien. Da gingen mir die Augen auf, und Jerrys Niedertracht trat in ihrem ganzen Ausmaß zutage. Also darauf hatte er es abgesehen! Der Schurke hatte wohl Absichten? Ich beschloß, ihn scharf im Auge zu behalten.

«Wenn du im Garten dabeigewesen wärst», fuhr Charlotte vorwurfsvoll fort, «und dich so hingeflegelt hättest, als die Königin ‹Köpft sie!› sagte, hätte sie dich köpfen lasen; aber Alice war nicht so eine. Sie sagte nur: ‹Ich habe keine Angst vor Euch, Ihr seid ja nur ein Kartenspiel› – ach jemine! Das ist ja schon der Schluß, und dabei hab' ich doch kaum erst angefangen! Ich kann meine Geschichten nie richtig aufbauen. Aber macht nichts, ich erzähle euch eine andere.»

Da er nun erreicht hatte, was er wollte, kümmerte Jerry der Aufbau der Geschichte wenig. Er kuschelte sich mit einem Blick der Genugtuung, der nur dümmlich genannt werden konnte, an Rosas molligen Körper; ein Arm war nicht mehr zu sehen – lag er um ihre Taille? Rosas Wangen glühten über das Übliche hinaus, ihr Kopf neigte sich verschämt – er mußte um ihre Taille liegen.

«Wenn es für euch nicht schon bald Schlafenszeit wäre», fuhr Charlotte nachdenklich weiter, «würde ich euch eine feine Geschichte mit einem Kobold erzählen. Aber ihr hättet Angst und würdet die ganze Nacht von Kobolden träumen. Darum erzähle ich jetzt eine mit einem weißen Bären; ihr müßt aber nicht schreien, wenn der Bär ‹Wuuuh› macht, wie ich jeweilen, denn es handelt sich hier um einen lieben Bären ...»

Da fiel Rosa in tiefer Ohnmacht flach auf den Rücken. Ihre Gliedmaßen waren steif, die Augen gläsern. Was hatte Jerry nur getan? Ihrer Reaktion nach mußte es etwas sehr Schlimmes gewesen sein. Ich musterte ihn genau, während Charlotte sich um das Mädchen bemühte. Er schien ein Liedchen zu pfeifen und die Gegend zu betrachten. «Wenn nur auch ich mein Mienenspiel so in der Gewalt hätte», dachte ich fast bedauernd, «dann würde man mir nie mehr etwas nachweisen können.»

«Das ist deine Schuld, Jerry», sagte Charlotte tadelnd, als die Dame wieder zu sich gekommen war. «Rosa ist brav wie ein Engel, wenn du sie nicht anstiftest. Ich sollte dich jetzt in die Ecke stellen, nur hat ein Baumstrunk keine Ecke – warum eigentlich nicht? Ich dachte, alles habe Ecken. Aber egal, du mußt dich mit dem Gesicht zur Wand setzen, *so*! Jetzt kannst du meinetwegen schmollen!»

Jerry schwankte eine Weile unentschlossen zwischen der Wonne, die das Schmollen bietet, wenn man sich ungerecht behandelt fühlt, und dem unwiderstehlichen Ruf der Schönen, die gleich neben ihm darauf wartete, erobert zu werden; dann kippte er, von seiner Leidenschaft überwältigt, seitwärts in Rosas Schoß. Den einen Arm streckte er wie in feuriger Beteuerung steif nach oben; seine liebestolle Haltung flehte nach Erhörung. Rosa zögerte – schwankte – und gab nach, indem sie seinen schmächtigen Körper unter der Last ihrer wuchtigen Hingabe zerdrückte.

Charlotte hatte lange Nachsicht walten lassen, aber auch ihre Geduld kannte Grenzen. Sie riß Jerry aus seiner zügellosen Umarmung, legte sich ihn, Bauch nach unten, übers Knie und dann ... die Schmach, die damit dem ganzen starken Geschlecht in der unseligen Person Jerrys angetan wurde, duldete keine Zeugen; aber wenn ich auch meine Augen abwandte, dröhnte mir doch die rasche Folge von Schlägen in den Ohren. Als ich wieder hinzuschauen wagte, saß Jerry aufrecht da wie zuvor; sein Kleid war, wenn auch zerknittert, wieder geordnet worden, aber seine bleiche Miene wirkte verkniffen. Weil ich nur zu gut wußte, was für ein Vulkan der Leidenschaft und Schande hinter diesem gefaßten Äußeren brodelte, tat er mir einen Augenblick lang richtig leid.

Rosa hielt das Gesicht immer noch in ihrem Kleid verborgen, sei es aus Scham oder daß Jerrys Leiden sie schmerzten. Der abgebrühte Japaner aber blickte gar nicht mehr nach ihr hin. Ihm war nur noch bitter ums Herz. Bloß weil er seinem natürlichen Drang gefolgt war, hatte er sich den Kopf an einer Sittenregel eingerannt und erfahren, wie unumstößlich diese Schranke war; nun kam ihm die sonnige Welt ganz schwarz vor. Selbst Charlotte wurde beim Anblick seines mannhaften Elends weich. «Wenn du sagst, es tue dir leid, Jerome», sagte sie, «sag' auch ich, daß es mir leid tut.»

Jerry ließ sich mit der Schulter voran gegen den Baumstrunk fallen und starrte in die Richtung seiner geliebten Heimat Japan, wo Liebe keine Sünde und das Prügeln noch nicht eingeführt war. Warum nur war er je fortgegangen? Morgen schon würde er zurückgehen! Aber da gab es Hindernisse: ein weiterer Übelstand. Wenn die Natur Jerry auch mit allen körperlichen Reizen und einer empfindsamen Seele ausgestattet hatte, so hatte sie es doch unterlassen, ihm die Gabe der Fortbewegung zu verleihen.

Hinter mir im Gebüsch knackte es, und mit dem stoßartigen Schnauben einer kleinen Dampflokomotive brach Rollo, der schwarze Apportierhund, den eine freundliche Hand eben losgebunden hatte, auf der Suche nach passender Gesellschaft durch das Unterholz. Freudig hieß ich ihn anhalten und ein Panther zu sein, da jagte er schon um den Weiher herum, brachte Charlotte mit einer stürmischen Liebkosung zu Fall, packte Jerry um die Mitte und verschwand mit ihm auf dem Fahrweg. Keuchend raste Charlotte hinter dem flinkfüßigen Rächer der Schande drein, die zerzauste Rosa lag in einer Ohnmacht, Jerry selbst streckte seine hilflosen Arme gen Himmel, und mir war fast, ich hörte einen Schrei um Gnade, ein verspätetes Versprechen, sich zu bessern. Aber es half nichts mehr. Der Schwarze Mann hatte ihn endlich erwischt; und wenn auch um diesen Verlorenen eine Träne das eine oder andere empfindsame Auge benetzen mochte, so konnte doch niemand, der ihn wirklich kannte, bestreiten, daß er sein Los verdient hatte.

Cupido der Bogenschütze[8]

Niemand wäre auf den Gedanken verfallen, Edward könnte verliebt sein, wenn er nicht nach dem Frühstück mit übertriebener Gleichgültigkeit gesagt hätte: «Wer Lust hat, kann meine Kaninchen füttern», und verräterisch munter in Richtung Obstgarten verschwunden wäre. Zwar mochten Königreiche wackeln und wanken und die Landkarte des erschütterten Europas einer Kegelbahn gleichen, aber an dem ungeschriebenen ehernen Gesetz, jeder Junge füttere ausschließlich seine eigenen Kaninchen, ließ sich nicht rütteln. Kein Wunder also, daß wir bestürzt Verdacht schöpften, und während die Salatblätter durch das Gitter gerupft wurden, hielten Harold und ich eine ernste Lagebesprechung ab.

Man könnte meinen, die Sache sei uns nichts angegangen, und als Einzelwesen war sie uns auch ziemlich gleichgültig. Sie betraf uns nur insofern, als wir Mitglieder einer Korporation waren, und in dieser konnten die körperlichen oder seelischen Gebresten eines Genossen für jeden von uns weitreichende Folgen haben. Wir hielten es für das Ratsamste, daß Harold, der am wenigsten des Eigennutzes verdächtigt werden konnte, als Späher ausgesandt würde, um die Lage zu erforschen. Sein Vorgehen sollte darin bestehen, daß er mit einem Bericht über den Gesundheitszustand unserer Kaninchen im besonderen beginne, das Gespräch dann unmerklich auf Kaninchen im allgemeinen, ihre Sitten, Gewohnheiten und Laster lenke und von daher wie von selbst auf das weibliche Geschlecht, die angeborenen Makel seiner Veranlagung und die Gründe komme, weshalb man es (grob gesagt) als Dreck betrachten müsse. Er habe dabei sehr diplomatisch vorzugehen und dann zurückzukehren, um über den Erfolg zu berichten. Er übernahm den Auftrag mit Freuden, blieb aber nicht lange fort, und daß er so bald und in Tränen zurück war, deutete auf mangelndes Fingerspitzengefühl hin. Es stellte sich heraus, daß er Edward im Obstgarten auf und ab spazierend gefunden hatte; auf seinem Gesicht sei ein gequältes Lächeln wie mit Stecknadeln angeheftet gewesen, von der krampfhaften Art, das Seiltänzer während ihrer gefährlichen Kunststücke aufsetzen. Harold hatte beim Thema Kaninchen gut angesetzt, dann aber fatalerweise das Abstrakte mit dem Konkreten durcheinandergebracht und sich zu der Bemerkung hinreißen lassen, Edwards Häsin mit den Hängeohren erinnere ihn mit ihren langen Hinterläufen und ihrem geringschätzigen Naserümpfen immer an Sabina Larkin (ein neunjähriges Bauernmädchen aus der Nachbarschaft), worauf sich Edward offenbar wild auf ihn gestürzt, ihm die Arme verrenkt und in die falschen Rippen gepufft hatte. Deshalb heulte Harold auf dem Rückweg zu den Kaninchenverschlägen laut vor sich hin, und unter

Schluchzen und Tränen wünschte er bald, daß er ein Mann wäre, um seinem liebestollen Bruder Fußtritte zu versetzen, bald bejammerte er, überhaupt geboren zu sein.

Ich war nicht groß genug, um meine Kräfte mit Edward zu messen; darum mußte ich den Leidenden mit der Erlaubnis trösten, die Räder des Eselkarrens schmieren zu dürfen – eine wonnige Beschäftigung, die letzte Woche der Gärtnersjunge eigens für mich reservierte, da ich für ihn ein gutes Wort beim neuen Küchenmädchen eingelegt hatte. Bald war Harold selig und voller Wagenschmiere, und im großen ganzen konnte auch ich zufrieden sein mit dem gewonnenen vielsagenden Hinweis auf *fons et origo mali.*[9]

Glücklicherweise gab es Mittel und Wege, allseitige Zweifel zu beseitigen, denn es war Sonntagmorgen, und die Glocken läuteten schon zur Kirche. Wem der Zusammenhang nicht sofort einleuchtet, muß ich erklären, daß die öde Zeit in der Kirche mit ihrer erzwungenen Untätigkeit und mangelnden Spannung, dazu noch angesichts all der holden Schönheiten, welche das Dorf zu bieten hatte, genau die Zeit war, da sich die Gedanken eines jungen Mannes leicht auf die Liebe lenkten. Die Woche hindurch blieb für derartige Nebensächlichkeiten keine Zeit; aber in der Kirche – ja, was konnte man da schon groß anderes tun? Zugegeben, es ließ sich auf den Vorsatzblättern des Gebetbuchs, während sich die Litanei endlos hinschleppte, ein Schreibspiel organisieren, aber mit welchem Pflästerchen konnte man sich über die Predigt hinwegtrösten?

Da war es nur natürlich, daß das Auge, wenn es über die dicht besetzten Bankreihen schweifte, kühn und ungehindert unter unsern schönen Mitbeterinnen seine Wahl traf. So war vor ein paar Monaten unter der außerordentlichen Anstrengung des Athanasischen Glaubensbekenntnisses meine schwärmende Phantasie an der Bäkkersfrau als lohnendem Ziel lebenslänglicher Verehrung hängengeblieben. Ihre reiferen Reize hatten ein Herz erobert, das keine der kichernden Jüngeren in ihren Musselinkleidern hätte beeindrucken können, und daß sie schon verheiratet war, spielte für meine Zuneigung überhaupt keine Rolle. Edwards Benehmen während des Gottesdienstes würde ihn also sicher überführen; dazu kam aber in diesem Spezialfall noch eine besondere Probe. Es ergab sich, daß wir im Querschiff saßen, und da die Larkins hinter uns waren, konnte Edward sich nur in der ach so flüchtigen Zeitspanne an Sabinas Reizen weiden, wenn wir uns gegen Osten wandten. Ich hatte mich nicht geirrt. Während des Absingens des Benedictus machte der Ungeduldige verschiedene vorschnelle Anstalten und schwenkte schließlich herum, noch ehe das «Wie es war im Anfang so auch jetzt und allezeit und in Ewigkeit» halb vorbei war. Der Beweis war erbracht, kein Gerichtshof hätte sich einen besseren wünschen können.

Da der Sachverhalt nun feststand, galt es als nächstes, Maßnahmen zu ergreifen, und meine Gedanken waren während der Predigt vollauf beschäftigt. Man konnte meiner Haltung nicht nachsagen, sie sei ungerecht oder unbrüderlich. Eine vom Geistigen her geprägte Zuneigung wie die meine, mit welcher man niemandem in die Quere kam, war (fand ich) erlaubt; aber die vulkanische Leidenschaft, der Edward ungefähr alle Vierteljahre einmal verfiel, bedeutete eine ernst zu nehmende Störung. Um so mehr, da nächste Woche ein Zirkus in unsere Gegend kommen sollte, dessen Besuch uns allen strengstens untersagt worden war, und ohne Edward würden wir es nie zustande bringen, uns über Gesetz und Ordnung hinwegzusetzen und trotzdem hinzugehen. Ich hatte ihm unterwegs zur Kirche wegen des Zirkus ein wenig auf den Zahn gefühlt, und er hatte schroff geantwortet, beim baren Gedanken an einen Clown werde ihm schon übel. Schlimmer konnte es nicht mehr kommen. Aber die Predigt ging zu Ende, ohne daß ich mir eine Verhaltensregel hätte zurechtlegen können, und ziemlich niedergeschlagen ging ich heim, im traurigen Bewußtsein, daß Venus im Aszendent in unheilvoller Opposition stand, während Auriga – der Zirkusstern – dem Horizont gefährlich nahe in der Deklination herabsank.

Die Ironie des Schicksals wollte es, daß ausgerechnet Tante Eliza als *dea ex machina* auftauchte. Das kam so: die Dame hatte die unangenehme Gewohnheit, Sonntag nachmittags den umliegenden Bauern und Häuslern einen Staatsbesuch abzustatten, zu welchem Zweck sie gewöhnlich einen widerstrebenden Jungen ins Schlepptau nahm, teils um des Anstands, teils um seines Seelenheils willen. Von dem vielen Kopfzerbrechen ganz mürbe, war ich an jenem Tag wohl weniger als sonst auf der Hut gewesen, denn als man ein Opfer suchte, konnte ich mich der Schlinge nicht entziehen, während die andern ungeschoren und brüllend in alle Winde zerstoben. Unser erster Besuch galt den Larkins. Hier gelangte die Etikette zur schönsten Blüte, und wir benahmen uns wie weiland Königin Elizabeth, wenn sie «hoheitsvoll und gemessen» zum Tanze schritt. In der niedrigen eichengetäfelten Wohnstube wurden uns Kuchen und Johannisbeerwein vorgesetzt, und nach dem Austausch einiger artiger Höflichkeiten ließ sich Tante Eliza gnädig dazu herab, mit Mrs. Larkin über Mode zu sprechen, während der Bauer und ich von der ungewohnten Anstrengung, uns über die Wechselfälle des Wetters und die ständig fallenden Kornpreise zu unterhalten, ins Schwitzen gerieten. (Wer hätte, wenn man uns da hörte, gedacht, daß wir erst vorgestern noch, durch eine Hecke getrennnt, einander gegenübergestanden hatten? Ich übermütig, herausfordernd, frech, und er rot vor Zorn, peitschenknallend und fluchend. So mächtig ist die alles glättende Etikette!) Derweilen saß Sabina verschämt mit dem «Pilgrim's Progress» auf den Knien da; anscheinend vertieft in eine buntfarbige Abbildung von «Apollyon tritt hindernd in den Weg»[10], warf sie mir von Zeit zu Zeit einen Blick verstohlener Neugier zu; für Tante Elizas Anbiederungsversuche aber hatte sie nur kühlen Anstand übrig, wofür ich sie nicht genug bewundern konnte.

«Es ist für mich immer wieder überraschend»,

hörte ich meine Tante sagen, «daß mein ältester Neffe, Edward, kleine Mädchen so verachtet. Erst gestern hörte ich ihn zu Charlotte bemerken, er würde sie noch so gern gegen ein Paar japanische Meerschweinchen tauschen. Das arme Kind hat geweint. Knaben sind so herzlos!» (Ich sah, wie sich Sabina steif aufrichtete und verächtlich ihre Stupsnase rümpfte.) «Dieser Knabe hier...» (mir sank das Herz in die Hose; war es möglich, daß diese Frau einen meiner verliebten Blicke zur Bäckersfrau hinüber aufgefangen hatte?) «dieser Knabe hier», fuhr meine Tante weiter, «hat viel mehr Lebensart. Erst gestern nahm er seine Schwester in die Bäckerei mit und opferte seinen einzigen Pfennig, um ihr Bonbons zu kaufen. Das spricht für ihn. Wenn Edward ihm nur mehr gleichen würde!»

Ich atmete auf. Meinen wirklichen Beweggrund für diesen Gang zum Bäcker brauche ich nicht zu erklären. Sabinas Gesicht entspannte sich, und das spöttische Naserümpfen verschwand; sie warf mir einen verstohlenen Blick des Wohlwollens zu und widmete ihre Aufmerksamkeit dann «Mercy an der engen Pforte». Ich kam mir Edward gegenüber gemein vor, aber was konnte ich tun? Ich war in Gaza, geknebelt und gezwungen, und die Philister waren über mir.[11]

Noch am gleichen Abend brach der Sturm los, der Blitz entlud sich, und – um im Bild zu bleiben – die Atmosphäre war wieder gereinigt und heiter. Der Abendgottesdienst war kürzer als sonst, denn dem Pfarrer waren beim Besteigen der Kanzel zwei Blätter aus seinem Predigtmäppchen gefallen; außer uns bemerkte es niemand, weder den Vorfall noch die Lücke. Als wir also hocherfreut hinauszogen, flüsterte ich Edward zu, daß, wenn wir so schnell wie möglich heimrennten, wir genug Zeit hätten, Pfeil und Bogen zu ergreifen (die an dem Tag ruhten) und mit Tante Elizas Hühnern – die nichts Böses ahnend ihre Schlafplätze aufsuchten – Büffel und Indianer zu spielen, noch ehe die gemessen schreitende Lady zurückkehren konnte. Edward blieb unschlüssig an der Kirchentür stehen; der Vorschlag war von verlockender Verruchtheit. In dem Augenblick trippelte Sabina heraus, und als sie Edward erblickte, streckte sie ihm auf die erdenklich aufreizendste Art die Zunge heraus und setzte dann ihren Weg steif und hoch erhobenen Hauptes fort. Ein Mann kann um seiner Liebe willen manches ertragen: Armut, Tanten, Rivalen, Hindernisse aller Art, all das dient nur dazu, das Feuer zu schüren. Aber wenn man lächerlich gemacht wird, ist das ein Pfeil, der ins Lebendige trifft. Edward lag im Wettlauf nach Hause mit einer Geschwindigkeit an der Spitze, die einer von Ballantynes Helden[12] vielleicht erreicht, nie aber übertroffen hätte, und an dem Abend scheuchten die Indianer Tante Elizas Hühner über mehrere Quadratmeilen im Umkreis, so daß die Schar bis zum heutigen Tag unvollzählig geblieben ist. Edward selbst hetzte den Kotschinchinahahn wild brüllend, bis das Tier keuchend unter dem Salonfenster zusammenbrach, an welchem wie versteinert seine

Herrin stand; und nach dem Nachtessen rauchte er im Staudengarten eine halb abgebrannte Zigarre, die er auf der Straße aufgelesen hatte, und teilte einer vor Ehrfurcht sprachlosen Zuhörerschaft mit, er sei unumstößlich und endgültig entschlossen, unter die Soldaten zu gehen.

Die Krise war vorbei, Edward war gerettet! Und dennoch ... *sunt lacrimae rerum* ...[13], als ich den Zigarrenstummel vor dem dunkeln Hintergrund der Lorbeerbüsche bald heller, bald blasser glimmen sah, glaubte ich in der Dämmerung eine Stupsnase, eine spöttische Kopfhaltung zu erkennen – dieses Trugbild wuchs und verblaßte und zeigte sich von neuem wie das Grinsen der Cheshirekatze[14], feierlich, ja vorwurfsvoll, und die Reize der Bäckersfrau schmolzen dahin wie Schneeflocken bei Tauwetter. Schließlich trug Sabina keinerlei Schuld; warum sollte man das Kind strafen? Morgen wollte ich mich davonstehlen und aufs Geratewohl an ihrem Garten vorbeispazieren, wenn der Bauer im Heuschober sein mußte. Wenn nichts daraus wurde, nahm niemand Schaden; im andern Fall hingegen ... !

Einbrecher

Die Nacht war viel zu schön, als daß man gleich hätte zu Bett gehen können, und so lehnten Edward und ich, obwohl die Geisterstunde von neun Uhr schon geschlagen hatte, in den Nachthemden immer noch zum offenen Fenster hinaus, sahen dem Schattenspiel der Zedernäste auf dem mondbeschienenen Rasen zu und heckten für den morgigen Sonnentag neue Streiche aus. Den heiteren Klängen des Klaviers, die zu uns heraufdrangen, konnten wir entnehmen, daß sich die Olympier auf ihre einfallslose, unzulängliche Weise vergnügten, denn der neue Vikar war zum Abendessen eingeladen und verkündete eben ganz unkirchlich vor aller Welt, daß er jedem Feind die Stirn biete. Unter dem Eindruck dieses mißtönenden Geschreis nahmen Edwards Gedanken eine unerwartete Wendung, denn er sagte plötzlich und ohne daß es mit unserm vorherigen Gespräch den geringsten Zusammenhang gehabt hätte: «Ich glaube, der neue Vikar ist in Tante Maria verschossen.»

Diese Vorstellung wies ich kurzweg von der Hand. «Die ist ja ganz alt», sagte ich. (Sie muß etwa fünfundzwanzig Lenze gezählt haben.)

«Ja freilich», antwortete Edward verächtlich,

«es geht ihm auch nicht um sie, es geht ihm um ihr Geld, da kannst du Gift drauf nehmen!»

«Hab' gar nicht gewußt, daß sie Geld hat», brachte ich zaghaft vor.

«Aber bestimmt», sagte mein Bruder im Brustton der Überzeugung, «haufenweise sogar.»

Darauf folgte eine Stille, denn unser beider Gedanken waren mit der neuen Lage beschäftigt, die sich hier darbot. Ich fragte mich, weshalb diese Schwäche so oft beneidenswerte Naturen mit ausgesprochenen Begabungen befiel – selbst einen erwachsenen Mann und guten Kricketspieler wie diesen Vikar. Edward erwog offenbar, wie er aus dieser Sachlage, falls sie sich bewahrheitete, den größtmöglichen Nutzen ziehen könne.

«Bobby Ferris erzählte mir», begann Edward nach kurzem, «daß einmal ein Bursche, der seiner Schwester den Hof machte ...»

«Was heißt den Hof machen?» fragte ich schüchtern.

«Weiß ich auch nicht», sagte Edward wegwerfend. «Das ist ... das ist ... die tun das einfach, weißt du. Und da mußte er Zettel und Briefe und allerlei zwischen ihnen hin- und hertragen und bekam fast jedesmal einen Shilling dafür.»

«Was, von jedem von ihnen?» fragte ich in meiner Unschuld.

Edward warf mir einen Blick mitleidiger Verachtung zu. «Mädchen haben nie Geld», erklärte er knapp. «Aber sie machte ihm die Aufgaben, half ihm auch sonst aus der Klemme und hatte

Ausreden bereit, wenn er das brauchte – und zwar viel bessere, als er sie selber hätte erfinden können. Mädchen sind schon auch nützlich. So lebte er wie der Hase im Klee, als sie sich dummerweise über etwas zerstritten.»

«Mir leuchtet nicht ein, was das damit zu tun haben soll», sagte ich.

«Mir auch nicht», erwiderte Edward. «Aber auf alle Fälle war es Schluß mit den Briefen und so und auch mit den Shillingen. Bobby war ziemlich in der Klemme, denn er hatte zwei Frettchen auf Pump gekauft und versprochen, jede Woche einen Shilling abzuzahlen, weil er meinte, das ginge mit den Shillingen immer so weiter, unerfahren wie der Esel war. Als dann eine Woche herum war und man ihn an den Shilling mahnte, ging er zu dem Burschen und sagte: ‹Deine untröstliche Bella bittet dich um ein Stelldichein bei Sonnenuntergang. Bei der hohlen Eiche wie früher, wenn es auch nur für einen Moment ist. Laß mich nicht im Stich!› Das hatte er natürlich alles aus einem Schundroman. Der Bursche verstand überhaupt nichts und sagte: ‹Was für eine hohle Eiche? Ich weiß von keiner hohlen Eiche.› – ‹Vielleicht war es auch die 'Königseiche'›, sagte Bobby geistesgegenwärtig, weil er merkte, daß er einen Fehler gemacht hatte, als er sich zu stark auf den blöden Roman verließ, aber das half dem Burschen auch nicht weiter.»

«Das kann ich mir denken», sagte ich, «die ‹Königseiche› ist eine sehr miese Wirtschaft.»

«Ich weiß schon», sagte Edward. «Also, zu guter Letzt sagte der Bursche: ‹Ich glaube, ich weiß, was sie meint: den hohlen Baum in eures Vaters Pferdekoppel. Zwar ist es eine Ulme, aber sie kann das nie unterscheiden. Also gut, sag ihr, ich werde kommen!› Bobby stand noch ein bißchen herum, denn er hatte sein Geld noch nicht erhalten. ‹Sie hat furchtbar geweint›, sagte er schließlich. Da bekam er seinen Shilling.»

«War der Bursche nicht verärgert», fragte ich weiter, «als er dort hinkam und niemand fand?»

«Er fand Bobby», sagte Edward hitzig. «Der junge Ferris war durch und durch ein Gentleman. Er brachte dem Burschen eine weitere Botschaft von Bella: ‹Ich wage das Haus nicht zu verlassen. Meine grausamen Eltern haben mich eingesperrt. Wenn Du nur wüßtest, was ich leide. Deine untröstliche Bella.› Alles aus dem gleichen Schundroman. Da schöpfte der Bursche Verdacht, weil die alten Ferris die ganze Zeit dafür gewesen waren. Der Bursche hatte Moneten, weißt du.»

«Aber was hat das zu tun mit ...», setzte ich von neuem an.

«Weiß ich auch nicht», sagte Edward ungehalten. «Ich erzähle ja nur, was Bobby mir erzählt hat. Kurz, er wurde mißtrauisch, konnte aber Bellas Bruder nicht gut einen Lügner schelten, und so kam Bobby noch einmal davon. Aber als er in der folgenden Woche bei einer schwierigen Französischaufgabe nicht mehr weiterkam und das gleiche Spiel mit seiner Schwester versuchte, konnte er sie nicht reinlegen und wurde entlarvt. Frauen scheinen da irgendwie mißtrauischer zu sein als Männer. Sie sind von Natur aus höllisch argwöhnisch, weißt du.»

«O ja, das weiß ich», sagte ich. «Aber haben sich die beiden – der Bursche und die Schwester – nachher wieder versöhnt?»

«Das habe ich vergessen», antwortete Edward gleichgültig, «aber man schickte Bobby ein ganzes Jahr früher als ursprünglich geplant zur Schule. Das war ihm noch so recht. Du siehst also, daß alles gut endete.»

Ich versuchte eben, die Moral der Geschichte herauszufinden – offenbar mußte sie eine enthalten –, als sich eine Flut goldenen Lampenlichts mit dem Mondschein auf dem Rasen vermischte und Tante Maria und der neue Vikar auf den Rasen unter uns hinaustraten und sich zum Gartensitz hinter den Lorbeerbüschen wandten, welche sich in einem dichten Halbkreis bis vors Haus hinzogen.

Edward verfiel in Nachdenken. «Wenn wir nur wüßten, worüber sie reden», sagte er, «dann würdest du schnell sehen, ob das stimmt, was ich dir sagte. Ich weiß was! Wir schicken den Kleinen zum Rekognoszieren am Vorbau hinunter.»

«Harold schläft schon», wandte ich ein, «es wäre nicht nett ...»

«Ach Quatsch!» sagte mein Bruder. «Er ist der Jüngste und hat uns zu gehorchen.»

So wurde der arme Harold aus dem Bett gezerrt und erhielt seinen Marschbefehl. Es paßte ihm natürlich gar nicht, so unversehens auf den kalten Fußboden gestellt zu werden, und für seinen Auftrag hatte er nicht viel übrig, aber er war loyal und gut abgerichtet. Der Weg ins Freie bot keine Schwierigkeiten. Ein überdachtes Eisenspalier ließ sich vom Fenster aus leicht erreichen und wurde von uns dreien stets benützt, wenn wir bescheiden und ohne Aufsehen unbemerkt entwischen wollten. Gewandt kletterte Harold wie eine weiße Ratte am Anbau hinunter, auf dem Kiesweg schimmerte noch kurz sein Nachthemd, ehe er sich im Dunkel des Gebüschs unsern Blicken entzog. Darauf herrschte eine Weile Stille, bis man plötzlich ein Scharren vernahm, gefolgt von einem langgezogenen Quietschen, wie wenn Metall aneinandergerieben würde. Unser Kundschafter war dem Feind in die Hände gefallen!

Aus purer Bequemlichkeit hatten wir die Aufgabe auf unsern jüngern Bruder abgewälzt. Nun, da die Gefahr offenkundig war, kannten wir kein Säumen. Wie der Blitz waren wir die Spalierwand hinunter und pirschten uns nach Art der Tscherokesen durch die Lorbeerbüsche bis hinter die Gartenbank. Dort bot sich uns ein jämmerlicher Anblick. Tante Maria saß im weißen Abendkleid auf der Bank und sah – für eine Tante – eigentlich ganz hübsch aus. Auf dem Rasen stand der erzürnte Vikar und hatte unsern kleinen Bruder an seinem großen Ohr gefaßt, das – nach dem Gebrüll zu schließen, das er ausstieß – den Kopf, zu dem es bis anhin gehörte, nicht mehr viel länger zieren mochte. Der Höllenlärm, den er da aufführte, störte höchstens unser ästhetisches Empfinden, denn wer Erfahrung in beidem hat, kann zwischen dem Wimmern echten körperlichen Schmerzes und dem herausgepreßten Ad-misericordiam-Heulen leicht unterscheiden.

Was Harold da vollführte, gehörte eindeutig zur zweiten Art. «So, du kleiner...» (Schlingel, glaubte ich zu hören, aber Edward behauptete steif und fest, daß er Teufel gesagt habe), rief der Vikar streng, «nun sag uns, was das zu bedeuten hat!»

«Lassen Sie mein Ohr los!» zeterte Harold, «dann will ich Ihnen die heilige Wahrheit sagen!»

«Nun denn», sprach der Vikar und ließ ihn los, «heraus mit der Sprache und lüge nicht mehr als nötig!»

Zuversichtlich warteten wir auf die Enthüllungen, die da kommen sollten; nur so viel Einfallsreichtum und blühende Phantasie hätten wir Harold doch nicht zugetraut.

«Ich war eben mit meinem Abendgebet zu Ende», setzte der junge Gentleman langsam ein, «als ich zufällig zum Fenster hinausblickte, und da gewahrte ich auf dem Rasen einen Anblick, daß das Blut in meinen Adern stockte. Ein Einbrecher näherte sich wie eine Schlange dem Haus. Er hatte einen finstern Blick und eine dunkle Laterne und war bis an die Zähne bewaffnet.»

Wir lauschten gespannt. Wenn der Stil auch nicht Harolds üblicher Ausdrucksweise entsprach, kam er uns doch seltsam bekannt vor.

«Erzähl weiter!» sagte der Vikar grimmig.

«Er hielt in seinem Schleichgang inne», fuhr Harold fort, «und stieß einen leisen Pfiff aus. Das Signal wurde sofort aufgenommen, und aus den umliegenden Schatten glitten zwei weitere Gestalten hervor. Die Bösewichter waren beide bis an die Zähne bewaffnet.»

«Großartig», rief der Vikar, «fahre weiter!»

«Der Räuberhauptmann», setzte Harold seinen Bericht fort und geriet immer mehr in Feuer, «schloß sich seinen ruchlosen Kameraden an und unterhielt sich mit ihnen im Flüsterton. Sein Gesichtsausdruck war furchterregend, und dabei sollte ich noch sagen, daß er bis an die Zähne ...»

«Laß das mit den Zähnen,» fiel ihm der Vikar barsch ins Wort, «du hast den Mund so schon voll genommen. Spute dich und komm zum Ende!»

«Ich hatte Mordsangst», fuhr der Erzähler weiter und schützte zur Sicherheit das Ohr mit der Hand, «aber gerade da öffnete sich die Salontür, und Sie und Tante Maria traten heraus – erschienen, meine ich. Die Einbrecher verschwanden leise unter schrecklichen Verwünschungen in den Lorbeerbüschen.»

Der Vikar wußte nicht recht, was sagen. Die Geschichte war gut erzählt und reich an Details. Schließlich mochte der Bub wirklich etwas gesehen haben. Wie konnte der gute Mann wissen – auch wenn der edle, hochtrabende Stil ihm hätte auf die Spur helfen können –, daß die ganze Lügengeschichte eine freie Bearbeitung des letzten Groschenromans war, den uns der Junge, der unsere Stiefel und Messer putzte, geliehen hatte?

«Warum hast du nicht im Haus Alarm geschlagen?» fragte er.

«Weil ich Angst hatte», sagte Harold scheinheilig, «man würde mir vielleicht nicht glauben.»

«Aber wie bist du überhaupt hier heruntergekommen, du unartiger Bub?» warf Tante Maria ein.

Harold wurde arg in die Enge getrieben – und erst noch von seinem eigenen Fleisch und Blut.

In dem Augenblick legte mir Edward die Hand auf die Schulter und verschwand zwischen den Lorbeerbüschen. Als er sich ungefähr zehn Meter entfernt hatte, stieß er einen leisen Pfiff aus. Ich pfiff zurück. Die Wirkung war unglaublich. Tante Maria sprang kreischend auf. Harold blickte scharf um sich und stob dann wie ein Hase davon, auf die hintere Tür zu, traf auf die Dienstboten beim Nachtessen und flüchtete sich geradewegs an den weichen Busen seiner besonderen Verbündeten, der Köchin. Der Vikar drehte sich unschlüssig gegen die Lorbeerbüsche. Aber Tante Maria warf sich ihm in die Arme. «Oh, Herr Hodgitts!» hörte ich sie rufen, «ich weiß, daß Sie mutig sind. Aber beherrschen Sie sich um meinetwillen!» Und er beherrschte sich. Als ich wieder hinschaute, war die Luft rein.

Unterdessen begann es sich im Haus allmählich zu regen, und Edward meinte, daß wir besser verschwinden sollten. Der Rückzug bot keine Schwierigkeiten. Ein verkrüppelter Lorbeer bot eine Fußstütze zum Erklettern der Gartenmauer, welche ihrerseits zum Dach eines Schuppens führte, über das wir gefährlich steil zum Fenster der Rumpelkammer klettern konnten. Diese Außenroute hatten wir der Hauskatze abgeguckt, weil diese bei der Otterjagd einmal in Bedrängnis geraten war, als sie – gegen ihren Willen – die

Heldenrolle übernehmen mußte, und der Fluchtweg hatte sich in Fällen wie dem jetzigen immer als überaus nützlich erwiesen. Wir lagen wohlbehalten im Bett – minus ein paar Hautfetzen an Knie und Ellbogen –, Harold, der schläfrig an etwas Klebrigem kaute, war in den Armen der Köchin heraufgetragen worden, ehe sich der Lärm der Einbrecherjäger noch gelegt hatte.

Nach der Darstellung Tante Marias nahm man allgemein an, daß die Unerschrockenheit des Vikars die Einbrecher in die Flucht geschlagen habe, und er errang sich damit viel Ruhm. Als er aber nach ein paar Tagen zum Tee vorbeikam und milde pfarrherrlich über die Zivilcourage witzelte, die es brauche, um das letzte Stück Butterbrot zu nehmen, ließ ich mich träumerisch zu der allgemein hörbaren Bemerkung hinreißen: «Herr Hodgitts! Ich weiß, daß Sie mutig sind. Aber beherrschen Sie sich um meinetwillen!»

Glücklicherweise war an dem Tag auch der Pfarrer zu Besuch, und es gelang mir immer leicht, meinen schwarzberockten Freund ins Freie zu lotsen.

Ein Erntetag

Das Jahr war in sein gelbes Lebensalter getreten, und das Antlitz der Natur war eine Studie in Altgold. «Feld golden, übersät mit ebensolchen Garben», das mag heraldisch falsch sein – wie meistens bei der Natur –, schildert aber genau das Bild, das Edward und mir am Scheunentor vor Augen stand. Harold war nicht dabei, er lag darnieder; genauer gesagt, er hatte Bauchweh, wie das eben zu gehen pflegt. Edward hatte sich am Vorabend in einem ungewohnten Anfall von Gefälligkeit dazu herabgelassen, mir ein Rübenlicht zu schnitzen, ein Kunsthandwerk, in dem er besonders geschickt war, und als das Rübeninnere unter dem aushöhlenden Messer in appetitlichen Schnipseln herausflog, betrachtete Harold diesen Abfall als ihm zustehend und tat sich ausgiebig daran gütlich. Nun ertrug er sein Los mit Hilfe der Mittel, wie die Apotheke sie bot. Da Edward und ich wußten, daß dieses Feld heute eingebracht werden sollte, machten wir uns ein Vergnügen daraus, auf den leeren Wagen von der Scheune zu den Garben zu fahren, von dort in anstrengendem Fußmarsch zurückzugehen, um aufs neue in diesen großen Galeeren einer stoppligen See die wogenden Aren zu befahren. Nirgends konnten wir Landratten das Erlebnis einer

Seefahrt besser nachvollziehen, und deshalb waren so aufregende Szenen wie Sir Richard Grenville auf der «Revenge»[15], die rauchumkräuselte Schlacht von Abukir und der Tod Nelsons alle abwechslungsweise auf diesen staubigen Achterdecks durchgespielt worden, während sie holpernd aufs Feld rollten.

Als wieder ein Wagen seine Last abgeladen hatte und durch das Tor rollte, hängten wir uns laut rufend hinten an. Edward war zuerst oben, und kaum hatte er Fuß gefaßt, da fiel er über mich her. Ich sei ein Freibeuter, erklärte er, und er der Kapitän der britischen Fregatte «Terpsichore» mit ich weiß nicht mehr wie vielen Kanonen. Edward wußte sich immer die besten Rollen zu ergattern, aber ich stellte tapfer meinen Mann, bis ich merkte, daß es auf unserm Kampfboden von Ohrwürmern wimmelte. Schreiend riß ich mich los und rollte von der Ladeklappe herunter auf die Stoppeln. Edward vollführte auf dem Deck der sich entfernenden Galeone einen triumphierenden Kriegstanz, aber das war mir gleich. Ich wußte, daß *er* wußte, daß ich keine Angst vor ihm, aber ganz furchtbare vor Ohrwürmern hatte. Waren nicht sie «des Felds Entsetzen»[16]? So ließ ich ihn entschwinden, während er lautstark alle Mann an Deck rief, um die Enterer zurückzuschlagen, und ich mich landeinwärts dem Dorf zuwandte.

Dieser Expedition haftete etwas Abenteuerliches an. Das war nicht unser Dorf, sondern ein fremdes, mindestens eine Meile entfernt. Man kam sich sehr wichtig, gleichzeitig aber auch unsicher vor, eine Mischung, die dem Reisenden wohlbekannt ist: wichtig, weil einem die Leute neugierig nachschauten, unsicher, weil man mit Wurfgeschossen der jüngeren Einwohner rechnen mußte, einer Klasse, die von jeher konservativ war. Im Hochgefühl meiner Eigenständigkeit trug ich meine Nase noch höher als sonst und dachte: «Genau so hätte Mungo Park die pfadlosen Wälder Afrikas durchstreift und...»[17] Da stieß ich gegen einen weichen, aber Widerstand leistenden Körper.

Der Zusammenprall rief mich in die Wirklichkeit zurück, und ich verfiel in die Haltung, die jeder Junge unter diesen Umständen instinktiv annimmt: man drückt beide Ellbogen fest an die Ohren. Mir gegenüber stand ein glattrasierter älterer Mann in abgetragenem Schwarz – offenbar ein Geistlicher; mir fiel gleich sein zerstreuter Blick auf, als ob seine Augen auf andere Welten gerichtet wären und irdische Dinge, wenn er darauf stieß, nicht sofort erfassen könnten. Er beugte sich entschuldigend zu mir herunter: «Ich bitte tausendmal um Verzeihung, mein Herr», sagte er, «ich bin gar zu geistesabwesend. Ich hoffe, du entschuldigst mich.»

Die meisten Jungen hätten hinter dieser höflichen Anredeform Spott vermutet. Ich darf es mir hoch anrechnen, daß ich darin sofort die Herzensfreundlichkeit eines Mannes erkannte, für den alle Mitmenschen Gentlemen waren, für den es keine Juden oder Heiden, Reine und Unreine gab. Natürlich nahm ich die Schuld auf mich und fügte hinzu, auch ich sei geistesabwesend. Was ja auch stimmte.

«Da haben wir also etwas gemeinsam», sagte er freundlich. «Ich, ein alter Mann, träume: du, ein junger, lebst in der Phantasie. Dein Los ist das glücklichere. Aber jetzt» – seine Hand war die ganze Zeit auf einem Gatter gelegen –, «bist du erhitzt, das sieht man; der Tag ist fortgeschritten. Wir sind im Sternbild der Jungfrau. Vielleicht darf ich dir eine kleine Erfrischung anbieten, falls es deine übrigen Verpflichtungen gestatten?»

Meine einzige Verpflichtung an diesem Nachmittag war eine Rechenstunde, und die einzuhalten hatte ich sowieso nicht vorgehabt. So trat ich denn ein, während er höflich das Gartentor offenhielt und dazu murmelte: «*Venit Hesperus, ite capellae*[18], komm, kleiner Junge!» Dann entschuldigte er sich inständig für eine Vertraulichkeit, die weniger ihm als, wie er sagte, dem römischen Dichter zuzuschreiben sei. Ein gerader Steinplattenweg führte zu einem abweisend aussehenden alten Haus. Mein Gastgeber blieb bald vor diesem, bald vor jenem Rosenstock stehen, vergaß mich mindestens zweimal völlig, sammelte sich wieder und entschuldigte sich jedesmal zerknirscht. Während dieser Pausen reimte ich mir meinen Vers zusammen und merkte, daß ich es mit dem Pfarrer zu tun hatte, einem kauzigen Junggesellen, überaus gelehrt, um den sich schon ein Kranz von Legenden zu bilden begann. Mir imponierte besonders, daß er angeblich ein richtiges Buch geschrieben haben soll. «Einen Haufen Bücher», sagte Martha, meine Gewährsperson, aber ich wußte, wieviel an deren Angaben jeweilen abzuziehen war.

Wir gelangten schließlich durch eine dunkle Halle in ein Zimmer, das genau dem Ideal entsprach, wie ich es mir immer erträumte, doch nie hatte finden können. Nirgends eine Spur von weiblichem Krimskrams! Nichts von Deckchen und Sofaschonern! Dieser Mann, das war klar, unterstand keinen Tanten. Dicke Bände, in Kalbsleder und Pergament gebunden, zogen sich an drei Wänden hin, Bücher drängten und türmten sich auf Stühlen und Tischen, Bücher verbreiteten den angenehmen Geruch von Druckerschwärze und Einbänden, und als Krönung von allem hing ein feiner Tabakduft in der Luft, herzerquickend, wie wenn unter fremdem Himmel der Union Jack – die alte Fahne der Unabhängigkeit – über dem Haupt des Reisenden flattert. Und in einer Ecke stand ein Klavier, auch das voller Bücherstöße wie die übrigen Möbel.

Ich stieß einen Freudenschrei aus, als ich es entdeckte. «Willst du ein wenig klimpern?» fragte mein Freund, als ob das der natürlichste Wunsch der Welt wäre – und schon wanderten seine Blicke in eine andere Ecke, wo unter einem alpenartigen Gebirge von Büchern und Schreibpapier ein bißchen Schreibtisch zum Vorschein kam.

«Ja darf ich?» fragte ich ungläubig. «Daheim ist es nicht erlaubt – nur blöde Fingerübungen!»

«Hier kannst du drauflosshämmern», antwortete er, und träumerisch murmelte er vor sich hin: «*Age, dic Latinum, barbite, carmen*»[19], und seine

Schritte wandten sich unwiderstehlich, als würden sie mechanisch gesteuert, dem Schreibtisch zu. Nach zehn Sekunden sah und hörte er nichts mehr. Ein großes Buch auf den Knien aufgeschlagen, ein anderes vor sich aufgestützt, ein Dutzend oder so in Griffweite, las er und machte sich mit geradezu leidenschaftlicher Hingabe Notizen. Ich hätte in Böotien sein können, so wenig kümmerte ihn meine Gegenwart. So setzte ich mich denn ohne Bedenken ans Klavier und spielte mir etwas vor.

Denjenigen, die unter Mühsalen und mit wunden Füßen die Gipfel musikalischer Meisterschaft erklommen haben, ist eines verlorengegangen: sie kennen die wilde Freude des Draufloshämmerns nicht mehr. Ihr Glück stammt aus dem Zusammenklang, aus dem harmonischen Bezug der Noten, die sie greifen; der reine, absolute Tonwert, das Wesen jeder Note an sich enthüllt sich nur dem Klimperer. Denn da gibt es Töne, die enthalten das ganze Meer oder Kathedralenglocken, andere wiederum Waldeslust und den Duft von Laubwerk; in einigen tanzen Faune zur heitern Rohrflöte, und selbst die ernsten Zentauren blicken aus ihren Höhlen hervor. Andere klingen nach Mondschein und einige wie das dunkle Karmin im Innern einer Rose; einige sind blau oder rot, und wieder andere künden von einer Armee mit seidenen Bannern und Marschmusik. Und unter all diesen hereinstürmenden Eindrücken hüpfen und springen die weißen Männchen da oben im Kampf gegen die sperrigen Saiten, die sie gefangenhalten, und das ganze große Rosenholzgehäuse summt, als ob es ein einziger Bienenstock sei.

Erschöpft vor Begeisterung schaltete ich eine kleine Pause ein und erhaschte über dem Rand eines Folianten den Blick meines Freundes. «Also diese Deutschen!» begann er unvermittelt, als ob wir mitten in einer Diskussion ständen. «An Gelehrsamkeit mangelt es ihnen nicht, zugegeben, aber der Funke, die Anschaulichkeit, der glückliche Einfall, wo bleiben die? Das bekommen sie alles von uns!»

«Von *uns* bekommen sie gar nichts», sagte ich entschieden; beim Wort «Deutsche» dachte ich nur an Musikkapellen, und auf die war Tante Eliza gar nicht gut zu sprechen.

«Meinst du nicht?» war seine Antwort, und er stand auf, um im Zimmer auf und ab zu gehen. «Ich schätze diese Ehrlichkeit und Mäßigung in einem so jungen Kritiker. Das sind lobenswerte Eigenschaften, die bei der Jugend ebenso selten wie wohltuend sind. Aber schau dir zum Beispiel diesen Schrumpffius an, wie der mit einem simplen *γαϱ* ringt und kämpft gerade an dieser Eingangsstelle!»

Ich schaute ängstlich zur offenen Türe, weil ich mir vorstellte, es müsse sich auf dem Türvorleger ein Kampf mit einem sich windenden Snark[21] abspielen, aber es war ganz ruhig. Ich sah nichts Gravierendes am Eingang, und sagte ihm das auch.

«Eben», rief er begeistert, «für dich, der die Gaben des geborenen Gelehrten in so hohem Maße besitzt, gibt es da überhaupt keine Schwierigkeiten. Für diesen Schrumpffius aber...» Da kam glücklicherweise die Haushälterin herein, eine ordentlich aussehende Frau gesetzten Alters.

«Ihr Tee steht im Garten bereit», sagte sie streng, als ob sie eine fehlerhafte Emendation berichtigen wollte. «Ich habe Kuchen und allerlei für den jungen Herrn hingestellt. Warten Sie nicht, bis der Tee kalt wird!»

Er winkte ab, setzte seinen Gang fort und warf, während ich gesenkten Hauptes wartete, mit Aoristen um sich. Die Haushälterin wartete ungerührt, bis er seine Tirade kurz unterbrach, und bemerkte dann nochmals gleichmütig: «Warten Sie nicht, bis er kalt wird!» Der Bedauernswerte warf mir einen hilfesuchenden Blick zu. «Vielleicht wäre ein bißchen Tee nicht übel», bemerkte er kleinmütig und führte mich zu meiner großen Erleichterung in den Garten. Ich schaute mich nach dem jungen Herrn um, aber da ich ihn nirgends entdeckte, schloß ich, er gehöre auch zu den Geistesabwesenden, und machte mich ohne falsche Hemmungen über «Kuchen und allerlei» her.

Nach einem höchst genüßlichen und höchst gelehrten Tee geschah etwas, das bei mir, so klein ich war, unauslöschlichen Eindruck hinterließ. Als wir so in Gesprächen in der Laube über die Landstraße saßen, latschte ein schmuddeliger Landstreicher in Begleitung einer schlampigen Frau und eines Köters in unser Gesichtsfeld. Sobald er uns erblickte, setzte er zu seinem üblichen Klagelied an. Ich schaute mitleidig zu meinem Freund auf, denn ich wußte von Martha – es war allgemein bekannt –, daß er zu dieser Tageszeit auch nicht einen Pfennig mehr in der Tasche hatte. Er füllte sie jeden Morgen, wenn er aufbrach, und wenn der Abend kam, waren sie unweigerlich leer. Das alles erklärte er dem Landstreicher ausführlich, höflich, ja sogar beschämt wie einer, der im Unrecht ist. Als der Herr der Landstraße die Hoffnungslosigkeit seiner Lage einsehen mußte, verlegte er sich lustvoll, wortreich und zügellos aufs Fluchen. Er verwünschte seine Augen, sein Gesicht, seine Gliedmaßen, seinen Stand, seine Verwandten samt Umgebung und schlurfte dann weg, von Groll und Unflat immer noch triefend. Unsere Augen folgten dem Paar, bis die Frau an einer Abzweigung offensichtlich ermattet anhielt. Nachdem ihr Herr und Meister etliche gängige Schimpfworte, wie er sie seiner Stellung schuldig war, ausgestoßen hatte, nahm er ihr das Bündel ab und forderte sie auf, sich bei ihm einzuhängen. Dabei lag in seiner Stimme eine Art ruppiger Freundlichkeit und in seinem Gehaben sogar eine Spur Zärtlichkeit, und der räudige Hund kroch heran, um ihr schnell die Hand zu lecken.

«Schau», sagte mein Freund und stützte sich dabei auf meine Schulter, «wie dieses seltsame Ding, unsere Liebe, an den unerwartetsten Orten lebt und leuchtet! Bist du schon in der Frühe auf den Feldern gewesen? Alles liegt öde. Aber bück dich nur und schau – das Licht muß jedoch schräg einfallen –, und alles wird zu einem silbernen Gewebe von Marienfäden! So unterlaufen und verknüpfen die Feenfäden dieses seltsamen Dings die ganze Welt. Doch es ist nicht der alte gebieterische Gott mit dem verhängnisvollen Pfeil – ἔρωι ἀνίκατε μάχαν[22] –, nicht der – auch nicht so sanft und milde wie στοργή –, sondern etwas immer noch Unbenanntes, geheimnisvoller, göttlicher vielleicht. Nur muß man sich bücken, um es zu sehen, alter Bursche, man muß sich bücken!»

Es fiel schon Tau, die Nacht senkte sich herab, als ich auf der Landstraße eilends heimwärts zog. Einsame Weiten überall, oben und ringsherum. Einzig der Abendstern stand am Himmel, rein, unsäglich fern und entrückt, und doch auch unendlich ermutigend in seiner hehren Abgeschiedenheit.

Eingeschneit

Der Dreikönigstag war herangerückt und vorübergegangen, und das Leben kam einem am folgenden Morgen ein wenig schal und witzlos vor. Erst gestern abend waren die Mummenschanzleute dagewesen! Sie waren in die alte Küche gestürmt, wie Puder war der Schnee von ihrer barbarischen Vermummung auf den roten Backsteinboden gefallen. Sie hatten gestampft und getanzt und deklamiert, bis alles nur noch ein einziges Getümmel und Gejohle war. Harold hatte einfach Angst; er verkroch sich ganz unverfroren in den großen Busen der Köchin. Edward gab sich bei diesem Gaukelspiel den Anstrich männlicher Überlegenheit und begrüßte die schrecklichen Gestalten vertraulich mit Dick und Harry und Joe. Ich meinerseits war zu groß, um wegzulaufen, und zu hingerissen, um dem Zauber und Wunder nicht zu verfallen. Woher kamen diese wunderlichen Gesellen, die in traditioneller Verkleidung mit Gesang und unter furchterregendem Kreuzen der Schwerter über uns hereingebrochen waren? Und auf welch seltsame Besucher mußten wir an stillen Abenden noch gefaßt sein, wenn die Kastanien in der Asche aufplatzten und wir im Banne der alten Gespenstergeschichten ängstlich näher zusammenrückten? Vielleicht erschien der alte Merlin, «eingehüllt in schwarzen Schafspelz und rostbraunen Mantel, mit Pfeil und Bogen und Wildgänsen in der Hand». Oder Ogier der Däne[23] kam aus dem Feenland zurück, um sich nach dem Land durchzufragen, das ihn einst nötig gehabt hatte. Oder hielt in einer weißen Nacht gar die Schneekönigin selber unter dem Geklingel der Schlittenglocken und dem Getrampel der Rentierhufe an der weitgeöffneten Türe an, während oben zwischen den stillen Sternen das Nordlicht dazu seine Lanzen schwang?

Daß wir an diesem Morgen durch den stetig fallenden Schnee erbarmungslos ans Haus gefesselt waren, empfand ich als bedrückend. Edward dagegen, der nach dieser seiner ersten Begegnung mit einem waschechten Drama theaterverrückt war, durchmaß das Zimmer mit großen Schritten und rezitierte «Hier komm' ich Georg der Dritte»[24] mit einem starken Berkshire-Akzent. Harold, als Jüngster gewohnt, sich allein zu vergnügen und ohne Mitspieler auszukommen, spielte «Herren im Klub», was darin bestand, daß er gemessenen Schritts Arm in Arm mit einem imaginären Begleiter vorgerückten Alters im Zimmer umherspazierte, gelegentlich bei einem imaginären Klub anhielt, gemächlich eine imaginäre Treppe emporstieg, einen Blick in imaginäre Zeitungen warf, unter greisenhaftem Kopfschütteln sich über einen imaginären Skandal ausließ und ein – leider – imaginäres Glas zu den Lippen hob. Weiß der Himmel, wie sein Knabenherz auf diesen läppischen Zeitvertreib verfallen war. Es war seine ureigene Erfindung, und er dementsprechend stolz darauf. Unterdessen kauerten Charlotte und ich auf der Fensterbank und staunten gebannt, wie das wirbelnde Schneegestöber unsere traute kleine Welt in ein ungewohntes Einheitsgewand hüllte, gespenstisch der Form und der Farbe nach.

Charlotte war verstimmt. Sie hatte Miss Smedley beim Frühstück, als irgend etwas verhandelt wurde, mit einem passenden Zitat aus ihrem Lieblingsklassiker (dem Märchenbuch) widersprochen und war darauf sanft, aber bestimmt belehrt worden, daß es so etwas wie Feen nie gegeben habe. «Wollen Sie damit sagen, das sei alles gelogen?» fragte Charlotte patzig. Miss Smedley mißbilligte den Gebrauch solch unfeiner Worte in welchem Zusammenhang auch immer. «Diese Geschichten, liebes Kind, hatten ihren Ursprung in einem mißverstandenen Anthropomorphismus beim Deuten der Natur. Aber wenn wir Heutigen auch zu aufgeklärt sind, um in ähnliche Irrtümer zu verfallen, können wir doch immer noch viel lernen aus diesen Mythen...»

«Aber wie kann man von etwas, das es gar nicht gibt, lernen?» fragte Charlotte weiter und verließ trotzig, wenn auch niedergeschlagen das Zimmer.

«Hör doch nicht auf sie!» sagte ich tröstend. «Was weiß die schon davon? Sie kann ja nicht einmal richtig einen Stein werfen!»

«Edward sagt auch, das sei alles Mumpitz», entgegnete Charlotte kleinlaut.

«Edward sagt bei allem, es sei Mumpitz», erkärte ich, «jetzt, wo er meint, er gehe zur Armee. Wenn eine Sache in einem Buch steht, *muß* sie wahr sein. Da gibt es gar nichts zu diskutieren.»

Das tröstete Charlotte einigermaßen. Es war nun ruhiger im Zimmer, denn Edward hatte seinen Drachen erlegt und durchlöcherte ihn behaglich grunzend; Harold rannte die Stufen zum «Athenäum» hinauf, so beflügelt wie es eher zum «Junior Carlton» gepaßt hätte[25]. Draußen waren die Ulmenwipfel im Flockengewirbel kaum mehr zu erkennen. «Der Himmel fällt ein», rezitierte Charlotte leise, «ich muß zum König, es ihm sagen.» Das brachte mich auf den Gedanken, ihr eine Feengeschichte vorzulesen, und ich holte das Buch hervor. Aber das kleine Völkchen hatte an Ansehen verloren; mit den kritischen Bemerkungen war ein Wermutstropfen in den Kelch gefallen. Da griff ich gerne auf König Artus zurück, der bei Charlotte wegen seiner reitenden Edelfräulein an zweiter Stelle stand, bei uns Knaben aber wegen seiner krachenden Turniere und verzweifelten Kämpfe gegen eine Übermacht eindeutig an der Spitze. Jedoch tat ich auch damit einen Fehlgriff; weshalb mußte ich das Buch ausgerechnet bei der unglückseligen Geschichte von Balin und Balan aufschlagen? «Und da verschwand er», las ich, «und nun hörte er ein Horn blasen, als gälte es dem Tod eines wilden Tiers. ‹Dieses Blasen›, sagte Balin, ‹wird für mich geblasen, denn ich bin die Beute und bin doch nicht tot.›»[26] Charlotte fing an zu weinen; sie wußte nur zu gut, wie es weiterging. Ich klappte das Buch ratlos zu. Harold kam hinter dem Lehnstuhl hervor. Er lutschte am Daumen (was man Mitglieder des Reformklubs[27] selten tun sieht) und schaute aus großen Augen auf seine verweinte Schwester. Edward ließ von seiner Darbietung ab und stürzte als Tröster zu seiner Schwester – eine neue Rolle für ihn.

«Ich weiß eine lustige Geschichte», begann er. «Tante Eliza hat sie mir erzählt. Sie passierte, als sie irgendwo in einem gräßlichen Ausland war» (er selbst hatte einmal einen Monat unseligen Angedenkens in Dinan verbracht), «und dort war ein Mann, der hatte zwei Störche. Und ein Storch starb – es war eine Störchin.» («Woran starb sie?» unterbrach ihn Harold.) «Und der andere Storch war sehr traurig und ließ den Kopf hängen, und es war nichts zu machen, er wurde ganz elend. So suchte man Ersatz und fand eine Ente und brachte sie zum Storch. Die Ente war ein Enterich, aber das war dem Storch gleich, und sie liebten sich und hatten es lustig. Nach einiger Zeit kam eine andere Ente dazu – diesmal eine richtige –, und als der Enterich sie sah, verliebte er sich in sie und verließ den Storch und ging und machte der Ente einen Antrag, denn sie war sehr schön. Aber der arme, alleingelassene Storch sagte gar niemandem etwas, sondern grämte und grämte und grämte sich, bis man ihn eines Morgens mausetot fand. Die Enten aber lebten weiter glücklich und in Freuden.»

Das war, was sich Edward unter einer lustigen Geschichte vorstellte! Wieder verzogen sich die

Mundwinkel der armen Charlotte nach unten. Edwards dummes Versagen, wenn es galt zu erfassen, worum es ging, war wirklich allzu ärgerlich! Es war schon immer so. Als man vor Jahren sein kindliches Gemüt auf ein häusliches Ereignis vorbereiten mußte, das zu peinlichen Fragen führen konnte, in einem Augenblick, wo niemand Zeit hatte, sich passende Antworten auszudenken, und man ihn schonend fragte, ob er gerne ein Brüderchen oder vielleicht eher ein Schwesterchen haben wolle, überlegte er sich die Sache in ihrer ganzen Tragweite und entschied sich schließlich für einen jungen Neufundländer. Jeder einigermaßen aufgeweckte Junge wäre seinen Eltern halbwegs entgegengekommen und hätte es ihnen leichter gemacht. So aber mußte man nochmals von vorne anfangen und die Sache von einer neuen Seite her angehen. Und jetzt, da sich Charlotte schnupfend abwandte und als Zeichen ihres überforderten Herzens auch noch den Schluckauf hatte, merkte Edward nicht, was er angerichtet hatte (so wenig wie Isaak Newtons Hund Diamond[28]), und stürzte sich laut schreiend auf Harold.

«Ich brauche einen lebendigen Drachen», verkündete er, «du mußt mein Drache sein!»

«Laß mich los, hörst du!» wimmerte Harold und wehrte sich wacker. «Ich spiele gerade etwas anderes. Wie kann ich ein Drache sein und gleichzeitig allen Klubs angehören?»

«Aber möchtest du nicht ein netter, schuppiger Drache sein, ganz grün», versuchte ihn Edward zu überreden, «mit einem geringelten

Schwanz und roten Augen und richtigen Rauch ausstoßen und Feuer speien?»

Harold schwankte einen Augenblick – Pall-Mall tat immer noch seine Wirkung. Aber schon kroch er auf dem Boden. Die Welt der Klubs war in tausendjährige Ferne gerückt. Unter gräßlichem Schnauben stieß er den rauchigsten Rauch und das feurigste Feuer aus.

«Jetzt brauche ich eine Prinzessin», rief Edward und packte Charlotte voller Begeisterung, «und *du* kannst der Doktor sein und mich von den tödlichen Drachenwunden heilen.»

Von allen Berufen verabscheute und verachtete ich die ehrwürdige Heilkunst am meisten. Mich überfielen schreckliche Erinnerungen an Abführmittel und Mixturen, und mit Charlotte – die sich um schale Standeserhöhungen nicht scherte – machte ich einen Ausfall zur Tür. Edward tat das gleiche, die feindlichen Streitkräfte stießen auf dem Türvorleger zusammen, und eine Weile war die Lage verwirrt, chaotisch und arturisch. Der silberne Klang der Mittagsglocke stellte den Frieden auch bei unserer verbissenen Fehde augenblicklich wieder her. Nicht einmal der heilige Gral selbst, «schwebend auf einem Sonnenstrahl», hat den Tumult sich widerstreitender Leidenschaften je schlagartiger in süße, stille Eintracht verwandeln können.

Worüber sie sprachen

Edward spendete wie ein Gentleman eine Runde Ingwerbier, da er den Zahnarzt kürzlich über sich hatte ergehen lassen müssen und derzeit unter uns der Kapitalist war. Wie in allen Familien in geordneten Verhältnissen war der Tarif bei uns streng geregelt: ein Halbkronenstück pro Zahn, nur einen Shilling, falls der Backenzahn locker saß. Dieser hatte dummerweise – obwohl Edward sich um große Qualen bemühte – eindeutig gewackelt, aber das schmälerte den Grund nicht, sich Ingwerbier zu leisten. Als Geldgeber wollte Edward jedoch nichts mit der Beschaffung zu tun haben. Er stolzierte im Garten umher, während ich im Dorfladen die Tranksame holte und Harold aus der Speisekammer einen Becher entwendete. Nachdem wir alle Vorbereitungen getroffen hatte, lagerten wir uns auf den Rasen; das gesetzteste und manierlichste der Kaninchen war zur Feier des Tages freigelassen worden, hoppelte nun sittsam im Gras umher und tat sich am saftigsten Wegerich gütlich, während Selina als älteste unter den anwesenden Damen in ihrer geziert weiblichen Art sich mit dem ersten vollen Becher Zeit nahm und pedantisch nach Korkenstücken fischte.

«Kannst du dich nicht ein wenig sputen?»

knurrte unser Gastgeber. «Weshalb seid ihr Mädchen nur immer so heikel?»

«Martha sagt», erklärte der ebenfalls durstige, aber trotzdem gerechte Harold, «daß ein Korkenstück, wenn man es verschluckt, quillt und quillt und im Bauch quillt, bis man...»

«Ach Quatsch!» sagte Edward und leerte das Glas, wobei er sich großartig den Anschein gab, die Folgen nicht zu fürchten, aber doch, wie ich merkte, die herumschwimmenden Korkenstücke mit Bedacht vermied.

«Ja sag du nur Quatsch!» entgegnete Harold gereizt. «Aber außer dir wissen alle, daß das stimmt. Denn als Onkel Thomas das letztemal hier war und sie eine Flasche Wein für ihn öffneten, nahm er nur einen einzigen Schluck aus dem Glas, und dann sagte er: ‹Pfui, du lieber Himmel, der hat Korken!› Und er hat ihn nicht mehr angerührt. Sie mußten eine neue Flasche heraufholen. Komisch ist nur, daß, als man das Glas in den Korridor gebracht hatte und ich nachschaute, überhaupt kein Korken darin war. Da trank ich alles aus, und es war sehr gut.»

«Du solltest vorsichtiger sein, junger Mann!» sagte sein älterer Bruder streng. «Erinnerst du dich an den Abend, als die Mummenschanzleute hier waren und Glühwein bekamen, und als sie fort waren, gingst du und leertest alle Gläser?»

«Au, das war ein komisches Gefühl!» kicherte Harold. «Ich meinte, das Haus würde einstürzen, so schwankte alles. Martha mußte mich ins Bett tragen, weil die Treppe so gewackelt hat.»

Wir schauten unsern unverbesserlichen Jüngsten prüfend an, jedoch war klar, daß er die Angelegenheit eher als Wunder denn als Missetat wertete.

Mittlerweile machte die dritte Flasche die Runde. Selina, die nur darauf gewartet hatte, bis sie zu ihr kam, nahm einen ungehörig langen Zug, sprang dann, ihren Rock schüttelnd, auf und verkündete, sie gehe jetzt auf einen Spaziergang. Dann stob sie wie ein Hase davon, denn es war bei uns üblich, Gewalt anzuwenden, wenn ein einzelner Handlungsfreiheit beanspruchte.

«Sie geht wieder zu den Pfarrersmädchen», sagte Edward, als er Selinas lange schwarze Beine auf dem Gartenweg blitzschnell verschwinden sah. «Sie geht neuerdings jeden Tag mit ihnen spazieren. Sobald sie beieinander sind, stecken sie die Köpfe zusammen und schnattern drauflos, die ganze liebe lange Zeit. Mir ist schleierhaft, worüber die sich unterhalten können. Es hört nicht auf; das schwatzt und schwatzt und schwatzt ohne Unterlaß wie ein Nest junger Krähen!»

«Vielleicht reden sie über Vogeleier», warf ich schläfrig ein (die Sonne schien heiß, das Gras war weich, das Ingwerbier wirkte), «oder über Schiffe und Büffel und einsame Inseln, und warum Kaninchen weiße Schwänze haben, und ob sie lieber einen Schoner oder einen Kutter hätten, und was sie werden wollen, wenn sie später einmal Männer sind – ich meine, da gibt es viele Sachen, über die man reden kann, wenn man *Lust* hat zu reden.»

«Schon, aber über solche Sachen reden sie

überhaupt nicht», gab Edward zu bedenken. «Wie könnten sie auch? Sie wissen ja nichts, sie können nichts – außer Klavierspielen, und darüber will sich schließlich niemand unterhalten. Und sie interessieren sich auch für nichts – für nichts Vernünftiges, meine ich. Also worüber reden sie denn eigentlich?»

«Ich habe einmal Martha gefragt», meldete sich Harold, «und sie sagte: ‹Das geht dich nichts an: junge Damen haben viel zu besprechen, was junge Herren nicht verstehen können.›»

«Ich glaube das nicht», brummte Edward.

«Ja, das hat sie zumindest gesagt», war Harolds lahme Antwort. Das Thema schien ihm nicht wichtig genug und hinderte das Ingwerbier am Zirkulieren.

Wir hörten das Gartentor einschnappen. Durch eine Lücke in der Hecke sahen wir das Trüppchen die Straße hinunterziehen. Selina ging in der Mitte und hatte auf jeder Seite ein Pfarrersmädchen eingehakt. Ihre Köpfe steckten zusammen, wie Edward es beschrieben hatte, und ihr Geschwätz wurde vom Wind herübergetragen wie unablässiges Starengepiepse an einem strahlenden Märzenmorgen.

«Worüber sprechen sie denn?» erkundigte ich mich bei Charlotte, da ich Edward beschwichtigen wollte. «Du gehst doch manchmal mit ihnen.»

«Ich weiß es auch nicht», sagte die arme Charlotte kläglich. «Ich muß immer hintendrein gehen, weil sie sagen, ich sei noch zu klein und dürfe es nicht hören. Dabei nimmt es mich so wunder», fügte sie hinzu.

«Wenn eine Dame zu Tante Eliza auf Besuch kommt», sagte Harold, «sprechen immer beide gleichzeitig. Und trotzdem versteht die eine, was die andere sagt. Ich weiß nicht, wie die das machen. Erwachsene sind eben sehr gerissen!»

«Am allerkomischsten ist der Vikar», bemerkte ich. «Er redet ständig völlig sinnloses Zeug daher und lacht dann, wie wenn es ein Witz gewesen wäre. Als sie ihn gestern fragten, ob er noch mehr Tee möchte, sagte er: ‹Noch einmal stürmt, noch einmal, liebe Freunde!›[29] und konnte sich dabei kaum fassen. Ich fand das gar nicht komisch. Dann fragte ihn jemand wegen der Blume in seinem Knopfloch, und er sagte: ‹Nur ein verwelktes Blümelein›[30] und platzte wieder los. Mir kam es höchst läppisch vor.»

«Ach *der*!» rief Edward verächtlich. «Er kann nichts dafür, weißt du; das ist eben seine Art. Was mich beschäftigt, sind diese Mädchen. Wenn sie wirklich etwas Vernünftiges zu reden haben, warum weiß dann niemand worüber? Und wenn das nicht der Fall ist – und wir wissen natürlich, daß es nicht der Fall sein kann –, warum halten sie nicht den Mund? Dieses alte Karnickel hier – *es* will nicht reden. Es hat Gescheiteres zu tun.» Edward zielte mit einem Ingwerbierkorken auf das unerschütterliche Tier, das sich nicht rührte.

«Kaninchen können aber reden», schaltete sich Harold ein. «Ich habe sie oft in ihrem Schlag beobachtet. Sie stecken ihre Köpfe zusammen, und ihre Schnauzen gehen auf und ab, gerade wie bei Selina und den Pfarrersmädchen. Nur kann ich eben nicht hören, was sie sagen.»

«Na, und wenn schon», sagte Edward unwillig, «dann wette ich, sie quatschen nicht solchen Blödsinn wie diese Mädchen!» Das war nicht nur engstirnig, sondern auch ungerecht; denn es ist immer noch nicht durchgesickert – bis zum heutigen Tag nicht –, *worüber* Selina und ihre Freundinnen gesprochen haben.

Die Argonauten

Wenn Fremde, gleich welcher Art, in unserm Kreis erschienen, begegneten wir ihnen immer mit Vorbehalt und Mißtrauen. Meistens galten sie sogar als Signal zum Rückzug in die Höhlen und Schlupfwinkel der Erde, in unwegsames Gestrüpp oder abgelegene Kuhställe, wo uns nur findige Kindermädchen, die unsere Schleichpfade und Zufluchtsorte kannten, aufstöbern konnten. Was Wunder, daß die Helden der klassischen Sagen bei der ersten Begegnung unser Herz nicht auf Anhieb gewannen. «Vertrauen ist eine langsam wachsende Pflanze», hat einer gesagt[31], und diese hehren, fremdartig ausgestatteten, dunkelhaarigen Halbgötter mit Namen, die man sich schwer merken konnte, mußten eine Zitadelle erobern, die schon von uns vertrauten Truppen besetzt war. Die kühlen Göttinnen aus dem Ausland hatten für uns nicht den gleichen Reiz wie die neckischen Feen und tückischen Hexen des Nordens. Auch vermißten wir das freundschaftliche Bündnis mit den Tieren: der Fuchs, der uns auf seiner buschigen Rute zum verwunschenen Schloß reiten ließ, der Frosch im Brunnen, der Rabe, der vom Baum aus Ratschläge krächzte, und wir empfanden es als anstößig – Harold ganz besonders –, daß ein anderer als der jüngste von drei Brüdern der Held sein sollte. Dieser aus dem Erbfolgegesetz des Märchenlands stammende Glaube, daß dem Jüngsten ausnahmslos ein besonderes Glück zukomme, hatte freilich auf Harold eine unheilvolle Wirkung und zu einem gewissen Dünkel und einer Vorlautheit geführt, die Züchtigung forderten. Aber selbst wenn wir ihm das handgreiflich zu verstehen gaben, standen wir noch auf seiner Seite, und wenn wir diese Neuankömmlinge mißtrauisch musterten, schien uns sogar der alte Saturn fast ein Parvenü zu sein.

Indessen können selbst Fremde zu dicken Kameraden werden, sofern sie das Herz auf dem rechten Fleck haben, und diese wackeren Kämpen waren eigentlich ganz nach unserm Sinn. Perseus mit seiner Tarnkappe und den Wundersandalen fand bald den Weg zu unsern Herzen. Wie Apollo bei Admet ans Tor klopfte, hätte gut in ein Märchen gepaßt.[32] In der Geschichte von Psyche gab es neben einem regelrechten Zauberschloß auch hilfreiche Vögel und nette Ameisen.[33] Vor Odysseus mit seinen imponierenden Listen und Ränken kapitulierten wir vollends; von nun an war die Schar bei uns aufgenommen und in unserem Geheimbund zugelassen.

Ich hatte mich damit vergnügt, die Kälber des Bauern Larkin – die sein ganzer Stolz waren – auf der Wiese herumzuhetzen, einfach um dem Mann zu zeigen, daß wir ihn nicht vergessen hatten, und kehrte eben, mit mir und der Welt im reinen, durch den Küchengarten zurück, als ich auf Edward stieß, der im Komposthaufen nach

Würmern wühlte. Er steckte die Würmer in seinen Hut, und wir schlenderten, wichtige Staatsangelegenheiten behandelnd, nebeneinander her. Beim Werkzeugschopf ließ uns ein seltsames Rumoren aufhorchen; wir schauten nach und entdeckten Harold, der mit Leib und Seele in ein neues Spiel vertieft war. Er kauerte deklamierend in einem alten Schweinetrog, den man zum Flikken hereingeholt hatte, und schwang eine Schaufel bald über den Kopf, bald stieß er sie in den Boden, wie wenn er ein kanadisches Kanu fortbewegen wollte. Edward ging zu ihm hinein.

«Was spielst du hier wieder Blödsinniges?» fragte er streng.

Harold wurde rot, hielt sich aber mannhaft an seinem Schweinetrog. «Ich bin Iason», antwortete er trotzig, «und das ist meine ‹Argo›. Die übrigen sind auch dabei, nur kannst du sie nicht sehen. Wir fahren gerade durch den Hellespont, und du mußt uns nicht stören.» Und von neuem durchschnitt er die weindunkeln Wogen.

Edward versetzte dem Schweinetrog einen verächtlichen Fußtritt. «Da hast du ja eine nette ‹Argo›!» sagte er.

Jetzt wurde Harold ärgerlich. «Ich kann nichts dafür», gab er zurück. «Es ist das Argoähnlichste, was ich finden konnte. Es geht schon, man muß es sich nur fest genug vorstellen. Aber *du* hast dir überhaupt nie etwas richtig vorstellen können.»

Edward überlegte einen Augenblick. «Hört einmal», sagte er dann, «warum holen wir uns nicht den Kahn vom Bauer Larkin und fahren in einer wirklichen ‹Argo› den Fluß hinauf auf der

Suche nach Medea und dem Goldenen Vlies und so? Und meinetwegen darfst du sogar Iason sein, weil du zuerst auf die Idee kamst.»

Vor lauter Aufregung purzelte Harold aus dem Trog. «Aber wir dürfen nicht allein aufs Wasser», rief er.

«Jawohl», sagte Edward wegwerfend, «wir dürfen nicht; auch Iason durfte nicht, würde ich meinen. Aber er ging eben!»

Harold hatte seinen Einwand rein anstandshalber angebracht; nur zu gern ließ er sich durch einen stichfesten Grund umstimmen. Als nächstes erhob sich die Frage: Wie hält man es mit den Mädchen? Selina war in einem Boot ausgesprochen nützlich: die Schwierigkeit bestand darin, daß sie uns, wenn sie die Expedition nicht billigte – und vom moralischen Gesichtspunkt aus war es ja nicht gerade ein «Pilgrim's Progress» –, verpetzen konnte, denn sie war eben in das unerfreuliche Alter gekommen, in dem sich das Gewissen entwickelt. Charlotte ihrerseits neigte zu Tagträumen und würde, eher als nicht, bei einem ihrer schwärmerischen Anfälle über Bord fallen. Zwar würde sie in Tränen zerfließen, wenn sie sich ausgeschlossen fände, aber das war immer noch besser als ein nasses Grab. Kurzum, die öffentliche Meinung sprach – und vielleicht zu Recht – gegen die Zulassung berockter Wesen, und das trotz des Präzedenzfalles Atalante, die zu der ursprünglichen Besatzung gehört hatte.

«Nun denn», sagte Edward, «wer fragt Larkin? Ich kann es nicht: als ich ihn das letztemal sah, drohte er, mir eine runterzuhauen, wenn er mich wieder erwische. *Du* mußt zu ihm gehen!»

Ich hatte allen Grund zu zögern. «Du kennst doch seine heißgeliebten Kälber?» setzte ich an.

Edward verstand sofort. «Gut», sagte er, «dann fragen wir gar nicht. Ist ja auch nebensächlich. Er würde sich nur ärgern, und das wäre dumm. Also los denn!»

Wir gingen zum Fluß hinunter und kaperten ohne weitere Hindernisse das Boot des Bauern, denn der Feind war auf der Wiese beim Heuen. Was wir «Fluß» nannten, war in keinem Atlas zu finden, ja, ohne Schiffbruch zu erleiden, konnte unsere «Argo» darauf kaum wenden. Für uns aber war es der Orinoko, und die Städte der Welt zierten seine Ufer. Wir richteten den Bug der «Argo» stromaufwärts, da uns das aus dem Larkinschen Gebiet wegführte. Harold durfte abmachungsgemäß Iason sein, und die übrigen Helden verteilten wir unter uns. Dann ließen wir Thessalien hinter uns, durchschifften unter Hallo den Hellespont, fuhren in atemberaubender Fahrt an Klippen vorbei und im Windschatten der Inseln, welche die Sirenen bewohnten, der Küste entlang. Lemnos war umsäumt von Mädesüß, an Mysiens Küste blühten Heckenrosen, und Thrakiens Gestade widerhallten von den heiteren Stimmen der Heuer.

Nach fast zweistündiger Seefahrt lief der Bug der «Argo» im Morast einer Landestelle auf. Hier war der Grund von Kuhtritten aufgeweicht, und ein Weg führte zum Rauch menschlicher Behausungen. Edward sprang abenteuerlustig an Land, ohne sich darum zu kümmern, ob wir ihm folgten: ich aber blieb zurück, denn ich hatte ganz in der Nähe eine moosüberwachsene Schleuse zu einem Garten entdeckt. Die Stille, die ihn umgab, verhieß ungeahnte Wunderdinge.

Selbst die Luft kam uns stiller vor, als wir vorsichtig durch die Pforte geschlüpft waren, und Harold zögerte in scheuer Ehrfurcht, wie wenn wir die Schwelle eines Privatgemachs überschreiten und Geister aus alten Zeiten vorbeihuschen würden. Überall waren Blumen, aber daß sie so wild wucherten, ließ auf Vernachlässigung schließen; über allem hing der Duft von Heliotrop, als sei er in Girlanden von einer ungestutzten hohen Hecke zur nächsten gespannt worden. Keine Korbstühle, Schals oder Romane belebten den Rasen mit Farbtupfen, und am Haus dahinter waren die meisten Storen gegen den Garten heruntergelassen. Eine graue alte Sonnenuhr beherrschte das Rasenrondell. Auf sie als das Menschenfreundlichste weit und breit lenkten wir gleich unsere Schritte. Um sie herum lief ein alter Sinnspruch, und mit Augen und Fingern versuchten wir ihn zu entziffern.

«ZEIT PRÜFT TREU», buchstabierte Harold schließlich. «Was soll das bedeuten?»

Ich konnte es ihm nicht erklären und hatte auch keine Antwort auf seine weiteren Fragen über die innere Mechanik und wo man das Ding aufziehe. Zwar hatte ich solche Uhren schon gesehen, aber nie richtig begriffen, wie sie funktionierten.

Wir zerbrachen uns immer noch den Kopf über die Vorrichtung, als ich Medea selbst vom

Hause her den Weg herunterkommen sah. Dunkelhaarig, geschmeidig, mit beschwingten Schritten, aber blaß und voller Wehmut – ich erkannte sie sofort, und da wir ja ihretwegen ausgezogen waren, überraschte es mich nicht. Nur Harold, der eben versuchte, die Sonnenuhr zu erklettern, da er wie die Katzen immer überall zuoberst sein wollte, fuhr zusammen und fiel flach auf den Bauch, schürfte sich das Kinn auf und erfüllte den Lustgarten mit Wehgeschrei.

Schwalbengleich schoß Medea zur Stelle und war schon auf den Knien, um ihn zu trösten; mit ihrem eigenen zierlichen Taschentuch wischte sie ihm den Schmutz vom Kinn und suchte ihn mit sanfter Stimme zu beschwichtigen.

«Du mußt nicht so viel Aufhebens um ihn machen», bemerkte ich höflich. «Er brüllt jetzt eine Minute, und dann ist es vorbei.»

Ich hatte richtig geschätzt. Harold gehorchte seiner eigenen Mechanik und hörte plötzlich wie ein Läutwerk, das abgelaufen ist, zu weinen auf. Vergnügt und aufgeräumt entwand er sich den Armen Medeas und rannte nach einem Stein, um ihn einer aufdringlichen Amsel nachzuwerfen.

«O ihr Jungen!» rief Medea und breitete vor Freude ihre Arme aus. «Wo kommt ihr denn her, ihr Schmutzfinken? Ich bin schon tausend Jahre lang hier eingesperrt und habe die ganze Zeit nie jemanden unter hundertfünfzig gesehen. Wollen wir nicht gleich etwas spielen?»

«Schlagball ist ein feines Spiel», schlug ich vor. «Auch Mädchen können mitmachen. Die Sonnenuhr eignet sich gut als Ziel. Aber man braucht einen Schläger, einen Ball und noch ein paar Leute.»

Verzweifelt schlug sie die Hände zusammen. «Ich habe keinen Schläger», rief sie, «auch keinen Ball oder mehr Leute, überhaupt nichts Anständiges. Aber macht nichts, wir können im Gemüsegarten Verstecken spielen und bis zum Nußbaum dort um die Wette laufen. Ich bin schon eine Ewigkeit nicht mehr gerannt.»

Trotzdem ward ihr der Sieg so leicht, daß sich in mir, als ich hinter ihr herkeuchte, Zweifel regten, ob sie bei ihrem Alter nicht um ein paar Jährchen übertrieben habe. Mit der Begeisterung und Hingabe des wahren Könners stürzte sie sich in das Versteckspiel, und wie sie davonflitzte und erhitzt und göttlich lachend wieder zum Vorschein kam, hatte sie nichts mehr von der blassen Zauberin an sich, und sie bewegte sich eher wie jenes andere Mädchen, von dem ich gelesen hatte, das aus der Osterglockenwiese ins Schattenreich versetzt worden war, um dort unten zu herrschen, aber hie und da auf die Erde, ans Licht und die freie, liebkosende Luft zurückkehren durfte.[34]

Als wir uns ausgetobt hatten, gingen wir zur alten Sonnenuhr zurück. Harold, der immer allem auf den Grund gehen wollte, fuhr mit dem Finger der verwitterten Inschrift nach und setzte von neuem an: «ZEIT PRÜFT TREU. Bitte, was heißt denn das?»

Medea neigte sich tief über die Sonnenuhr, bis sich das Gesicht fast in ihren Händen verbarg. «Deshalb muß ich ja hier sein», hauchte sie mit völlig veränderter Stimme. «Sie haben mich hier eingesperrt... sie meinen, ich würde vergessen – aber das werde ich nie und nimmer! Und er auch nicht – aber ich weiß nicht, es ist so lange her... ich weiß einfach nicht!»

Ihr Gesicht war jetzt ganz verborgen. Wieder lag Stille über dem alten Garten. Ich fühlte mich linkisch hilflos und war verlegen. Außer der vagen Eingebung, ich könnte Harold einen Tritt versetzen, wollte mir nichts einfallen.

Keiner von uns hatte bemerkt, daß sich eine andere weibliche Gestalt näherte – eine von der steifen, strengen Sorte –, und wie grundverschieden von unserer Spielkameradin! Die Jahre, die Medea sich zuschrieb, waren wohl eher ihr anzurechnen; dazu trug sie erst noch fingerlose Handschuhe – eine Affigkeit, die ich an Frauen verabscheute. «Lucy!» rief sie, schneidend wie nur Tanten es vermögen, und Medea zuckte schuldbewußt zusammen.

«Du hast geweint», sagte die Fremde und schaute grimmig durch die Brille. «Und sag mir gefälligst, was das für schmutzige Buben sind!»

«Das sind Freunde von mir, Tante», sagte Medea schnell mit erzwungener Munterkeit. «Ich... ich kenne sie schon lange. Ich habe sie eingeladen.»

Die Tante rümpfte mißtrauisch die Nase. «Du mußt ins Haus kommen, meine Liebe, und dich hinlegen», sagte sie. «Du kriegst Kopfschmerzen von der Sonne. Und ihr kleinen Jungen geht jetzt so schnell wie möglich nach Hause zu euerm Tee. Und merkt euch, ihr solltet nicht ohne euer Kindermädchen auf Besuch kommen!»

Harold hatte mich schon ein paarmal an der Jacke gezupft. Ich wartete nur, bis sich Medea nochmals umdrehte und uns, als sie weggeführt wurde, eine zarte Kußhand zuwarf. Dann rannte ich los. Wir gelangten wohlbehalten zum Boot. «Was für ein alter Drache!» sagte Harold.

«War das nicht ein Scheusal!» stimmte ich bei. «Wie kann man nur auf den Gedanken kommen, man könne von der Sonne Kopfschmerzen kriegen! Aber Medea war ein Prachtsmädchen. Könnten wir sie nicht entführen?»

«Das könnten wir, wenn Edward da wäre», sagte Harold vertrauensvoll.

Die Frage lautete: Was war aus dem säumigen Helden geworden? Wir blieben nicht lange im Ungewissen. Zuerst schrillte das Zorngeschrei einer weiblichen Stimme vom Feldweg her, dann kam Edward gelaufen, so schnell ihn seine Füße tragen konnten, und ihm hart auf den Fersen eine aufgebrachte Frau. Edward warf sich mit einem Sprung auf den Schiffsboden und keuchte: «Stoßt es vom Ufer!» Und das taten wir aus Leibeskräften, während das Weib uns vom Ufer her genau in dem Tonfall beschimpfte, in dem weiland Alfred den plündernden Dänen seine Schmähungen entgegengeschleudert hatte.[35]

«Das war gerade wie in ‹Westward Ho!›[36]», bemerkte ich anerkennend, als wir stromabwärts ruderten. «Aber was hast du ihr denn getan?»

«Gar nichts hab' ich ihr getan», keuchte Edward, immer noch außer Atem. «Ich ging ins Dorf hinauf, um es auszukundschaften. Es war sehr nett dort, und die Leute waren überaus höflich. Und da war eine Schmiede, wo eben Pferde beschlagen wurden, und die Hufe zischten und rauchten, und es roch himmlisch. Dort blieb ich ziemlich lange. Dann wurde ich durstig und bat die alte Frau um Wasser, und während sie es holte, kam ihre Katze aus dem Haus und schaute mich ganz bös an und sagte etwas sehr Freches. Da ging ich auf sie los, nur gerade um... um sie Mores zu lehren, und ich weiß nicht, wie es kam, im nächsten Augenblick war sie oben im Apfelbaum und fauchte, und ich rannte den Weg hinunter und die Alte hinter mir her.»

Edward war so voll von dem ihm widerfahrenen Unrecht, daß keine Aussicht bestand, ihn für Medea zu gewinnen. Auch ging es dem Abend zu, und so mußte also die Befreiungsexpedition für einen andern Tag aufgespart werden. Auf der Heimfahrt dämmerte es uns, daß uns die größte Gefahr wohl noch bevorstand, denn der Bauer mußte mittlerweile sein Boot vermißt haben und lauerte uns wahrscheinlich beim Landeplatz auf. Das heimatliche Ufer bot keine andere Anlegestelle; wenn wir aber auf der gegenüberliegenden Seite aussteigen und uns zur Brücke durchschlagen wollten, würde man uns sicher sehen und den Weg abschneiden. Da dankte ich meinen Sternen, daß an dem Tag unser älterer Bruder bei uns war. Wenn er auch nicht eben sehr viel

Phantasie besaß, wußte doch keiner besser als er, wie man die harten Tatsachen des Lebens anpackte. Nachdem er uns Ruhe eingeschärft hatte, wartete er bis kurz vor der gefährlichen Landestelle, legte dann aber auf der Gegenseite an. Lautlos kletterten wir an Land und duckten uns, im Schutze der aufkommenden Dunkelheit, hinter eine Weide, während Edward das leere Boot mit dem Fuß abstieß. Die alte «Argo» wurde von der sanften Strömung fortgetragen und glitt, die Binsen des Ufers streifend, dahin. Als sie gegenüber dem vermuteten Hinterhalt vorbeikam, verkündete uns ein Hagel von Schimpfworten, daß unsere Vorsichtsmaßnahme nicht überflüssig gewesen war. Wir wunderten uns beim Zuhören, wo sich der Bauer Larkin, der doch nur eine ländliche Schulbildung genossen, diesen reichen Wortschatz angeeignet hatte. Als er schließlich merkte, daß sein Boot, herrenlos und verlassen, auf Gnade oder Ungnade dem Spiel von Wind und Wellen preisgegeben war – und erst noch außer Reichweite –, stapfte er die Viertelmeile zur Brücke hinunter. Sobald wir den Tritt seiner Stiefel auf den Planken vernahmen, entwischten wir aus unserem Versteck, bemächtigten uns wieder des Bootes, setzten über und vertäuten den treuen Kahn an der gewohnten Stelle. Edward hätte gerne noch gewartet und mit dem geprellten Bauern ein paar höfliche Worte gewechselt, wenn er uns am andern Ufer gegenüberstände, aber wir besannen uns eines Besseren. Es war immerhin möglich, daß der Piratenstreich nicht uns angelastet würde, und ich erinnerte Edward daran, daß Odysseus allen Grund hatte, ein ähnliches Bravourstück zu bereuen und – wäre er zur Stelle – unbedingt zu sicherem Rückzug raten würde. Edward hielt zwar nicht viel von mir als Ratgeber, vor Odysseus aber hatte er großen Respekt.

Die Römerstraße

Alle Straßen in unserer Gegend waren heiter und freundlich, und jede hatte ihre eigenen liebenswürdigen Eigenschaften; diese eine aber stach durch die schwungvolle Zielstrebigkeit, die einen mitriß und das Herz höher schlagen ließ, aus den übrigen heraus. Die andern lockten hauptsächlich mit ihrer Fülle an Hecken und Gräben, mit dem Überraschungseffekt des ersten Aronstabs, dem Rascheln einer Feldmaus, dem Platschen eines Froschs, während sich durch Gatter und Lücken die kühlen Schnauzen brüderlicher Tiere zwängten. Man durfte es nicht eilig haben, wenn man eine von ihnen einschlug, so viele winzige Hände streckten sich einem von allen Seiten entgegen und wollten einen haschen. Diese eine jedoch war von strengerer Art. Schon nur wie sie Böschungen und Heckenreihen hinter sich brachte und sich schnurgerade bis zu den offenen hügeligen Downs hinzog, drückte Verachtung für schmückendes Beiwerk aus, von dem sich nur Dummköpfe fangen ließen. Wenn ich unter Ungerechtigkeit und Enttäuschungen litt und, wie an dem betreffenden Tag, alles nur noch schwarz sah, wählte ich die charaktervolle Straße für meinen einsamen Spaziergang, um für einen Nachmittag der Welt, die aus unerfindlichen Gründen gegen mich war, den Rücken zu kehren.

«Die Ritterstraße» hatten wir Kinder sie getauft, aus dem unbestimmten Gefühl heraus, daß wenn Lancelot und die Seinen je aufbrachen, wir ihnen eines Tages auf dieser Route auf ihren großartigen Schlachtrossen begegnen würden, immer vorausgesetzt, daß von der wackern Schar ein paar in Schlupfwinkeln und verlassenen Landstrichen noch überlebt hatten. Die Erwachsenen nannten die Straße manchmal den Pilgerweg, aber bei Pilgern wußte ich nicht Bescheid; außer Walther in der Hörselberggeschichte[37] kannte ich keinen. Ihn sah ich zuweilen, wie er hohläugig aus dem Gestrüpp hervorbrach und den Pilgern auf ihrer mühseligen Reise zur Heiligen Stadt etwas zurief, wenn sie vorübereilten zu jenem Ort, wo Frieden und Vergebung ihrer warteten. «Alle Wege führen nach Rom», hatte ich einmal sagen hören, es natürlich wörtlich genommen und tagelang darüber nachgegrübelt. Doch kam ich zum Schluß, daß da ein Fehler vorliegen müsse; nur bei einer Straße war ich sofort überzeugt, daß es stimmte. Eine Bemerkung Miss Smedleys bestärkte mich noch, denn in der Geschichtsstunde erwähnte sie eine merkwürdige Straße, die mitten durch England bis zur Küste hinunterführe und dann in Frankreich genau gegenüber wieder beginne und unentwegt, durch Städte und Weinberge, weiterlaufe – vom nebligen Hochland bis zur Ewigen Stadt. Sofern sie sich nicht erhärten ließen, wurde Miss Smedleys Ausführungen für gewöhnlich wenig

Glauben geschenkt, hier aber, mit der Straße vor mir, schien sie ausnahmsweise der Wahrheit auf der Spur zu sein.

Rom! Die Vorstellung, daß es am andern Ende des weißen Bandes lag, das sich vor meinen Füßen bis zu den fernen Downs entrollte, war berückend. So unwissend war ich nicht, daß ich annahm, es ließe sich heute nachmittag erreichen, aber eines Tages, dachte ich, wenn die Verhältnisse weiter so unerfreulich bleiben sollten wie gerade jetzt – eines Tages, wenn Tante Eliza auf Besuch gegangen war –, eines Tages würde man sehen.

Ich versuchte mir auszumalen, wie es sein würde, wenn ich dorthin käme. Das Kolosseum war mir natürlich von einem Holzschnitt im Geschichtsbuch her bekannt; das plazierte ich als erstes sicher in die Mitte. Die übrigen Versatzstücke mußte ich mir aus dem grauen Marktflekken zusammenlesen, wohin wir zweimal im Jahr zum Haarschneiden gingen. So näherte man sich also dem Amphitheater Vespasians durch aufgeweichte Gassen. Den architektonischen Hauptschmuck lieferten der «Rote Löwe» und der «Blaue Eber» mit irgendeiner Bierreklame längs der Stirnseite und einer Tafel «Fremdenzimmer» im Fenster, neben dem soliden Backsteinbau des Arzthauses und der Fassade der neuen Methodistenkirche, die wir sehr gediegen fanden. Die römische Bevölkerung ging in Bauernkitteln und Manchesterhosen ihrem Tagewerk nach, zerrte an den Schwänzen römischer Kälber und lud sich in singendem Wessexdialekt gegenseitig zu einem Bier ein. Von Rom aus zog es mich in weitere Städte, von denen ich schon gehört hatte – nach Damaskus, nach Brighton, von dem Tante Eliza schwärmte, nach Athen und Glasgow, das der Gärtner nicht genug loben konnte, aber irgendwie waren sie alle nach dem gleichen Plan angelegt: die Methodistenkirche stand immer wieder da. Wieviel leichter war es, Traumstädte zu bauen, wo die Phantasie hemmungslos walten konnte und man als einziger Architekt freie Hand hatte. Im Geiste zog ich eben durch eine solche Wolkenkuckucksheimstraße, gesäumt von Prachtsbauten, als ich dem Künstler begegnete.

Er saß am Straßenrand bei der Arbeit, an einem Punkt, wo sich die ruhigen Weiten der Downs wacholderübersät nach Westen ausdehnten. Seinen Utensilien nach gehörte er der Malerzunft an; er trug Knickerbocker wie ich – eine Kleidung, die, das wußte ich, Jungen und Künstlern vorbehalten war. Mir war klar, daß ich ihn weder durch Fragen stören noch ihm über die Schulter gucken und ins Ohr blasen durfte – das schätzten sie nicht, dieses *genus irritabile*. Aber über das Anstarren fand sich in meinem Verhaltenskodex nichts, diesen Punkt hatte man irgendwie übersehen; so kauerte ich mich ins Gras und studierte ihn in allen Einzelheiten. Nach fünf Minuten gab es an ihm keinen Knopf, über den ich nicht hätte ein Examen ablegen können, und selbst der Träger des handgesponnenen Anzugs hätte über dessen Muster und Webart weniger Auskunft geben können als ich. Einmal schaute er auf, nickte, streckte mir geistesabwesend seinen Tabaksbeutel entgegen, steckte ihn in die Tasche zurück und nahm seine Arbeit wie ich mein geistiges Photographieren wieder auf.

Nach weitern fünf Minuten bemerkte er, ohne mich anzublicken: «Schönes Wetter heute nachmittag; hast du noch weit?»

«Nein, ich gehe nicht mehr weiter heute», antwortete ich. «Eigentlich wollte ich nach Rom, aber ich hab' es verschoben.»

«Rom ist schön», murmelte er, «es wird dir gefallen.» Nach einigen Minuten fügte er hinzu: «Aber wenn ich du wäre, würde ich nicht jetzt hingehen, es ist viel zu heiß.»

«Ja, sind Sie etwa schon in Rom gewesen?» erkundigte ich mich.

«Ja», antwortete er kurz, «ich wohne dort.»

Das war zu viel für mich, mir blieb der Mund offenstehen, als ich zu fassen suchte, daß ich tatsächlich einem Mann gegenübersaß, der in Rom wohnte. An Reden war nicht zu denken, auch hatte ich jetzt anderes zu tun. Volle zehn Minuten hatte ich ihn einfach als Fremden und Künstler gemustert, und nun mußte die Sache von vorne, von diesem neuen Gesichtspunkt aus betrachtet werden. So setzte ich nochmals zualleroberst bei seinem weichen Hut an und arbeitete mich bis zu den soliden britischen Schuhen hinab, aber diesmal war alles von einem römischen Glorienschein umhüllt. Endlich brachte ich hervor: «Aber Sie wohnen doch nicht wirklich dort?», nicht weil ich es nicht glauben, sondern weil ich es nochmals hören wollte.

«Na», sagte er und übersah gutmütig die Zudringlichkeit meiner Frage, «ich wohne dort so gut wie anderswo. Manchmal die Hälfte des Jahres. Hab' dort so eine Art Bude. Du mußt mich einmal besuchen kommen und sie dir ansehen!»

«Ja, wohnen Sie denn noch woanders?» forschte ich weiter und fühlte eine Flut ungehöriger Fragen in mir aufsteigen.

«O ja, ein bißchen überall», war seine unbestimmte Antwort. «Ich habe auch eine Bleibe in der Nähe von Piccadilly.»

«Wo ist das?» erkundigte ich mich.

«Wo ist was?» fragte er. «Ach so, Piccadilly! Das ist in London.»

«Haben Sie einen großen Garten?» fragte ich. «Und wieviele Schweine?»

«Ich habe keinen Garten», antwortete er traurig, «darf auch keine Schweine halten, obwohl ich das furchtbar gern möchte. Es ist hart.»

«Aber was tun Sie dann den ganzen Tag?» rief ich, «und wo gehen Sie zum Spielen hin, ohne Garten, Schweine und derlei?»

«Wenn ich spielen will», sagte er ernst, «muß ich auf der Straße spielen, aber das ist nicht sehr lustig. Es gibt zwar in der Nähe einen Ziegenbock, mit dem rede ich manchmal, wenn ich mich einsam fühle, aber der ist sehr stolz.»

«Ziegenböcke sind alle stolz», pflichtete ich ihm bei. «Bei uns in der Nähe ist einer, wenn man dem nur das Geringste sagt, stößt er einen mit dem Kopf in die Magengrube. Sie wissen wohl, wie das ist, wenn einen jemand in die Magengrube stößt?»

«Nur zu gut!» antwortete er trübe und malte weiter.

«Sind Sie auch sonst noch irgendwo gewesen?» setzte ich bald von neuem ein, «außer in Rom und Piccy... wie heißt das schon?»

«Ja», sagte er. «Ich bin eine Art Odysseus – habe viele Menschen und Städte gesehen, weißt du. Der einzige Ort, wo ich eigentlich nie war, ist die Glückliche Insel.»

Der Mann begann mir zu gefallen. Seine Antworten waren knapp und erfaßten das Wesentliche, ohne krampfhaft lustig sein zu wollen. Ich spürte, daß sich mit ihm auch Vertraulicheres besprechen ließ.

«Möchten Sie nicht eine Stadt finden», erkundigte ich mich, «in der es überhaupt keine Leute gibt?»

Er stutzte einen Augenblick. «Ich verstehe nicht ganz, wie du das meinst», sagte er.

«Ich meine», fuhr ich eifrig fort, «eine Stadt, in die man durch die Tore hineinspaziert, und die Läden sind voll feiner Dinge und die Häuser wunderbar eingerichtet, und gar niemand ist da. Man geht in die Geschäfte und nimmt sich, was man möchte – Schokolade und Laterna magicas und Gummibälle –, und das alles gratis. Und man wählt sich ein Haus und wohnt dort und tut, was man will, und geht nie zu Bett, nur wenn man Lust hat.»

Der Maler legte seinen Pinsel hin. «Das wäre allerdings eine prächtige Stadt», sagte er. «Noch besser als Rom. Derartiges ist in Rom nicht möglich, auch am Piccadilly nicht. Das muß auch so ein Ort sein, wo ich nie hingekommen bin.»

«Und man würde Freunde einladen», fuhr ich fort und geriet immer mehr in Feuer. «Natürlich nur die, die man wirklich mag. Und jeder hätte ein Haus für sich – es wären genug da –, und Verwandte nähme man keine auf, außer sie würden versprechen, nett zu sein, und falls sie das nicht wären, müßten sie gehen.»

«Du möchtest also keine Verwandten haben?» sagte der Maler. «Ja, vielleicht hast du recht. Wir haben da etwas gemeinsam.»

«Harold würde ich zulassen», überlegte ich, «und Charlotte. Denen würde das sehr gefallen. Die andern sind fast zu alt dazu. Ach, und Martha – sie würde ich zum Kochen und Abwaschen und Ordnunghalten mitnehmen. Martha würde Ihnen gefallen. Sie ist viel netter als Tante Eliza. Sie ist, was ich mir unter einer richtigen Dame vorstelle.»

«Dann würde sie mir bestimmt gefallen», entgegnete er überzeugt. «Und wenn ich dann nach – wie sagtest du, daß deine Stadt heißt? – Nephelo[38] ... so etwas, hast du gesagt?»

«Ich ... ich weiß nicht», stotterte ich verwirrt. «Sie hat bis jetzt noch keinen Namen.»

Der Maler blickte zu den Downs hinüber. «‹Der Dichter sagt, geliebte Stadt des Kekrops[39]›», sprach er leise vor sich hin, «‹warum willst du da nicht sagen, geliebte Stadt des Zeus?› Das stammt von Mark Aurel», fuhr er fort und wandte sich wieder seiner Arbeit zu. «Du kennst ihn wahrscheinlich nicht, aber eines Tages wirst du ihn kennenlernen.»

«Was ist das für einer?» erkundigte ich mich.

«Oh, auch so einer, der in Rom gelebt hat», antwortete er und pinselte weiter.

«Mein Gott!» rief ich ganz verzagt. «Da müssen ja viele Leute in Rom leben, und ich war noch nie dort! Aber eigentlich glaube ich, *meine* Stadt würde mir am besten gefallen.»

«Ja, mir auch», antwortete er feierlich, «aber nicht Mark Aurel».

«Dann laden wir ihn also nicht ein?» fragte ich.

«Wenn du nicht willst, nein», sagte er, und als das geregelt war, schwiegen wir eine Weile.

«Weißt du», fing er wieder an, «ich habe schon Leute getroffen, die in einer Stadt wie der deinen gewesen sind – es war sogar vielleicht eben die. Aber sie reden nicht viel darüber – nur in Andeutungen ab und zu, aber dort gewesen sind sie bestimmt. Denen kann nichts mehr etwas anhaben – sie nehmen alles, wie es kommt, und früher oder später sind sie über alle Berge verschwunden, und man sieht sie nie wieder. Sind wohl dorthin zurückgekehrt.»

«Ja natürlich», sagte ich. «Ich begreife nicht, wieso sie sie überhaupt verlassen haben. Ich ginge nie mehr fort. Nur um wieder gescholten zu werden, man habe Sachen kaputt gemacht, ohne daß es stimmt, und damit sie es einem verbieten, mit den Dienstboten in der Küche Tee zu trinken und einen Hund ins Bett zu nehmen.

Aber auch ich habe Leute gekannt, die dorthin gegangen sind.»

Der Maler blickte mich erstaunt, aber nicht unhöflich an.

«Ja, Lancelot zum Beispiel», fuhr ich fort. «Im Buch steht, er sei gestorben, aber das kann irgendwie nicht stimmen. Er ging einfach fort wie Artus. Und wie Crusoe, als der es satt hatte, Kleider zu tragen und respektabel zu sein. Und alle die netten Männer in den Geschichten, die die Prinzessin nicht bekommen, weil eben pro Buch nur ein Mann heiraten kann. Die sind alle dort.»

«Und die Männer, die es nie zu etwas bringen», sagte er, «die sich anstrengen wie die andern, die gebeutelt werden oder sonstwie den Anschluß verpassen und scheitern und von der Menge überrannt werden – und keine Prinzessin gewinnen, nicht einmal ein zweitrangiges Königreich. Einige davon werden hoffentlich auch dort sein?»

«Ja, wenn Sie wollen», antwortete ich, ohne ihn ganz zu begreifen. «Wenn es Ihre Freunde sind, laden wir sie selbstverständlich ein.»

«Wie herrlich das sein wird», sagte der Künstler sinnend, «und wie wird sich der alte Mark Aurel entsetzen!»

Die Schatten waren bedenklich länger geworden, eine Flut goldenen Dunstes ergoß sich über die graugrünen Hügel. Der Maler begann seine Siebensachen zusammenzupacken und sich zum Aufbruch zu rüsten. Ich war traurig: so mußten wir uns denn trennen, just da man sich ein bißchen nähergekommen war. Er erhob sich und stand sehr groß und aufrecht über mir mit dem Schein der sinkenden Sonne in Haar und Bart. Kameradschaftlich ergriff er meine Hand. «Ich habe unser Gespräch genossen», sagte er. «Du hast ein interessantes Thema angeschnitten, und wir haben es noch lange nicht erschöpft. Ich hoffe, wir sehen uns ein andermal.»

«Aber sicher», antwortete ich, erstaunt, daß man das bezweifeln konnte.

«Vielleicht in Rom?» sagte er.

«Ja, in Rom», antwortete ich, «oder an diesem Piccy-Ort oder sonstwo.»

«Oder eben in jener andern Stadt», sagte er, «wenn wir den Weg dorthin gefunden haben. Ich will nach dir Ausschau halten, und du mußt laut rufen, sobald du mich siehst. Dann werden wir Arm in Arm die Straße hinunter und in alle Läden gehen, ich wähle mir mein Haus aus und du dir das deine, und dort leben wir wie die Könige und wie Freunde.»

«Wollen Sie denn nicht bei mir wohnen?» rief ich. «Ich nehme ja nicht jeden, aber *Sie* sind eingeladen.»

Er tat, als ob er es sich einen Augenblick überlegte, und sagte dann: «Gut denn! Ich weiß, du meinst es ernst, und nehme deine Einladung mit Freuden an. Sonst gehe ich zu niemandem, da kann man mich noch so sehr darum bitten. Und ich werde auch lange bleiben und keinerlei Umstände machen.»

Mit dieser Vereinbarung trennten wir uns, und trübselig ging ich von dem Mann, der mich verstand, zum Haus zurück, wo ich es nie jemandem recht machen konnte. Wie kam es, daß er alles natürlich und einleuchtend fand, was diese Onkel, Pfarrer und die übrigen erwachsenen Männer als Dummheiten abtaten? Nun, er würde mir das und manches mehr erklären, wenn wir uns wieder begegneten. Die Ritterstraße! Wie sie doch stets Trost spendete! War er am Ende gar einer der verschollenen Ritter, die ich schon so lange suchte? Vielleicht würde er das nächstemal in einer Rüstung kommen – und warum eigentlich nicht? Eine Rüstung würde ihm gut stehen, fand ich. Ich würde dann versuchen, als erster dort zu sein, um den Glanz des Sonnenlichts auf seinem Helm und Schild blinken zu sehen, wenn er die Hauptstraße der Goldenen Stadt heraufgeritten kam.

Bis dahin galt es sie nur noch zu finden. Ein Kinderspiel.

Das Geheimfach

Sicher hatte es den Damen früherer Zeiten als Boudoir gedient, dieses wenig benutzte, selten betretene Zimmer mit dem vergessenen alten Sekretär. Etwas ausgesprochen Weibliches haftete den zarten Tönen des verblichenen Brokats an, dem Rosa und Blau der Porzellannippes, die noch vorhanden waren, und dem altmodischen Duft getrockneter Blütenblätter in dem großen blau-weißen Dufttopf mit den komischen Löchern im Deckel auf dem flachen Aufsatz des Sekretärs. Moderne Tanten verschmähten dieses abgelegene, altväterische Oberstübchen und nahmen ihre Buchhaltung und Korrespondenz lieber von einer zentralen, am Puls des Lebens gelegenen Warte aus in Angriff, wo sich mit einem Auge die Wagenauffahrt überblicken und mit dem andern nach säumigen Dienstboten und marodierenden Kindern Ausschau halten ließ. Die Tanten einer früheren Generation – hatte ich den Eindruck – wären eher nach unserm Herzen gewesen. Aber auch von uns Kindern, die wir uns fast überall hin Zutritt zu verschaffen wußten, wurde das Zimmer nur selten aufgesucht. Es enthielt auch nichts, was uns besonders gelockt hätte oder für uns brauchbar gewesen wäre – nur ein paar spindelbeinige Stühle mit vergoldeten

Rücken, eine alte Harfe, auf der einst, so wollte es die Fama, Tante Eliza vor vielen, vielen Jahren, in einer vagen Vergangenheit, selbst gespielt hatte, einen Eckschrank mit ein bißchen Porzellan darin und den alten Sekretär. Aber das Zimmer besaß eine andere Eigentümlichkeit, eine Art Heimlichkeit, eine Kraft, die den Eindringling spüren ließ, daß er ein Störenfried war, vielleicht sogar die flüchtige Andeutung, daß jemand eben noch, nur eine Sekunde bevor man eintrat, auf einem dieser Stühle gesessen, am Sekretär geschrieben oder das Porzellan befingert haben mochte. Ein so starker Ausdruck wie «Hier spukt es» hätte zu diesem gemütlichen, altmodischen Zimmer, das uns allen im Grunde gefiel, durchaus nicht gepaßt, aber es hatte zweifellos etwas Zurückhaltendes, Distanziertes und blieb für sich.

Onkel Thomas war der erste, der mich auf die verborgenen Möglichkeiten des Sekretärs hinwies. Er durchstöberte eines Nachmittags das Haus und hatte mir befohlen, ihm Gesellschaft zu leisten – er war ein Mann, der keine Minute allein sein konnte –, als sein Auge daran hängenblieb. «Hm! Sheraton[40]!» bemerkte er. (Er kannte sich überall ein bißchen aus, dieser Onkel, und wußte viele Fremdwörter.) Dann klappte er den Deckel herunter und untersuchte die leeren Fächer und das verstaubte Furnier. «Schöne Intarsien», fuhr er fort, «überhaupt ein vorzügliches Stück. Ich kenne die Art. Muß irgendwo ein Geheimfach haben.» Als ich mit stockendem Atem nähertrat, rief er plötzlich: «Beim Jupiter, ich muß eine rauchen!», drehte sich um, stürzte unvermittelt

Richtung Garten und ließ mich voller Fragen einfach stehen. Wie sonderbar, überlegte ich mir, diese Rauchgier doch war, die einen Mann plötzlich an den unmöglichsten Orten überkam, im Hause und im Freien, ihn packte wie ein Ifrit[41] und gebieterisch mit sich fortriß. Ob das bei mir später auch einmal so sein würde, fragte ich mich, in den unbekannten Jahren des Erwachsenseins?

Aber für müßige Spekulationen war jetzt keine Zeit. Das Zauberwort «Geheimfach» ließ mich innerlich erbeben. Damit war jene Saite angeschlagen worden, die stets auch bei Wörtern wie Höhle, Falltüre, Schiebfach, Gold und Silber oder Spanische Dublonen zu schwingen beginnt. Denn ganz abgesehen von der Entdeckerfreude an sich, wer hätte je von einem Geheimfach gehört mit nichts darin? Und Geld brauchte ich dringend! Ich durchlief im Geiste die Liste der Wünsche, die sich in erster Linie aufdrängten.

Da war zuerst einmal die Pfeife, die ich George Jannaway schenken wollte. George, Marthas Bräutigam, war Schäfer und ein guter Freund von mir. Auf dem letzten Jahrmarkt, als er seiner Liebsten Meßgeschenke kaufte, wie es sich für einen anständigen Schäfer gehört, hatte er eigens für mich eine prachtvolle Schlange erstanden, eine aus Holz, mit Scharnieren, die in der Hand lustig zappelte, mit gelben Tupfen auf grünem Grund, klebrig und stark nach Farbe riechend, wie man es von einer frisch gestrichenen Schlange erwartet, und mit einer roten Flanellzunge, die ihr raffiniert zwischen die Kinnladen gekleistert worden war. Ich liebte sie sehr und nahm sie jeden Abend mit ins Bett, bis mit der Zeit ihre Wirbelsäule locker wurde, sie auseinanderfiel und den Weg allen sterblichen Spielzeugs ging. Ich fand es überaus nett von George, daß er auf dem Jahrmarkt an mich gedacht hatte, und darum wollte ich ihm eine Pfeife schenken. Früh im Jahr, wenn es kalt war und die Lämmer Junge warfen, wohnte er in einem kleinen Holzhaus auf Rädern weit draußen auf den winterlichen Downs und sah keine andern Gesichter als schäfische, wollene, stumme; und wenn er und Martha erst verheiratet waren, würde sie ihm jeden Tag das Essen herausbringen, zwei Meilen weit: und nachher würde er vielleicht meine Pfeife rauchen. Es schien für beide Beteiligten eine idyllische Lebensform zu sein, aber eine Qualitätspfeife, eine Pfeife, der Teilnahme an einem solchen Leben angemessen, war (das hatte Martha gesagt) für weniger als achtzehn Pence nicht zu haben. Und inzwischen...!

Dann waren da die vier Pence, die ich Edward schuldete; nicht daß er mich gedrängt hätte, aber ich wußte, er brauchte sie selber, um seine Schuld bei Selina zu begleichen, der dieser Betrag an der Summe von zwei Shillingen noch fehlte, mit denen sie Harold zum bevorstehenden Geburtstag ein Panzerschiff kaufen wollte – H. M. S. «Majestic», die jetzt nutzlos im Schaufenster der Spielwarenhandlung krängte, gerade wo ihr Land sie so bitter nötig hatte.

Und weiter war da der Junge im Dorf, der ein junges Eichhörnchen gefangen hatte, und ich hatte noch nie eines besessen, aber er wollte einen Shilling dafür; dabei wußte ich, daß gegen neun Pence in bar... aber wozu schon diese kleinlichen Überlegungen? An Wünschen, um jedweden Geldfund zu erschöpfen, und sollte er gar einen halben Sovereign betragen, mangelte es mir nicht. Meine ganze Hoffnung lag nun im Geheimfach, und hier stand ich und ließ kostbare Minuten verstreichen! Ob man moralisch gesehen die Berechtigung hatte, derart «Gefundenes» zu behalten, war ein Punkt, den ich nicht in Betracht zog.

Es war sehr still im Zimmer, als ich mich dem Sekretär näherte; alles schien in erwartungsvollem Schweigen zu verharren. Der zarte Duft von Veilchenwurzel, der mir beim Herunterklappen des Deckels entgegenströmte, vermischte sich mit dem Gelb und Braun des alten Holzes, bis Duft und Farbe ein und dasselbe wurden. Freilich war die Tönung des alten Brokats mit dem Potpourri durchtränkt, Potpourri und Brokat hatten längst eine Einheit gebildet. Mit erwartungsvollen Fingern erforschte ich die leeren Fächer und wühlte in den Tiefen der leicht gleitenden Schubladen. Keines der mir bekannten Bücher enthielt ein Rezept, wie bei einer solchen Suche vorzugehen sei, aber sollte ich ohne fremde Hilfe erfolgreich sein, wäre mein Ruhm um so größer.

Wem Erfolg beschieden ist, dem pflegt das Schicksal kleinere Ermunterungen auf den Weg zu streuen. In weniger als zwei Minuten hatte ich einen rostigen Schuhknöpfer gefunden. Das war wirklich wunderbar. Es gab zwar im Kinderzimmer einen Schuhknöpfer für die Allgemeinheit, Gemeinschaftsbesitz beider Geschlechter, aber niemand von uns besaß einen ganz privaten, eigenen Schuhknöpfer, den er ausleihen konnte oder eben nicht, wie es der augenblicklichen Laune entsprach. Ich verstaute den Schatz sorgfältig in meiner Tasche und forschte weiter. Zuhinterst in einer Schublade verrieten mir drei alte ausländische Briefmarken, daß ich auf dem besten Weg war, mein Glück zu machen.

Nach diesem so verheißungsvollen Anfang folgte eine Durststrecke ergebnislosen Suchens. Umsonst zog ich alle Schubladen heraus und tastete jeden Zoll der glatten Oberfläche von vorne bis hinten ab. Nirgend stießen meine bebenden Fingerspitzen auf einen Knopf, eine Feder oder eine Unebenheit; der alte Sekretär blieb unerbittlich und ließ sich sein Geheimnis, wenn er überhaupt eines barg, nicht entreißen. Mein Eifer erlahmte, und ich verzagte. Es wäre nicht das erstemal gewesen, daß sich Onkel Thomas als unzuverlässig und schlecht informiert erwies, als Führer in Sackgassen hinein, wo man vom Echo genarrt wurde. War es sinnvoll, weiterzusuchen? Hatte überhaupt irgend etwas einen Sinn? Im Geist begann ich die Reihe vergangener Enttäuschungen durchzugehen, und das Leben erschien mir als eine einzige Kette von Mißerfolgen und Unerreichtem. Ernüchtert und niedergeschlagen ließ ich von meinem Vorhaben ab und trat ans Fenster. Das Licht zog sich aus dem Zimmer schon zurück, wie um alle seine Kräfte draußen am Horizont im Sonnenuntergang zu sammeln. Weit hinten im Garten hielt Onkel Thomas Edward kopfüber an den Beinen in der Luft und verprügelte ihn. Edward gluckste hysterisch und hieb mit den Fäusten blindlings in der Richtung, wo er seines Onkels Magen vermutete: der Inhalt seiner Taschen – ein kunterbuntes Durcheinander – lag auf dem Rasen verstreut. Mir kam das alles sehr fern vor und berührte mich nicht im geringsten, obwohl ich vor einer Stunde oder zwei eine ähnliche Prozedur über mich hatte ergehen lassen müssen.

Im Westen ballten sich die Wolken zu einer niedrigen violetten Bank zusammen; darunter, nach Norden und Süden, zog sich, so weit das Auge reichte, ein schmaler Goldstreif und lief genau den Horizont entlang. Irgendwo in der Ferne wurde ein Horn geblasen, dünn und klar, als sei der Goldstreif hörbar geworden und das Gold der sichtbare Klang. Diese Verschmelzung von Musik und Farbe gab meinen sinkenden Lebensgeistern neuen Aufschwung. Ich wollte es noch ein letztes Mal versuchen, und nun hatte das Glück ein Einsehen, fast wie wenn es sich des schändlichen Spiels schämte, das es mit mir getrieben hatte, und es öffnete seine geballte Faust. Kaum hatte ich mich nochmals mit dem störrischen Holz befaßt, als mit einer Art kurzem Seufzer – fast einem Schluchzen der Erleichterung gleich – das Geheimfach aufsprang.

Ich zog es heraus und trug es zum Fenster, um es im sinkenden Tageslicht zu untersuchen. Große Erwartungen hegte ich allerdings nach meiner langwierigen Suche nicht mehr, und jetzt sah ich mit einem Blick, daß mein gläsernes Glück zersprungen war. Nichts von Goldbarren oder Dublonen, die mich für eine Woche zu einem kleinen Monte Cristo[42] hätten krönen können. Draußen war das Mückenlied des fernen Horns verstummt, das Gold verblaßte zu Primelgelb, und alles war einsam und still. Drinnen fielen meine kleinen Luftschlösser wie ebenso viele Kartenhäuser in sich zusammen und ließen mich bar jeder Habe, beweglicher wie unbeweglicher, und tief ernüchtert zurück.

Und doch – als ich die kleine Sammlung in dieser Schublade der Enttäuschungen nochmals betrachtete, wurde mir wieder wohler ums Herz, denn ich erkannte, daß ein mir verwandter Geist sie zusammengestellt hatte. Zwei angelaufene Goldknöpfe – offensichtlich von der Marine –, das Portrait eines mir unbekannten Monarchen, das aus einem alten Druck ausgeschnitten und von geschickter Hand angemalt worden war, in demselben kühnen Stil, in dem ich meinen Pinsel führte, einige fremde Kupfermünzen, dicker und unförmiger als diejenigen, die ich selbst hortete, und eine Liste von Vogeleiern mit Angabe des Fundortes. Sogar ein Maulkorb für ein Frettchen und ein Stück Pechschnur, die immer noch leicht würzig roch, befanden sich darunter. Ich war also auf einen richtigen Bubenschatz gestoßen. Auch er, dieses junge Glückskind, hatte das Geheimfach entdeckt und hier seine Schätze, einen um den andern, aufbewahrt, heimlich eine Weile seine Freude daran gehabt und dann – ja, was dann? Nun würde man den Grund, weshalb diese einzigartigen Besitztümer nicht abgeholt worden waren, nie erfahren, und mir war, als ob ich einen Augenblick lang über den gähnenden Abgrund von Jahren hinweg meinem kleinen Kameraden aus vergangener Zeit – wie lange vergangener Zeit? – die Hand reichte.

Ich versorgte die Schublade samt ihrem Inhalt im sicheren Sekretär und hörte die Feder mit einer gewissen Genugtuung einschnappen. Vielleicht würde eines Tages ein anderer Junge diese Feder wieder aufspringen lassen. Sicher würde auch er seine Freude daran haben. Als ich die Tür öffnete und gehen wollte, drangen vom Ende des Korridors aus dem Kinderzimmer Gejohle und Gebrüll an mein Ohr, was bedeutete, daß eine Jagd im Gange war. Bären oder Banditen standen, nach der Art des Lärms zu schließen, offenbar auf dem Abendprogramm. Im nächsten Augenblick würde ich mitten im Getümmel sein, in all der Wärme und dem Licht und dem Lachen. Und doch – wie fern mir das alles vorkam, räumlich und zeitlich, als ich noch einen Augenblick auf der Schwelle des Zimmers aus einer versunkenen Welt säumte.

Exit tyrannus[43]

Endlich war der denkwürdige Tag gekommen, der Tag, der einem bei seiner ersten Erwähnung – wie alle goldenen Daten, von denen man sich etwas verspricht – unvorstellbar fern erschienen war. Als vor vierzehn Tagen zum erstenmal verlautete, daß Miss Smedley wirklich gehen werde, waren wir vor Freude völlig aus dem Häuschen geraten und hatten eine ganze Woche lang im Betrachten und Besprechen ihrer vergangenen Tyranneien, Verbrechen, Bosheiten geschwelgt; wir hatten uns diese oder jene Beleidigung, Schmach oder Tätlichkeit wieder ins Gedächtnis gerufen, die wir zur Zeit, als der Hoffnungsschimmer der Befreiung noch nicht am Horizont winkte, murrend über uns hatten ergehen lassen, und wir hatten uns die kommenden sonnigen Tage ausgemalt, die zwar ihre eigenen, frischen Widerwärtigkeiten haben mochten – denn wir leben in einer Werktagswelt –, die uns aber endlich von *einer* häuslichen Plage befreien sollten. Die uns verbleibende Zeit verbrachten wir damit, einen Plan auszuhecken, wie der Stimmung im Volk sichtbarer Ausdruck gegeben werden konnte. Unter Edwards kundiger Leitung waren Vorbereitungen getroffen worden, auf dem Hühnerstall eine Fahne zu hissen genau in dem

Moment, wo der Einspänner mit Miss Smedleys Koffern auf dem Verdeck und der Leuteschinderin im Fond sich vor dem Hause in Bewegung setzen würde. Drei Messingkanonen, am Rand des Grabens aufgestellt, der unsern Garten eingrenzte, sollten dem abziehenden Feind unsere unwandelbaren Gefühle nachrufen: die Hunde sollten Schleifen tragen, und später – aber das hing davon ab, ob wir uns freimachen und entschlüpfen konnten – dachten wir sogar an ein kleineres Freudenfeuer mit ein paar Knallfröschen, sofern die Staatskasse dieser ungewohnten Anforderung gewachsen wäre.

Ich wurde von Harold durch einen Rippenstoß geweckt, und «Heute geht sie!» war das Morgenlied, das die Schlafwolken verscheuchte. Merkwürdig, daß ich innerlich nicht mitjubelte, als ich die Tragweite dieser Aussage langsam erfaßte. Ja, beim Ankleiden verspürte ich ein dumpfes, ekelhaftes Stechen, das ich nicht beschreiben konnte – so etwas wie eine innere Quetschung. Harold erging es offenbar nicht anders, denn nachdem er «Heute geht sie!» in einem Ton, wie er eher zur Litanei gepaßt hätte, wiederholt hatte, forschte er in meinem Gesicht nach Verhaltensmaßregeln. Aber ich sagte ihm ärgerlich, er solle sich beeilen und beten und mich in Ruhe lassen. Was mochte dieses Mißbehagen nur bedeuten, das an einem Freudentag wie dem heutigen meinen Himmel verdüsterte?

Als wir unten in der Sonne waren, stießen wir auf Edward, der auf einem Gatter hin und her schwang. Dazu sang er ein Lied, in dem alle Tiere des Bauernhofs der Reihe nach vorkamen und in ihrer eigenen Sprache kauderwelschten, wobei der Anfang jeder Strophe lautete:

«Auf, auf, ihr Burschen,
Der Morgen ist da!»

Offensichtlich hatte er den bedeutungsvollen Auszug, der an dem Tag bevorstand, ganz vergessen. Ich klopfte ihm auf die Schulter. «Heute geht sie», sagte ich. Edwards Lied brach ab, wie wenn ein Wasserhahn zugedreht worden wäre. «Jawohl», antwortete er und stieg sofort vom Gatter herunter. Und ohne ein weiteres Wort kehrten wir zum Hause zurück.

Beim Frühstück benahm sich Miss Smedley äußerst gemein und anstandswidrig. Ihr Gottesgnadentum erlaubt den Gouvernanten, ungerecht zu regieren, gibt ihnen aber nicht das Recht zu weinen. Indem sie sich so das Vorrecht ihrer Opfer anmaßen, mißachten sie die Kampfregeln und fechten unter der Gürtellinie. Natürlich weinte Charlotte, aber das zählte nicht. Charlotte heulte sogar, wenn man den Schweinen zur gegebenen Zeit Nasenringe anlegte, und erregte den heiteren Spott der Operateure, welche behaupteten, die Tiere hätten das gern, und es schließlich wissen mußten. Wenn aber die Wolkenbeherrscherin ihre Donnerkeile beiseite legte und zu Tränen Zuflucht nahm, durfte sich die aufrührerische Menschheit zu Recht betroffen und in eine schiefe und schwierige Lage versetzt fühlen. Was würden die Römer getan haben, hätte Hannibal geweint? Die Geschichte erwägt diese Möglichkeit überhaupt nicht. Die Regeln und Präzedenzfälle sollten von beiden Parteien streng beachtet werden. Bei einer Verletzung hat die Gegenseite allen Grund zur Klage.

Wir hatten natürlich an diesem Morgen keinen Unterricht – ein weiterer Grund zum Grollen! Es wäre uns lieber gewesen, hätten wir uns bis zuletzt mit den verworrenen Modi und Tempora herumschlagen müssen, um uns dann in der Hitze unseres Zorns für immer über der erkalteten Leiche des Einmaleins zu trennen. Aber es sollte nun einmal nicht sein; ich konnte nach Lust und Laune allein durch den Garten spazieren und, so gut es mir gelang, meine wachsende Niedergeschlagenheit bekämpfen. Es war eine falsche Einrichtung, fand ich, daß Leute, an die man sich gewöhnt hatte, fortgingen. Alles sollte immer so bleiben, wie es war. Natürlich war ein gewisser Wechsel nötig; Schweine zum Beispiel kamen und gingen beunruhigend häufig ...

«Kämpften, sanken dann dahin ...»[44]

Aber die Natur hatte es so bestimmt und ja auch für schnellen Ersatz gesorgt. Wenn man ein Schwein liebgewonnen hatte und sie es einem wegnahmen, wurde der Schmerz bald durch die Freude gelindert, sich aus dem neuen Wurf eines wählen zu dürfen. Hier aber, wo es nicht um Prachtschweine, nur um eine Gouvernante ging, versagte die Natur, und die Zukunft hielt keine Jungen als Trost in Bereitschaft. Die Dinge konnten sich zum Besseren oder zum Schlechteren wenden, aber es würde nie mehr gleich sein, und in ihrem angeborenen Konservatismus kümmert die Jugend weder Armut noch Reichtum, wenn sie nur vor Wechsel verschont bleibt.

Da machte sich Edward mit einer Armesündermiene, wie wenn er beim Konfitürenstibitzen ertappt worden wäre, an mich heran. «Das wird fidel, wenn die endlich weg ist!» bemerkte er und gab sich alle Mühe, so etwas wie Vorfreude auszudrücken.

«Ein Mordsspaß!» erwiderte ich trübselig, und die Unterhaltung versiegte.

Wir kamen zum Hühnerstall und betrachteten das Freiheitsbanner, das bereitlag, um im entscheidenden Augenblick im Winde zu flattern.

«Hissest du es», fragte ich, «wenn der Wagen anfährt, oder... – oder wartest du ein bißchen, bis er außer Sicht ist?»

Edward blickte unsicher um sich. «Ich glaube, es gibt bald Regen», sagte er, «und... und es ist eine neue Fahne. Es wäre schade um sie. Vielleicht hisse ich sie gar nicht.»

Harold kam wie ein Büffel, der von Indianern verfolgt wird, um die Ecke. «Ich habe die Kanonen poliert», rief er, «sie sehen prächtig aus! Darf ich sie jetzt laden?»

«Laß das!» sagte Edward streng, «sonst sprengst du dich noch selbst in die Luft.» (Sorge um andere war sonst nicht Edwards Stärke.) «Rühr das Schießpulver nicht an, bevor man dich heißt, sonst hau' ich dir eine!»

Harold trottete hinter uns her, schlapp, kleinlaut, folgsam. «Sie will, daß ich ihr schreibe», fing er an. «Sie sagt, die Orthographie sei ihr gleich, wenn ich ihr nur schreibe. Stellt euch das vor!»

«Ach, sei still!» sagte Edward wild. Wir verfielen wieder in Schweigen, und jeder hing seinen trüben Gedanken nach.

«Gehen wir ins Gebüsch», schlug ich zaghaft vor im Gefühl, daß etwas geschehen müsse, um den Druck zu erleichtern, «und dort schneiden wir uns neue Pfeile und Bogen!»

«Zu meinem letzten Geburtstag hat sie mir ein Messer geschenkt», sagte Edward düster und tat keinen Wank. «Als Messer taugte es nicht viel – aber ich wollte, ich hätte es nicht verloren!»

«Als mir die Beine weh taten», sagte ich, «saß sie halbe Nächte lang auf und rieb mir etwas ein. Es ist mir erst heute morgen wieder eingefallen.»

«Hier kommt der Wagen!» rief Harold plötzlich. «Ich höre den Kies knirschen.»

Da blickten wir uns zum erstenmal in die Augen und starrten einander an.

Endlich war der Wagen samt Inhalt durch das Tor verschwunden und das Rollen seiner Räder verklungen. Doch flatterte keine Fahne trotzig im Winde, keine Kanonen verkündeten das Ende einer Dynastie. Aus unserem überzuckerten Lebenskuchen hatte das Schicksal ein unersetzliches Stück herausgeschnitten; wir konnten ihn drehen, wie wir wollten, es klaffte eine Lücke. In verschiedenen Richtungen schlichen wir uns davon, keinem war nach Gesellschaft zumute. Etwas zwang mich, meinen Garten von einem Ende bis zum andern umzugraben. Nicht daß er das Umgraben nötig gehabt hätte; andererseits konnte ihm so oder so kein Einsatz von Spatenarbeit etwas anhaben, und so arbeitete ich stetig und verbissen in der heißen Sonne und erstickte meine Gedanken in Geschäftigkeit. Nach etwa einer Stunde kam Edward zu mir.

«Ich habe Holz gespalten», rief er, fast im Ton einer Entschuldigung, obwohl niemand von ihm Rechenschaft über sein Tun verlangt hatte.

«Wozu?» fragte ich blöde. «Gespaltenes Holz haben wir doch haufenweise.»

«Ich weiß», sagte Edward, «aber man kann nie genug davon haben. Wer weiß, was passiert. Aber was willst denn du mit dieser ganzen Graberei?»

«Du sagtest doch, es gebe bald Regen», beeilte ich mich zu erklären. «Da dachte ich, ich sollte noch umgraben, bevor es kommt. Gute Gärtner sagen, das sei der richtige Zeitpunkt.»

«Es sah einmal nach Regen aus», gab Edward zu, «aber es hat sich verzogen. Das Wetter ist überhaupt sonderbar. Wahrscheinlich ist mir auch darum den ganzen Tag so kurios.»

Daß es nicht am Wetter lag, wußten wir beide. Aber wir wären eher gestorben, als uns den wirklichen Grund einzugestehen.

Das Blaue Zimmer

Daß die Natur zuweilen mit dem Menschen im Einvernehmen steht, ist oft genug dargestellt worden – und zwar meistens als Neuentdeckung. Uns, die wir nie etwas anderes gekannt hatten, schien es selbstverständlich und deshalb angebracht, daß der Wind in den Pappelwipfeln sang und seufzte und dazwischen plötzlich ein Platzregen die bereits staubigen Straßen an diesem stürmischen Märzentag benetzten, da Edward und ich auf dem Bahnsteig der Ankunft des neuen Hauslehrers entgegensahen. Die Idee stammte natürlich von einer Tante und entsprang der verstiegenen Vorstellung, daß sich unsere scheuen und unschuldigen Knabenherzen auf dem Weg vom Bahnhof öffnen würden und damit, wenn dann auf beiden Seiten unweigerlich die solideren Eigenschaften zum Vorschein kämen, zwangsläufig der Grundstein zu einer dauernden, auf gegenseitigem Respekt gegründeten Freundschaft gelegt wäre. Ein holder Traum – mehr nicht. Denn Edward, der voraussah, daß er unter der Fuchtel des Hauslehrers der Hauptleidtragende sein würde, war mürrisch, einsilbig und entschlossen, so ekelhaft unausstehlich zu sein, wie es der Anstand nur erlaubte. Darum war es klar, daß der Wortführer und Hauptlieferant der hohlen Höflichkeiten ich sein mußte, und das paßte mir gar nicht, denn alle Verbeugungen, Begrüßungen, Vorstellungen, und was sonst noch zu den kammerherrlichen Pflichten bei Hofe gehört, waren mir in der Seele zuwider. Das stürmische Märzwetter entsprach genau unserer Stimmung, als wir verdrossen und finster den Fenstern des einrollenden Zuges entlang blickten.

Man schätzt aber eine heikle Lage nur zu leicht falsch ein, und der Empfang ging schließlich leicht und natürlich vonstatten. In einem so ausgesprochen bukolischen Wagenvoll war ein Hauslehrer schnell zu erkennen, und sein Handkoffer war auf den Gepäckkarren geladen und ihm selbst der Weg gewiesen worden, ehe ich noch einen meiner wohlüberlegten Sätze vorbringen konnte. Ich atmete freier, und als ich unterwegs zu unserm neuen Bekannten aufblickte, sah ich, daß wir mit etwas viel Verknöcherterem, Schulmeisterlicherem, Strengerem gerechnet hatten. Ein jungenhaft waches Gesicht mit einem kecken Zwicker, unordentliches Haar, ein Kopf, der wie bei einem Rotkehlchen ständig in Bewegung war, und eine Stimme, die immer wieder in die Altlage umkippte, das alles war ungewohnt und merkwürdig, aber keineswegs schrecklich.

Im Dorf blieb er immer wieder stehen und warf einen Blick dahin und dorthin. «Himmlisch», begeisterte er sich, «wirklich himmlisch und charmant!»

Mit so etwas hatte ich nicht gerechnet und

schaute hilfesuchend Edward an, der, die Hände in den Hosentaschen, sauer vor sich hin starrte. Er hatte seinen Standpunkt bezogen und ließ sich davon nicht abbringen.

Inzwischen hatte unser Freund die Faust zu einem Fernrohr geballt und äugte damit auf etwas, das mir verborgen war. «Ganz vorzüglich!» rief er. «Fünfzehntes Jahrhundert... nein... doch ja!»

Ich begann mich zu wundern, horchte auf. Ich mußte an den Fleischer in «Tausendundeine Nacht» denken, in dessen Laden sich ganz gewöhnliche Keulen in den Augen des entsetzten Publikums in zerstückelte Menschen verwandeln. Dieser Mann schien in unserer langweiligen, gewöhnlichen Umgebung die merkwürdigsten Dinge zu sehen.

«Ach!» rief er wieder, als wir zwischen den Heckenreihen waren, «und jetzt dieses Feld, mit den Hügeln im Hintergrund und den dräuenden Regenwolken darüber, das ist ja alles David Cox[45], ganz und gar!»

«Dieses Feld gehört dem Bauern Larkin», erklärte ich höflich, denn er konnte das schließlich nicht wissen. «Ich kann Sie morgen zum Bauern Cox führen, wenn das ein Bekannter von Ihnen ist, aber es gibt dort nichts zu sehen.»

Edward, der immer noch hinterher zottelte, schnitt eine Grimasse, wie um mir zu bedeuten: «Was ist das wohl für ein Tollhäusler?»

«Sie ist eine wahre Idylle, eure Gegend hier», fuhr unser Schwärmer fort, «mit diesen kleinen Häusern und Gehöften, Zeugen vergangener

Kunst, die unsere englische Landschaft so gottvoll, so einzigartig macht!»

Also wirklich, dieser Grashüpfer trieb es allmählich zu bunt! Die vertrauten Felder und Bauernhöfe, wo wir jeden Halm, jeden Busch kannten, verdienten es in meinen Augen nicht, mit derartigen Adjektiven besudelt zu werden. Für mich waren sie weder gottvoll noch einzigartig, noch sonst etwas. Sie waren... nun, sie waren ganz einfach sie selber, mehr war da nicht zu sagen. Verzweifelt puffte ich Edward, zum Zeichen, daß er eine vernünftige Unterhaltung einleiten solle, in die Rippen, aber er grinste bloß und verharrte in seiner Verstocktheit.

«Jetzt können Sie das Haus sehen», bemerkte ich bald, «und das dort ist Selina, die den Esel in der Koppel herumjagt. Oder jagt der Esel Selina? Von hier aus ist es schwer zu sagen, aber es sind auf alle Fälle *sie*.»

Selbstverständlich brach er wieder in eine Salve von Adjektiven aus. «Vortrefflich!» böllerte er, «so sanft und harmonisch! So ganz und gar im Einklang!» (An Edwards Gesicht ließ sich ablesen, bei wem er nicht alles im Einklang fand.) «Und was für romantische Möglichkeiten in diesen alten Giebeln stekken!»

«Wenn Sie die Dachkammern meinen», sagte ich, «sind dort nur viele alte Möbel. Eine ist gewöhnlich voller Äpfel, und manchmal schlüpfen unter der Dachrinne Fledermäuse hinein und flattern umher, bis wir mit Haarbürsten und

Zeugs kommen und sie verscheuchen. Aber sonst gibt es dort wirklich nichts Besonderes, soviel ich weiß.»

«Oh, gewiß hat es dort mehr als nur Fledermäuse», rief er. «Du willst doch nicht sagen, daß es dort nicht etwa spukt. Ich bin tief enttäuscht, wenn es dort keine Gespenster gibt.»

Ich fand es nicht der Mühe wert zu antworten. Dieser Art Konversation war ich wirklich nicht gewachsen. Außerdem näherten wir uns dem Hause, wo meine Aufgabe als erledigt gelten konnte. Tante Eliza empfing uns an der Türe, und in dem nun folgenden Kreuzfeuer von Adjektiven – beide sprachen zur gleichen Zeit, wie das bei Erwachsenen Sitte ist – entschlüpften wir zwei hinters Haus und legten im Sturmschritt mehrere breite Meilen zwischen uns und die Zivilisation aus Angst, zum Tee in den Salon beordert zu werden. Als wir zurückkamen, war unser neuer Hausgenosse hinaufgegangen, um sich fürs Nachtessen umzuziehen, so daß wir mindestens bis morgen Ruhe vor ihm hatten.

Mittlerweile war der Märzwind, der während des Sonnenuntergangs etwas nachgelassen hatte, immer stürmischer geworden, und obwohl ich zur gewohnten Stunde einschlief, weckte mich um Mitternacht sein Heulen und Stöhnen. Im hellen Mondschein schwankten und peitschten die windgeschüttelten Zweige unheimlich gegen die Jalousien, in den Schornsteinen polterte, in den Schlüssellöchern pfiff es, und überall war ein aufrührerisches Tosen. An Schlaf war nicht mehr zu denken, ich setzte mich im Bett auf und blickte mich um. Edward war auch aufgesessen. «Ich dachte, wann du wohl aufwachen würdest», sagte er. «Es hat keinen Sinn, bei so einem Wetter schlafen zu wollen. Ich wäre dafür, wir stehen auf und unternehmen etwas.»

«Einverstanden», antwortete ich. «Komm, wir spielen, wir seien in einem Schiff auf hoher See!» (Das Ächzen des alten Hauses unter den Windstößen legte das nahe.) «Dann können wir bei einer Insel Schiffbruch erleiden, oder wir treiben auf einem Floß, was du lieber willst; aber ich wäre für die Insel, weil man dort mehr machen kann.»

Edward überlegte und verwarf meinen Vorschlag. «Das gäbe zu viel Krach», sagte er richtig. «Das mit dem Schiff ist nur lustig, wenn man so richtig lärmen kann.»

Die Tür kreischte, und eine kleine weiße Gestalt schlich leise herein. «Ich dachte, ich höre euch sprechen», sagte Charlotte. «Uns ist es unheimlich; wir haben Angst, auch Selina. Sie wird jeden Augenblick kommen, muß nur noch den neuen Morgenrock anziehen, auf den sie so stolz ist.»

Die Arme um die Knie geschlungen, dachte Edward angestrengt nach, bis Selina erschien. Sie war barfuß und wirkte in ihrem neuen Morgenrock schlank und groß. «Also hört zu», rief er, «da wir jetzt vollzählig sind, schlage ich vor, daß wir auf eine Entdeckungsreise gehen.»

«Ach du mit deinen Entdeckungsreisen!» sagte ich. «Was gibt es in diesem Haus schon zu entdecken?»

«Gebäck!» sagte der pfiffige Edward.

«Hurra! Nur los!» fiel Harold ein und setzte sich plötzlich auf. Er war schon die ganze Zeit wach gelegen und hatte sich nur schlafend gestellt, damit ihm nicht etwas Unangenehmes aufgebrummt werde.

Zu Recht hatte sich Edward daran erinnert, daß unsere fahrlässigen Verwandten zuweilen Gebäck herumstehen ließen, der Lohn für nachtwandelnde Abenteurer mit stählernen Nerven.

Edward kullerte aus dem Bett und zog sich ein Paar ausgebeulte alte Knickerbocker über die bloßen Beine. Dann schnallte er sich einen Gürtel um, steckte auf einer Seite eine große hölzerne Pistole, auf der andern einen alten Stockdegen ein und stülpte sich zu guter Letzt einen Schlapphut – aus dem Besitz eines Onkels – über die Ohren, den wir brauchten, wenn wir Guy Fawkes oder Charles II.[46] auf dem Baum spielten. Edward kleidete sich, wenn immer möglich, für seine Rollen mit peinlicher Sorgfalt, gleichgültig vor welchem Publikum er auftreten sollte, während Harold und ich uns als echte Elisabethaner wenig um die Ausstattung des Stückes kümmerten, wenn nur der dramatische Knoten richtig geschürzt war.

Nun schärfte unser Anführer uns äußerste Lautlosigkeit ein und erinnerte daran, daß Tante Eliza, an deren Zimmer wir vorbei mußten, gewöhnlich bei offener Tür schlief.

«Aber wir nehmen doch die Abkürzung durch das Blaue Zimmer», sagte die findige Selina.

«Natürlich», sagte Edward anerkennend, «daran hatte ich gar nicht gedacht. Nun denn, du gehst voran!»

Das Blaue Zimmer war in prähistorischer Zeit unter Einbeziehung eines überflüssigen Korridors angebaut worden und bot darum nicht nur den Vorteil zweier Türen, sondern ermöglichte uns auch, die Treppe zu erreichen, ohne an dem Zimmer, in dem unser Drache von Tante ruhte, vorbei zu müssen. Es wurde selten benützt, außer wenn einmal ein Onkel hier übernachtete. Lautlos kamen wir im Gänsemarsch in das stockdunkle Zimmer. Nur auf dem Boden lag ein heller Streifen Mondlicht, ihn mußten wir überqueren, um zum Ausgang zu gelangen. Ausgerechnet da hielt unsere Dame an der Spitze den Augenblick für gekommen, den Faltenwurf ihres neuen Morgenrocks zu begutachten. Höchst zufrieden damit, begann sie nach Weiberart sich wie ein Pfau zu spreizen und auf dem Mondfleck mit einem imaginären Partner ein Menuett zu tanzen. Dem konnte Edward mit seinem Sinn fürs Theatralische nicht widerstehen. Im nächsten Augenblick hatte er seinen Stockdegen gezogen und mit dem hier geforderten Schwung die Bühne betreten. Der folgende Kampf endete nach den bewährten Regeln damit, daß Selina langsam und genüßlich erstochen und ihre Leiche von dem ruchlosen Kavalier aus dem Zimmer getragen wurde. Wir andern folgten in einem Haufen hinten nach, verwarfen die Arme vor Begeisterung und vollführten allerhand sonstige Kapriolen, wobei der Hauptreiz in der Notwendigkeit bestand, daß sich die Pantomime ohne einen Mucks abspielen mußte.

Erst als wir auf dem dunkeln Treppenabsatz standen, merkten wir, daß es sich bei dem draußen tobenden Sturm erübrigt hätte, so mäuschenstill zu sein. Wir faßten einander beim Zipfel des Nachthemds, um wie Bergsteiger an exponierten Stellen eine Seilschaft zu bilden, seilten uns flott über die Treppenmoräne ab und traversierten den heiklen Hallengletscher. Durch die angelehnte Salontür drang ein schwacher Schein und winkte uns wie die freundlichen Lichter einer Herberge. Beim Eintreten sahen wir, daß unsere verschwenderischen Ältern das rote Herz des Feuers hatten glimmen lassen und daß man es leicht zu munterem Flackern entflammen konnte; und Gebäck – ein Teller voll – lächelte uns ermutigend entgegen, zusammen mit den Hälften einer Zitrone, die zwar schon ausgepreßt, aber noch durchaus lutschbar waren. Wir teilten das Gebäck redlich untereinander, ließen die Zitronenschnitze von Mund zu Mund gehen, und als wir so ums Feuer kauerten und seine freundliche Wärme unsere nackten Glieder koste, sagten wir uns, wir hätten nicht vergebens so vielen nächtlichen Gefahren getrotzt.

«Es ist komisch», meinte Edward, «wie verhaßt mir dieses Zimmer tagsüber ist. Es bedeutet immer vorerst Gesichtwaschen, Haarebürsten und dann dumme Konversation machen. Aber jetzt in der Nacht ist es ganz gemütlich. Es sieht irgendwie anders aus.»

«Ich begreife ohnehin nicht», sagte ich, «weshalb die Leute hierher zum Tee kommen. Sie könnten doch ebenso gut daheim ihren eigenen Tee trinken – sie sind nicht arm –, mit Konfitüre und so, und aus ihren Untertassen schlürfen, sich die Finger lecken und es sich gemütlich machen. Aber da kommen sie weither, sitzen bolzgerade, ohne die Füße auf den Stuhlbalken unten abzustützen, trinken eine Tasse und reden jedesmal den gleichen Stumpfsinn.»

Selina rümpfte verächtlich die Nase. «Das versteht ihr nicht», sagte sie. «In gehobenen Kreisen muß man sich besuchen gehen. Das gehört zum guten Ton.»

«Ach was! *Du* gehörst nicht zu den gehobenen Kreisen», sagte Edward höflich, «und wirst todsicher nie dazu gehören.»

«Doch, eines Tages schon», gab Selina zurück, «aber dich werde ich bestimmt nie einladen, jetzt hast du's!»

«Ich würde auch nicht kommen», knurrte Edward.

«Du wirst gar keine Gelegenheit haben», entgegnete unsere Schwester, weil ihr immer das letzte Wort zustand. Niemand ereiferte sich bei diesen liebevollen Sticheleien, die – unserer Auffassung nach – die wahre Kunst der Konversation ausmachten.

«Ich mag Leute aus gehobenen Kreisen sowieso nicht», ließ sich Harold vom Sofa her vernehmen, wo er sich der Länge nach hingeflegelt hatte, ein Anblick, der dem Tageslicht als Zeugen die Schamröte ins Gesicht getrieben hätte. «Heute nachmittag waren ein paar da, als ihr auf dem Bahnhof wart. Ich hatte auf dem Rasen eine tote Maus gefunden und wollte sie häuten, aber ich wußte nicht genau wie und ob ich das allein kann; und sie kamen in den Garten heraus und tätschelten mich auf den Kopf – wenn die Leute das nur lassen wollten –, und eine von ihnen sagte, ich solle ihr eine Blume pflücken. Das kann die doch selber; aber ich sagte: ‹Ja, wenn Sie mir unterdessen die Maus halten.› Da hat die gekreischt und sie weggeworfen, und Augustus» (der Kater) «hat sie geschnappt und ist damit fortgerannt. Ich glaube, es war die ganze Zeit seine Maus. Er hatte sich nämlich überall umgesehen, als ob er etwas verloren hätte, deshalb konnte ich *ihm* nicht böse sein. Aber warum hat *sie* meine Maus fortwerfen müssen?»

«Mit Mäusen heißt es aufpassen», gab Edward zu bedenken. «Sie sind so glitscherig. Wißt ihr noch, wie wir auf dem Klavier mit einer toten Maus spielten, die Maus war Robinson Crusoe und das Klavier die Insel, und irgendwie rutschte uns Robinson in die Insel hinein zwischen die Saiten, und wir bekamen ihn nicht mehr heraus, obwohl wir es mit Schüreisen und allerhand versuchten, bis der Klavierstimmer kam. Und das war erst eine Woche später, und dann ...»

Hier kippte Charlotte, die die ganze Zeit bedenklich genickt hatte, vornüber ins Kamingitter; wir merkten, daß sich der Wind endlich gelegt hatte und es ums Haus herum totenstill war. Unsere leeren Betten schienen uns gebieterisch zu sich zu rufen, und alle waren froh, daß Edward das Signal zum Rückzug gab. Oben an der Treppe begann Harold unerwartet zu meutern und beharrte auf seinem Recht, in einem freien Land das Treppengeländer hinunterzurutschen. Die Umstände erlaubten kein langes Hin und Her, deshalb schlug ich den Froschmarsch[47] vor. So packten wir ihn an allen vieren und trugen in feierlichem Zug den nicht weiter widerstrebenden Harold horizontal durch das monddurchflutete Blaue Zimmer. Als ich mich endlich in die Federn gekuschelt hatte und eben am Einschlafen war, hörte ich Edward kichernd losplatzen.

«Beim Jupiter!» rief er, «das hab' ich ganz vergessen. Der neue Hauslehrer schläft im Blauen Zimmer!»

«Zum Glück ist er nicht erwacht und hat uns erwischt», grunzte ich schläfrig, und ohne einen weitern Gedanken daran sanken wir beide in wohlverdienten Schlummer.

Als wir am nächsten Morgen gegen neue Widerwärtigkeiten gewappnet zum Frühstück herunterkamen, fanden wir zu unserer Überraschung unsern schwatzhaften Freund von gestern – er hatte auf sich warten lassen – merkwürdig stumm und (offensichtlich) geistesabwesend. Wir schlangen unsere Hafergrütze hinunter und stürzten ins Freie, um die Kaninchen zu füttern und ihnen zu erklären, daß ein lästiger Hauslehrer es ihnen fortan verunmögliche, sich so häufig unserer Gesellschaft zu erfreuen.

Als wir zur schicksalsschweren, für den Unterricht anberaumten Stunde zum Haus zurückkehrten, trauten wir unseren Augen nicht, als wir sahen, wie das Bahnhofgefährt mit unserm neuen Bekannten die Auffahrt hinunter verschwand. Aus Tante Eliza ließ sich nichts herausbringen; man hörte sie nur einmal beiläufig bemerken, ihrer Meinung nach sei der Mann verrückt. Diese Auffassung deckte sich genau mit der unsrigen, und wir vergaßen die ganze Angelegenheit.

Einige Wochen später geschah es, daß Onkel Thomas bei einem seiner Blitzbesuche eine Nummer der neuesten Wochenzeitschrift «Psyche – Magazin des Übersinnlichen» aus der Tasche zog. Dann witzelte er des langen und breiten und völlig unverständlich über etwas, das offensichtlich auf unsere Kosten ging. Wir nahmen es mit Gleichmut und lächelten gezwungen, wie es der Anstand erforderte. Gern hätten wir die Quelle der Heiterkeit entdeckt, die, wie sich bald herausstellte, in einem Abschnitt mit einer ausführlichen Beschreibung unserer bescheidenen, gewöhnlichen Behausung zu suchen war. «Fall III», hieß es da: «Die folgenden Einzelheiten wurden uns von einem jungen, zweifellos vertrauenswürdigen, seriösen Vereinsmitglied zugestellt und schildern eine tatsächliche Begebenheit aus jüngster Zeit.» Es folgte eine ziemlich genaue Beschreibung des Hauses mit unverkennbaren Details, aber nachher kam eine Flut unverständlichen Gefasels über Erscheinungen, nächtliche Heimsuchungen und Ähnliches, in einem Stil abgefaßt, der auf Geisteszerrüttung gepaart mit Mangel an Phantasie hinwies. Der Kerl war nicht einmal originell. Alle die bekannten Versatzstücke waren da – der nächtliche Sturm, das

Spukzimmer, die weiße Frau, die Mordszene und so weiter –, was alles schon in unzähligen Weihnachtsnummern breitgeschlagen worden ist. Niemand konnte sich einen Reim darauf machen, was das mit unserm ruhigen Heim zu tun haben sollte; nur Edward, der dem Kerl von Anfang an mißtraut hatte, bestand darauf, daß unser kurzlebiger Hauslehrer irgendwie dahinterstecken müsse.

Ein Zank

Harold schilderte mir diese Begebenheit in großen Zügen erst einige Zeit später, brockenweise und widerstrebend. Es war ihm peinlich, darüber zu sprechen. Eine kurze, tiefe Verzweiflung kann eine schwärende, nur langsam vernarbende Wunde hinterlassen, wenn sie überhaupt je ganz verheilt. Harold sagt, er verspüre immer noch zuweilen ein Stechen wie der Veteran, der von den überseeischen Kampfplätzen eine Kugel im Leib heimbringt.

Er wußte, kaum war es geschehen, daß er ein Scheusal gewesen war. Selina hatte es gut gemeint, wollte nur trösten und helfen. Aber sein Herz war eine einzige offene Wunde, als man ihn nach dem Unterricht im Schulzimmer einsperrte, nur weil er darauf bestanden hatte, 7 mal 7 sei 47. Die Ungerechtigkeit schrie zum Himmel. Warum sollten es nicht ebensogut 47 wie 49 sein? Die eine Zahl nahm sich so hübsch aus wie die andere, und das Ganze war überhaupt eher eine willkürliche Regelung und eine Geschmacksfrage. Für ihn jedenfalls waren es immer 47 gewesen und würden es bis zum Ende aller Zeiten bleiben. Als deshalb Selina aus der Sonne hereinkam, die Trapper des Wilden Westens hinter sich ließ und die Ehre, eine Apachensquaw zu sein, auf später verschob, um ihn das Einmaleins abzufragen und seine Befreiung zu erwirken, drehte ihr Harold gehässig den Rücken zu, wies ihr freundliches Anerbieten zurück, stieß der Mitleidsvollen sogar seinen Ellbogen in die Rippen, um nur ja beim Schmollen nicht gestört zu werden. Der Anfall war bald vorüber, die Augen gingen ihm auf, er streute sich Asche aufs Haupt und sann auf eine Wiedergutmachung, die heldenmütig genug wäre, das geschehene Unrecht zu sühnen.

Natürlich erwartete die arme Selina keinerlei Opfer oder heldische Gesten, sie verlangte nicht einmal eine Entschuldigung. Wenn er ihr nur wieder gut wäre, hätte sie die Rolle der Abbittenden gern übernommen. Aber bei einem Buben ging das nicht so. Harold fühlte, daß etwas Substantielles von ihm erwartet werde, und solang er das nicht vorweisen konnte, war, sollte der Schlußeffekt nicht leiden, an Versöhnung nicht zu denken. Als die Stunde der Befreiung kam und Selina herumstrich, um einen Blick von ihm zu erhaschen, ging Harold ihr darum in seiner männlichen Verblendung aus dem Wege – obwohl ihm jede Minute des Aufschubs das Herz zerriß – und kam statt dessen zu mir. Natürlich billigte ich seinen Plan wärmstens. Das war so viel großartiger als einfach hingehen und sich plump versöhnen, was jeder konnte, und von einem Mädchen, das von einem feindlichen Ellbogen einen Puff in die Rippen erhalten hatte, durfte man nicht erwarten, daß sie einfach darüber hinwegsehe, ohne daß ihren verletzten Gefühlen ein Pflästerchen angeboten wurde.

«Ich weiß, was sie sich am meisten wünscht», sagte Harold. «Sie wünscht sich das Teeservice im Schaufenster der Spielwarenhandlung, das rot und blau Geblümte. Sie wünscht es sich schon seit Monaten, weil ihre Puppen ins Alter kommen, wo sie groß genug sind, am Nachmittag richtig Tee zu trinken. Sie wünscht es sich so arg, daß sie gar nicht mehr auf jener Straßenseite gehen mag, wenn wir in der Stadt sind. Aber es kostet fünf Shilling.»

Da machten wir uns ernsthaft dahinter und widmeten den Nachmittag einer Bestandesaufnahme der Aktiva und dem Entwurf eines Budgets, wie es ohne weiteres von Whitehall hätte stammen können. Das Ergebnis sah folgendermaßen aus:

	Shilling	Pence
Von einem Onkel; nicht ausgegeben, weil eine Woche lang verloren – wiedergefunden im Stroh der Hundehütte	2	6
Von mir geleisteter Vorschuß gegen Kaution des anderen Onkels, andernfalls Rückzahlung an Weihnachten	1	0
Von der Missionssparbüchse Herausgeklaubtes mittels einer Messerklinge. (Es waren unsere eigenen Pennies und erzwungene Abgaben.)	0	4

	Shilling	Pence
Aus einer Wette mit Edward für das Überqueren des Feldes, wo der Stier des Bauern Larkin war, und Edward wettete zwei Pence, er werde es nicht tun – nach großen Schwierigkeiten eingefordert	0	2
Vorschuß von Martha, keinerlei Bürgschaft, du darfst es nur nicht deiner Tante sagen	1	0
Total	5	0

Und wir konnten wieder freier atmen.

Das übrige schien leicht. Selina gab am folgenden Tag um fünf eine Tee-Einladung mit den alten, abgesplitterten Holztassen, aus denen Generationen ihrer Puppen seit frühester Kindheit getrunken hatten. Harold würde sofort nach dem Mittagessen verschwinden, und zwar allein, um kein Aufsehen zu erregen, denn es war uns nicht erlaubt, ohne Begleitung in die Stadt zu gehen. Es war fast zwei Meilen bis zu unserer kleinen Metropole, aber es würde ihm für beide Wege gut reichen, selbst unter der Last des sorgfältig in Späne verpackten Ölzweigs. Daneben bestand immer noch die Möglichkeit, daß er seinem Freund, dem Fleischer, begegnen würde und der ihn aufsitzen ließe. Um fünf Uhr würde sodann das neue Teegeschirr als wohlgelungene Überraschung vom Himmel herunterschweben, und nach dieser Revanche könnte endlich die Versöhnung ohne Gesichtsverlust vonstatten gehen. Bei diesen Aussichten sollte es Harold wahrhaft nicht schwerfallen, die Entfremdung und seine gekünstelte Schmollhaltung weitere vierundzwanzig Stunden aufrechtzuerhalten; Selina jedoch, die von der ihr bevorstehenden Überraschung natürlich nichts ahnen konnte, ließ für den Rest des Abends den Kopf hängen und ging schweren Herzens zu Bett.

Am nächsten Tag, als die Stunde des Einsatzes kam, entschlüpfte Harold der Obhut der Olympier mit einer Unauffälligkeit, die von langer Übung sprach, und strebte zum Gartentor. Selina, die kein Auge von ihm gelassen hatte, rannte ihm nach, weil sie meinte, er gehe zum Teich hinunter, um Frösche zu fangen, ein Vergnügen, das sie hatten teilen wollen. Aber obwohl Harold ihre Schritte hörte, verfolgte er unbeirrt und ohne einen Blick zurück seinen hohen Auftrag, und Selina blieb nichts anderes übrig, als verloren und untröstlich zwischen Blumenbeeten zu wandeln, all deren Duft und Farbe für sie verloren war. Ich sah das alles; und obwohl der kühle Verstand unsern Schlachtplan billigte, sagte mir eine innere Stimme, wir seien Rohlinge.

Harold erreichte die Stadt – so erzählte er später – in Rekordzeit. Er war fast den ganzen Weg gerannt aus Angst, das Teeservice, welches ein halbes Jahr lang im Schaufenster geprangt hatte, könne ihm von einem andern schuldbewußten Schinder schwesterlicher Gefühle weggeschnappt werden, und er konnte es kaum fassen, als es immer noch da und sein Besitzer bereit war, sich zu dem auf dem Schildchen angegebenen Preis davon zu trennen. Er bezahlte sofort in bar, damit der Handel nicht rückgängig gemacht werden könne, und da die Sachen erst aus dem Schaufenster genommen und verpackt werden mußten und der Nachmittag noch jung war, wollte er sich einstweilen ein bißchen ins Großstadtleben stürzen und an der *vie de bohême* schnuppern. Zuerst kamen natürlich die Läden dran, und er drückte die Nase nacheinander an das Schaufenster mit den Gummibällen und der Lokomotive zum Aufziehen; an das Fenster des Friseurs mit Perücken auf Ständern, was ihn an Onkels erinnerte, und mit Rasiercreme, die so appetitlich aussah; dann an das Fenster des Lebensmittelhändlers, wo so viele Korinthen ausgestellt waren, daß die ganze britische Bevölkerung sie nur mit Mühe hätte vertilgen können; dann ans Fenster der Bank, wo Gold so wenig galt, daß man es schaufelweise handelte. Darauf ging es weiter zum Marktplatz mit all seinem lauten Treiben, und als erst ein entlaufenes Kalb wie aus der Kanone geschossen die Straße herunter gerannt kam, konnte sich Harold sagen, er habe nicht vergebens gelebt. Hier gab es so viel Aufregendes zu sehen, daß er ganz vergessen hatte, aus welchem Grund er da war, bis ihn der Anblick der Kirchenturmuhr an sein besseres Selbst erinnerte und ihn flugs auf den Heimweg schickte, denn die Zeit mußte gerade noch knapp reichen. Sollte er sich verspäten, würde er nicht nur um seinen großen Triumph gebracht; man würde ihn wahrscheinlich auch als einen, der Schranken übertritt, entlarven – ein Verbrechen, gemessen an dem eine private Meinungsverschiedenheit über das Einmaleins bedeutungslos war. So lief er heimwärts, dachte an dieses und jenes und redete wahrscheinlich, wie das seine Gewohnheit war, mit sich selbst. Als er beinahe die halbe Strecke zurückgelegt hatte, merkte er plötzlich – ihm wurde grausam schwach in der Magengegend, seine Glieder waren wie gelähmt, die Welt um ihn war ohne Licht und Musik, die Sonne schwarz und der Himmel schwankte vor seinen Augen –, daß er das Teeservice vergessen hatte!

Es war sinnlos, es war hoffnungslos, alles vorbei und nichts mehr war da zu machen. Trotzdem kehrte er um und rannte zurück wie ein Verrückter, blindlings, würgend an seinen Schluchzern, von denen sich die höhnische Umwelt weder zu Trost noch Mitleid rühren ließ; er bekam Seitenstechen, Staub in die Augen, und schwarze Verzweiflung packte sein Herz. So stolperte er weiter, mit bleiernen Beinen und außer Atem, bis er – als ob das Schicksal mit dem letzten schlimmsten Schlag noch zugewartet hätte – bei einer Straßenbiegung fast einem Einspänner unter die Räder lief, auf dem er beim Anhalten die behäbige Gestalt des Bauern Larkin erkannte, den Erzfeind, dessen Enten er erst heute morgen mit Steinen beworfen hatte.

Wäre Harold bei klaren Sinnen gewesen, so hätte er sich sofort hinter die Hecke verzogen, statt durch seinen Anblick im Bauern unangenehme Erinnerungen wachzurufen. Aber wie die Dinge lagen, konnte er nur jämmerlich heulend dastehen; ja, es kümmerte ihn wenig, welches Unglück noch über ihn hereinbrechen würde. Der Bauer seinerseits betrachtete die Jammerfigur leicht erstaunt und sagte nicht unfreundlich: «Ja Harold, was ist denn? Bist wieder einmal ausgerissen, gelt?»

Da stürzte sich Harold mit dem widernatürlichen Mut der Verzweiflung auf das Trittbrett, kletterte in den Wagen, ließ sich dort ins Stroh fallen und schluchzte, er wolle zurück, zurück! Die Lage war unklar, aber der Bauer, eher ein Mann der Tat als vieler Worte, wendete sein Pferd mit Schwung, und bis sich Harold genügend erholt hatte, um Einzelheiten zu liefern, waren sie bereits in der Stadt. Als sie vor dem Laden vorfuhren, wartete die Frau mit dem Paket vor der Tür. Kaum eine Minute schien ihm seit der schwarzen verzweifelten Lage verstrichen, als sie zügig heimwärts rollten und Harold das kostbare Paket eng an sich drückte.

Und nun zeigte sich der Bauer in einem ganz neuen, unerwarteten Licht. Er verlor kein Wort über zerbrochene Zäune und Hürden, über zertrampeltes Getreide und geplagte Herden. Man hätte meinen können, der Mann habe seiner Lebtage kein Stück Vieh besessen. Dagegen bekundete er an der mühseligen Erwerbung des Teegeschirrs großes Interesse und hatte volles Verständnis für Harolds abweichende Haltung in mathematischen Fragen, wie wenn er selbst auf der gleichen Bildungsstufe stände. Als sie fast zu Hause waren, bemerkte Harold zu seiner eigenen Überraschung, daß er sich aufgesetzt hatte und mit seinem neuen Freund von Mann zu Mann plauderte; und ehe er an einer günstigen Lücke in der Gartenhecke abgesetzt wurde, hatte er versprochen, Miss Larkin werde samt ihrer Sägemehlfamilie mit von der Partie sein, wenn Selina ihre erste öffentliche Teeeinladung gebe. Der Bauer schien so erfreut und stolz, wie wenn er an der landwirtschaftlichen Ausstellung eine Goldmedaille gewonnen hätte, und als ich die Geschichte hörte, dämmerte mir auf, daß diese Olympier doch in ihrem Innersten ein paar gute Seiten hatten und ich eines Tages aufhören müsse, sie zu verunglimpfen.

Um fünf Uhr setzte sich Selina, nachdem sie den ganzen Nachmittag an allen seinen Lieblingsplätzen nach Harold gesucht hatte, niedergeschlagen zum Tee mit ihren Puppen, die sich kleinlich geweigert hatten, über die festgelegte Stunde hinaus zu warten. Das hölzerne Teegeschirr schien noch stärker angeschlagen als sonst, und selbst die Puppen hatten mehr von Wachs und Sägemehl an sich und weniger menschliche Farbe und Intelligenz, als ihr früher je aufgefallen war. Da stürzte der staubbedeckte Harold herbei mit um die Fersen lotternden Strümpfen und den Furchen vergossener Tränen auf den schmutzigen Wangen. Endlich durfte Selina erfahren, daß er die ganze Zeit seit seinem ungerechtfertigten Wutanfall an sie gedacht hatte, daß sein Schmollen gar nicht echt gewesen und er auch nicht allein auf Froschfang ausgegangen war. An diesem Abend schenkte eine sehr glückliche Gastgeberin ihrer glasäugigen, steifgliedrigen Gesellschaft den Tee ein, und manch puppenhaftes Ungeschick, das für gewöhnlich einen Tadel auf sich gezogen hätte, wurde durchgelassen, wie wenn es ein Geburtstag gewesen wäre.

Harold und ich aber vermeinten in, wie wir später erkannten, männlicher Verblendung, ihr Glück rühre allein vom Besitz des lang ersehnten Teegeschirrs.

Lusisti satis[48]

In den Köpfen der Olympier war unter den vielen dünkelhaften Ideen eine Vorstellung vorherrschend: daß sie kraft ihres Olympiertums in unserer Gegenwart ganz frei über Themen reden konnten, die für uns von größter Tragweite waren, solange nur keine Namen, Daten und anderen Anhaltspunkte genannt wurden. Man hielt uns nicht für fähig, auf drei zu zählen; und wie die Affen sich vernünftigerweise der Sprache enthalten, um nicht ihren Lebensunterhalt selber bestreiten zu müssen, verbargen auch wir schlau unsere Fähigkeit, einen einfachen logischen Schluß zu ziehen. So wurden wir denn selten überrascht, und unsere enttäuschten Alten hielten uns für apathisch und zur göttlichen Gabe des Staunens unfähig.

Diesmal hatten uns die Leerung des täglichen Postsacks und die darauf folgenden geheimnistuerischen Gespräche bald wissen lassen, daß Onkel Thomas ein Auftrag anvertraut worden war, und zwar ein Auftrag, der uns betraf. Onkel Thomas' Missionen waren zahlreich und mannigfaltig. Als ein Wichtigtuer, ein Arbeitsmensch, der Betrieb liebte und sich gleichzeitig über seine Arbeitslast beklagte, war er der gegebene Sendbote unseres abgelegenen Außenpostens. Das Auslesen eines passenden Seidenbands, das Einkaufen in den großen Geschäften, die Suche nach einer Köchin – dies und ähnliches waren so die Pflichten, die seinem öden Leben in London etwas Farbe und Abwechslung verliehen und ihn in Form hielten. Wenn man auf die Angelegenheit in unserm Beisein jedoch mit Kopfnicken und Pronomina, mit vielsagenden Pausen und französischen Brocken anspielte, dann wurde die rote Fahne aufgezogen, das Sturmsignal gehißt, und da wir geflissentlich Teilnahmslosigkeit vortäuschten, kamen wir dem Geheimnis bald auf die Spur.

Um unsere Folgerung zu erhärten, überfielen wir alle Martha. Dabei bestand unser Vorgehen nicht etwa darin, einfach Erkundigungen einzuziehen; das hätte zu nichts geführt. Wir sagten ihr vielmehr, man rede überall von einer Schule, wir wüßten alles; was es da zu leugnen gebe? Martha war eine gute Seele, aber eine schlechte Entlastungszeugin, und bald gestand sie alles. Der Befehl war ausgegeben, die Schule gewählt worden; schon säumte man die nötigen Leintücher, und Edward war das ausersehene Opfer.

Wir hatten diese unvermeidliche Grenzscheide immer vor Augen gehabt, diese merkwürdige Unbekannte, Schule geheißen, und trotzdem – vielleicht sollte ich sagen deswegen – hatten wir uns nie richtig überlegt, was das bedeutete. Jetzt aber, wo das bedrohliche Gespenst in Sichtweite rückte und seine dürren Arme nach einem aus unserer Mitte ausstreckte, konnten wir die Augen nicht länger davor verschließen, wir mußten die unerforschte See ausloten und herausfinden, wohin wir getrieben wurden. Leider waren die Informationen, über die wir verfügten, gänzlich ungenügend, und wir wußten nicht, wo wir uns genauere Angaben verschaffen konnten. Onkel Thomas hätte sie uns natürlich liefern können, er war in grauer Vorzeit selbst einmal dort gewesen. Aber da er in dem unseligen Glauben lebte, er sei zum Spaßvogel geboren, waren seine Aussagen nicht stichhaltig und außerdem höchst mühsam anzuhören. Wenn wir bei unsern Altersgenossen herumfragten, tönte es unterschiedlich. Einigen zufolge bedeutete es Ulk, Schmausereien, Emanzipation und einen Vorgeschmack der ersehnten Männlichkeit. Für andere – und ach, sie waren in der Überzahl – war es eine ganz besondere Privathölle, gemessen an der die ursprüngliche der reinste Himmel war. Wenn Edward hoch erhobenen Hauptes und mit geschwellter Brust einherstolzierte, wußte ich, daß er seine Zukunft von dem einen Gesichtspunkt aus betrachtete. Wenn er dagegen matt und sanftmütig herumschlich und die Gesellschaft seiner Schwestern suchte, merkte ich, daß die andere Auffassung obenauf schwang. «Du kannst ja immer noch ausreißen», tröstete ich ihn bei solchen Gelegenheiten, und Edwards Gesicht leuchtete wundersam auf, nur Charlotte zerfloß in Tränen, da sie ihren Bruder schon mit Blasen an den Füßen und leerem Magen Frostnächte im Windschatten von Heuschobern verbringen sah.

Edward hatte natürlich am meisten Grund zur Beunruhigung, doch würde der bevorstehende

Wechsel auch meine eigene Stellung und Lage beeinflussen und gab mir schwer zu denken. Bisher war ich meistens ein Befehlsempfänger gewesen. Selbst wenn ich einen Streich selber ausgeheckt und empfohlen hatte, wurde er erst mit Edwards Zustimmung und, weil er der Älteste war, auf seine Verantwortung hin ausgeführt. In Zukunft würde ich dem Buhmann Verantwortung selbst in die Augen blicken müssen, und ich merkte, was für eine beklemmende Sache das war. Gewiß, meine neue Stellung würde auch ihre Vorteile haben. Edward hatte seine Führungsposition oft ausgenützt, war herrschsüchtig, vielleicht auch ein bißchen borniert gewesen; er blieb immer auf dem harten Boden der Wirklichkeit und hatte wenig übrig für das imaginäre Als-ob. Ich würde jetzt frei und ungehindert sein, beim Entwerfen und Ausführen eines Plans, würde je nach künstlerischen Kriterien etwas annehmen oder ablehnen können.

Dazu würde ich auch nicht länger ein Radikaler sein müssen. In meinem Herzen war ich nie wirklich einer gewesen und hatte auch nie mit den Radikalen sympathisiert. Die Rolle war mir eines Tages aufgezwungen worden, als Edward vorschlug, in unserer kleinen Republik das Oberhaus einzuführen. Er legte die Grundsätze dieser Einrichtung fachmännisch und gut dar, und alles klang eigentlich recht vielversprechend, bis er damit herausrückte, er schlage sich, mindestens vorläufig, selbst als Oberhaus vor. Wir andern wären das Unterhaus. Natürlich gebe es Beförderungen, fügte er bei, das hänge von den Leistungen und der Eignung ab und stehe beiden Geschlechtern offen, und er machte besonders mir Hoffnungen auf rasche Beförderung. Aber im Anfangsstadium funktioniere die Sache nicht richtig, außer er sei der erste und einzige Lord. Da protestierte ich und sagte, das Ganze sei ein Blödsinn und ich sähe nicht ein, wozu irgendein Oberhaus gut sein solle. «Dann mußt du ein gemeiner Radikaler sein!» sagte Edward mit leiser Verachtung. Die Folgerung schien kaum zwingend, aber was war zu machen? Ich schickte mich darein und sagte mit fester Stimme, ja, ich sei ein gemeiner Radikaler. Und hinter dieser schändlichen Maske hatte ich seither mein wahres Gesicht verbergen müssen, aber jetzt konnte ich sie abwerfen und der Welt wieder in die Augen schauen.

Und dennoch, waren damit nebst den andern Gewinnen meine Verluste wirklich aufgewogen? Zwar würde ich hinfort der Anführer und Befehlshaber sein, aber eben auch der Puffer zwischen den Olympiern und meiner kleinen Schar. Edward war das leichtgefallen; er hatte, ohne mit der Wimper zu zucken, dem Druck des Olymps standgehalten, unverrückbar wie der Pik von Teneriffa oder das Atlasgebirge. War ich aber dieser Aufgabe gewachsen? Bestand nicht vielmehr die Gefahr, daß ich um des Friedens und der Ruhe willen auf Kompromisse eingehen, lavieren und Vergleiche schließen und so stufenweise bis zum Musterknaben sinken würde? Das will natürlich nicht heißen, daß ich mir all das damals so genau überlegt hätte, wie es hier steht. In jenen glücklichen alten Tagen unterstand man noch nicht dem Zwang, alles, was einem so durch den Kopf ging, gleich durch das unzulängliche Mittel der Worte ausdrücken zu müssen. Aber ich hatte nichtsdestoweniger das deutliche Gefühl, daß mir die erforderlichen Charaktereigenschaften für eine derart heikle Stellung abgingen.

Mit der Ankunft seiner neuen Kleider wuchs der unnatürliche Glorienschein um Edwards Haupt, und sein Auftreten wurde bedächtiger, feierlicher. Als sein Koffer und seine Spielkiste eintrafen, trat die Kluft erst recht zutage, die sich bald zwischen unserm Bruder, der nun der Zukunft gehörte, und uns, die wir immer noch der Vergangenheit verhaftet waren, auftun würde. Auf beiden stand sein Name in großen Buchstaben aufgemalt, und ihr Besitzer verschwand nach deren Eintreffen zuweilen unerklärlich, und man fand ihn schließlich, wie er sich um sein Gepäck herumdrückte und ganz versunken «Edward» vor sich hin murmelte. Das war selbstverständlich ein Zeichen von Schwäche, und er gab sich damit eine Blöße, aber wer sich an die Sensation erinnert, wenn man erstmals seinen eigenen Namen gedruckt sieht, wird es ihm verzeihen.

Als die kurzen Tage wie im Fluge vergingen und das unabwendbare Ereignis immer längere Schatten auf unsere Schwelle warf, griff eine unnatürliche Höflichkeit, eine nachgerade unheimliche Zuvorkommenheit um sich. In den letzten Tagen konnte man selbst Edward oft «bitte» sagen hören und auch: «Wärst du so gut und würdest mir den Ball dort holen?», während

Harold und ich uns manchmal dabei ertappten, seinen Wünschen zuvorkommen zu wollen. Und nun gar die Mädchen, die waren geradezu kriecherisch. Auch die Olympier verhätschelten ihn auf ihre plumpe Weise, indem sie ihm allerhand Leckerbissen zusteckten und sich anmerken ließen, daß sie diesen einen von uns bisher falsch eingeschätzt hatten. Der Zustand wurde immer unhaltbarer und verlogener, und ich glaube, wir waren insgesamt erleichtert, als das Ende kam.

Natürlich zogen wir alle zum Bahnhof hinunter: erst in späteren Jahren sieht man die Farce des Zur-Bahn-Begleitens in ihrem wahren Licht. Edward bildete den Mittelpunkt, und wenn seine Fröhlichkeit auch ein wenig übertrieben anmutete, war jetzt nicht der Zeitpunkt zum Kritisieren. Unterwegs versprach ich ihm, den Bauern Larkin zu bitten, keine weiteren Schweine zu schlachten, bis er in den Ferien zurückkäme, und er sagte mir, er werde mir eine anständige Schleuder schicken – von der richtig tödlichen Sorte, nicht ein Kinderspielzeug. Dann plötzlich mitten unterwegs fing eines der Mädchen zu schnupfen an.

Die paar Glücklichen, die über die Leiden der Seekrankheit zu lachen wagen, erinnern sich vielleicht, wie allein der Umstand, daß es einem Mitpassagier vor ihren Augen übel wurde, genügte, ihre Selbstsicherheit unverzüglich zu überdenken und sie für alle Zukunft bescheidener zu machen. Genauso erging es Edward. Er drehte den Kopf zur Seite und gab vor, die Landschaft zu betrachten. Es dauerte nur einen Moment, dann erinnerte er sich an den Hut, den er trug – eine steife Melone, den ersten dieser Art in seinem Besitz. Er nahm ihn ab, prüfte und betastete ihn. Etwas daran schien im Kraft zu geben, und er war wieder ein Mann.

Auf dem Bahnhof war Edwards erste Sorge, sein Gepäck auf dem Bahnsteig so anzuordnen, daß jedermann die Schilder und die Buchstaben darauf sehen konnte. Man ging nicht jeden Tag erstmals zur Schule! Dann studierte er seine Fahrkarte eingehend auf beiden Seiten, steckte sie abwechselnd in jede seiner Taschen und klimperte zuletzt, um sich Mut zu machen, mit seinem Geld. Der Gesprächsstoff war uns allen mittlerweile ausgegangen, und wir konnten nur wortlos herumstehen und das für den Altar geschmückte Opfer anstarren. Und als ich Edward in neuen Kleidern von männlichem Schnitt so betrachtete, mit einem steifen Hut auf dem Kopf, einer Fahrkarte in der einen und Geld in der andern Tasche – Geld, das er nach Belieben, ohne Rechenschaft schuldig zu sein, ausgeben konnte! –, da spürte ich dunkel, welch großer Abgrund schon zwischen uns gähnte. Zum Glück war ich noch nicht alt genug, um zu merken, daß hier auf diesem kleinen Bahnsteig die alte Ordnung in ihren letzten Zügen lag, daß Edward wohl zu uns zurückkommen, es aber nicht der Edward von ehemals sein würde und es nie mehr so sein konnte wie früher.

Als die Eisenbahn endlich angedampft kam, stürmten wir alle hinein, um für Edward den besten Wagen zu suchen, wo er am bequemsten und angemessensten aufgehoben wäre, und da jeder das ideale Abteil zur gleichen Zeit fand und lautstark dessen Vorteile rühmte, wäre der Zug fast ohne Edward abgefahren. Da griff ein Schaffner ein und zog ihn durch die nächste Tür, und als der Zug anfuhr, streckte Edward den Kopf zum Fenster heraus mit einem erstklassigen Lächeln, von einem Ohr bis zum andern, wie er es sich für diesen Höhepunkt aufgespart hatte. Am Fenster auf der wachsenden Länge des sich entfernenden Zugs wirkte sein Gesicht sehr klein und weiß. Aber das Lächeln war deutlich zu sehen und wurde tapfer aufrechterhalten, bis eine Kurve ihn unsern Augen entriß und das verhallende Geratter ihn aus unserm stillen Hafen in die große Welt hinaustrug, wo geschubst und gestoßen und gekämpft wurde, hinaus in das neue Leben.

Hat ein Krebs ein Bein verloren, so ist sein Gang noch tapsiger als gewöhnlich, bis ihn die Zeit und die heilende Natur wieder *totus teres atque rotundus*[49] machen. In lockerer Ordnung zottelten wir vom Bahnhof heim; Harold, sehr schweigsam, hielt sich als seine letzte magere Stütze dicht an mich, während die Mädchen vorausgingen, ihre Köpfe zusammensteckten und schon die Wochen bis zu den Ferien zählten. Endlich zu Hause, schlug Harold ein paar wilde Schmugglerspiele vor, aber obwohl wir uns anstrengten, dünkten sie uns fade. Dann schlug ich andere vor, mit dem gleichen Erfolg. Schließlich saßen wir schweigend auf einem umgekippten Schubkarren, das Kinn auf den Fäusten aufgestützt, und starrten verstört den nackten Tatsachen unseres verwandelten Lebens ins Auge, die Trümmer einer Vergangenheit hinter uns.

Und mittlerweile stopften Selina und Charlotte Edwards Kaninchen mit ungewohntem, unbekömmlichem Grünzeug voll, putzten seinen Mäusekäfig, bis die Insassen tobten und fluchten wie der Hausherr beim Frühjahrsputz, und sammelten Material zu neuen Pfeilen und Bogen, Peitschen, Schiffen, Gewehren und einem vierspännigen Pferdegeschirr für die Rückkehr des Odysseus. Sie ahnten nicht, daß der Held, wenn er von Troja und seinen Kämpfen zurückkam, ihre unzulängliche, wenn auch mühsam zusammengestellte Waffenkammer verächtlich als Trödel und Plunder betiteln würde, gerade recht für Kinder! Dies und manch andere Erkenntnis blieb ihnen gnädig verborgen. Hätte der Schleier gehoben werden und hätten die Mädchen sehen können, wie Edward nach kurzen drei Monaten auftreten würde, in unordentlicher Kleidung und mit loser Zunge, als einer, der der Tradition Hohn sprach und sich in sonderbaren Quälereien auskannte, einer, der in der gleichen halben Stunde einer Puppe ein Bein ausreißen und eine geheiligte Überzeugung mit Füßen treten konnte – kurzum, ein Aufschneider von Kapitän, eben zurück von spanischen Gewässern –, wenn sie davon nur die leiseste Ahnung gehabt hätten, ja dann vielleicht... Aber wer von uns besitzt schon die Kraft, einen Blick in die Zukunft auszuhalten? Hoffen wir vielmehr, daß die Mädchen selbst angesichts einer sichern Enttäuschung genauso gehandelt hätten.

Und vielleicht haben wir allen Grund, dankbar zu sein, daß wir nie, weder als Kinder noch als Erwachsene, ahnen dürfen, in welchem Licht nicht nur andere, sondern innert kurzem auch wir das sehen, was uns gegenwärtig gefangenhält. So schreiten wir mit Schwung und Gusto, wie es auf einen Zuschauer geradezu rührend wirken muß, von einer drolligen Verstrickung zur nächsten verschrobenen Leidenschaft, und wer will es da wagen, Rhadamanthys[50] zu spielen, abzuwägen und zu entscheiden, wieviel dabei wahrhaft Schaffen und wieviel eitel Kinderspiel ist?

TRAUMTAGE

Der 21. Oktober

Was Allgemeinwissen und Bildung betraf, waren wir Kinder uns eigentlich ebenbürtig. Zwar wurde ständig eines von uns grundlos, unvermittelt und ohne Rücksicht auf seine Vorliebe aufgerufen, sich mit einer idiotischen, zu Recht längst ausgestorbenen Sprache herumzuschlagen, während ein anderes aus heiterhellem Himmel geheißen wurde, Tonleitern und Fingerübungen hinzuhämmern und die gefühllosen Tasten mit Tränen des Überdrusses und des Protests zu benetzen, weil man ihm irrtümlicherweise künstlerische Neigungen zuschrieb. In Fächern aber, in denen sich beide Geschlechter auskennen mußten und die selbst für denjenigen als unerläßlich galten, dessen Ehrgeiz nicht Höheres kannte, als in einer Zirkusmanege Peitschen zu knallen – also zum Beispiel in Geographie, im Rechnen oder in den vertrackten Machenschaften der Könige und Königinnen –, da hätte sich niemand von uns hervortun wollen. Und da, ganz gleich, welche Talente jeder von uns haben mochte, unser eiserner Entschluß, sich wo es ging zu drücken, unsern Lerneifer einschränkte, verharrten wir alle auf der gleichen Stufe, auf der Stufe des Unwissens, gepaart mit Widerspenstigkeit.

Zum Glück gab es neben den oben erwähnten

eine Vielfalt weit bodenständigerer Fächer, wo wir freie Hand hatten, die wir aber nie und nimmer zur Bildung gezählt hätten. Hier konnte jeder seinen Liebhabereien nachgehen und brachte es dabei oft zu einem Spezialwissen, das unsern ahnungslosen Älteren geradezu ungeheuerlich vorkam. Edward hatten es die Uniformen, die Ausstattung, Fahnen und Mottos der britischen Regimenter ganz besonders angetan. Auf dem Gebiet der Aufschläge war er einfach unschlagbar: Winkel, Abzeichen, Orden und Sterne bargen für ihn keine Geheimnisse; er kannte sogar die meisten kommandierenden Hauptleute mit Namen, und so vergeudete er sonnige Stunden, auf dem Rasen hingestreckt, ließ sich von keinem Vogel und keinem Tier ablenken, sondern brütete über einer zerfetzten Rangliste. Ich brillierte auf einem anderen, wie mir schien weiteren, weniger beschränkten Gebiet. Dragoner mochten auf der Allmend von Lincoln herumstolzieren, Schützen die beschlagene Felltasche über ihre karierte Schottenhose geschnallt haben, ohne daß ich dessen geachtet oder mich dazu geäußert hätte. Wer aber genaue Auskunft über die Fauna des amerikanischen Kontinents haben wollte, war bei mir am richtigen Ort. Wo und warum der Bison «suhlte», wie man Biber fing und sich an wilde Truthähne heranpirschte, wie der Grislybär zu behandeln war und die Boa constrictor ihre Beute umschlingen konnte – kurzum, die Schlupfwinkel und Gewohnheiten von allem, was da zwischen dem Atlantischen und dem Stillen Ozean wühlt, sich brüstet, brüllt oder kreucht –, diese Kenntnisse hatte ich für mich gepachtet. Man würdigte mein Spezialwissen. Wenn zum Beispiel in einem Buch, das den Weg in unser Haus gefunden hatte, eine Bärenjagd vorkam, mußte ich, selbst wenn die Spannung fast unerträglich war, erst entscheiden, ob die Fährte auch richtig beschrieben und richtig verfolgt wurde, ehe das Werk freigegeben werden konnte. Ein Schriftsteller mochte in der ganzen gebildeten Welt für seine Trapper und wirklichkeitsnahen Urwaldschilderungen berühmt sein, das alles zählte nichts. Wenn sein Pemmikan nicht richtig zubereitet worden war, verdammte ich sein Werk, und es verschwand in der Versenkung.

Harold war eigentlich noch nicht alt genug für ein Spezialgebiet. Dafür hatte er seinen Instinkt, und beim Nesterausheben grenzte dieser fast ans Prophetische. Wo wir andere Eier nur vermuteten, auf mögliche Eier schlossen, einen Verdacht auf Eier in der Nachbarschaft hegten, ging Harold stracks zum richtigen Busch, Strauch oder Versteck, als ob er eine Wünschelrute hätte. Aber diese Fähigkeit gehörte in die Klasse bloßer Talente und stand nicht auf der gleichen Stufe wie Edwards Aufschläge und mein Wissen über die Gewohnheiten der Präriehunde, was wir beide durch mühsames Studium und ausgedehnte Reisen in den «Reichen des Goldes», der Rangliste und Ballantynes[51] erworben hatten.

Selinas Fach war aus unerfindlichen Gründen die Geschichte der Marine. Über Spezialgebiete lassen sich eben keine Regeln aufstellen; man hat sie einfach, oder vielmehr sie haben einen, und ihre Genese oder ihr Protoplasma lassen sich selten eruieren. Selina hatte das Meer überhaupt noch nie gesehen, aber schließlich hatte auch ich noch nie einen Fuß auf den amerikanischen Kontinent gesetzt und kannte seine Schleichwege doch ganz genau. Und so wie ich, hätte man mich unversehens mitten in den Rocky Mountains ausgesetzt, dort sofort heimisch gewesen wäre, so hätte sich Selina, wenn sie ein Geist in den Kriegshafen von Portsmouth versetzt hätte, besser zurechtgefunden als die meisten regelmäßigen Besucher. Von den Tagen Blakes bis zum Tod Nelsons (weiter ließ sie sich nie herab) hatte sie im Geist an allen denkwürdigen Unternehmungen der Britischen Marine teilgenommen, und selbst in den dunkeln Tagen, da sie ihre Röcke raffen und vor einem unverschämten De Ruyter oder Van Tromp fliehen mußte, behielt sie den Kopf oben im Bewußtsein, daß sie binnen kurzem, in der ruhmreichen Zukunft, die Flotten der Weltmeere unter Frohlocken besiegen werde.[52] Brach dann die goldene Zeit an, hatte Selina wirklich alle Hände voll zu tun, denn wenn es ihr auch am wohlsten war, wo die Späne und Splitter am dicksten flogen, so setzte sie sich doch eingehend und kritisch mit nautischer Kunst und Flottenübungen auseinander. Sie wußte, in welcher Ordnung ein Geschwader in den Kampf zog, was für Schiffe eingesetzt wurden, wann jedes Anker ließ und welche von ihnen eine Triebfeder am Ankertau hatten (wenn sie aus dem Satz auch nicht klug wurde, merkte sie sich doch die Fakten), und gewöhnlich stand sie ein Gefecht auf dem Achterdeck jenes tapfern Schiffes durch, das sein Feuer am längsten aufrechterhielt.

Leider war ich zur Zeit, da Selina ihrer unheimlichen Leidenschaft frönte, von zu Hause fort auf einem leidigen Tantenbesuch und kann mich daher nur aufs Hörensagen stützen. Bis heute bedaure ich meine damalige Abwesenheit und kreide das Unrecht, das mir damit geschah, meiner Tante an. Das Ganze hatte etwas so herrlich Zweckloses, das meinem künstlerischen Empfinden entsprach. Daß just Selina auf diese ausgefallene Idee kam, wo sie sich doch eben die «Zeitschrift für junge Damen» abonniert hatte und sich mit nur gespielter Duldermiene zu auswärtigen Teebesuchen hergab, freute mich besonders, weil es bewies, daß manche dieser lästigen Konventionen, in die man uns zwängte, am Ende doch nur Tünche waren. Edward war ebenfalls nicht zu Hause, da er in der Schule zurechtgestutzt wurde, aber ihm entging dadurch nichts. Bei seinem ausgeprägten Sinn fürs Praktische wäre es ihm sinnlos vorgekommen – um hier einen seiner Lieblingsausdrücke zu gebrauchen. Dafür gewährten die Götter Harold, dem sie immer besonders zärtlich geneigt waren, nicht nur Augenzeuge zu sein, sondern wie ein Priester das heilige Feuer zu schüren. Und wenn es ihn auch die finstern Philister, die damals das Zepter führten, büßen ließen, so muß er doch auf alle Zeiten hin tief im Herzen die reine Freude des zum Altardienst Auserwählten bewahrt haben, dessen, dem es gestattet gewesen war, beim Meßopfer das Weihrauchbecken zu schwingen.

Der Oktober ging zur Neige und mit ihm auch das Jahr; durch Wald und Hecken lief ein Raunen, daß ein Lauf seiner Vollendung entgegengehe. Von überall her drangen an diesem stillen Nachmittag die Atemstöße und das Keuchen des Läufers kurz vor dem Ziel. Nur von einem Gedanken besessen, war Selina zur Weide hinuntergeschlendert; und hier, auf einer Anhöhe mit Aussicht auf den Garten zur einen und auf das Hügelland mit der alten Poststraße zur andern Seite, hatte sie sich niedergelassen, um ihren Träumen nachzuhängen. Bald kam Harold atemlos angerannt, empört über das, was er hatte erleben müssen.

«Ich bat ihn, es sein zu lassen», stieß er hervor. «Ich sagte, er könne doch noch ein bißchen warten. Edward werde ja bald heimkommen, und für *ihn* spiele es doch keine Rolle und dem Schwein mache es auch nichts aus, und Edward würde sich so freuen, und damit wäre allen geholfen. Er aber sagte, es tue ihm leid, der Speck könne auf niemanden warten. Da hab' ich ihm gesagt, er sei ein Unhold, und lief weg. Und... und jetzt, glaube ich, machen sie's!»

«Ja, er ist ein Unhold», stimmte Selina zerstreut bei. Ans Schweineschlachten hatte sie gar nicht mehr gedacht. Harold zertrat einen frisch aufgeworfenen Maulwurfshügel und stocherte mit einem Stock im Loch herum. Von Larkins Hof her drang ein langgezogener Klageruf, ein dünner Hilfeschrei, der kundtat, daß die fette

Seele des schwarzen Berkshireschweins bereits den steinigen Weg zum Hades hinabfuhr.

«Weißt du, was für einen Tag wir heute haben?» fragte Selina kurz darauf und blickte in die Ferne.

Harold schien es nicht zu wissen und sich auch nicht dafür zu interessieren. Er hatte fast einen Meter seines Maulwurfgangs freigelegt und war am Graben.

«Es ist Trafalgartag[53]», fuhr Selina träumerisch fort. «Trafalgartag – und niemand denkt daran!» Etwas in ihrer Stimme verriet Harold, daß er sich nicht geziemend benahm. Er wußte nicht genau wieso; immerhin ließ er von seiner Maulwurfsjagd ab, um ihr höflicher Aufmerksamkeit zu schenken.

«Dort drüben», fuhr Selina fort und blickte gegen die alte Landstraße, «dort drüben fuhren früher die Postkutschen vorbei. Onkel Thomas hat mir neulich davon erzählt. Man hielt nach ihnen Ausschau, um zu wissen, wie spät es war, und vielleicht hoffte man auch auf ein Paket. Und eines Morgens – als man nichts Besonderes erwartete –, eines Morgens war da zuerst eine Staubwolke, gerade so wie immer, und dann schoß die Postkutsche vorbei, und da wußte man es! Denn die Kutsche war lorbeergeschmückt, von zuhinterst bis zuvorderst alles in Lorbeer. Und der Kutscher trug Lorbeer, und der Schaffner trug Lorbeer, und da wußte man es, alle wußten es da!»

Harold hörte respektvoll zu. Er hätte viel lieber den Maulwurf gejagt, welcher, wenn nur halbwegs bei Trost, mittlerweile eine Meile weit weg war. Aber er besaß alle angeborenen Instinkte eines Gentlemans, dessen Hauptmerkmal, wenn nicht überhaupt dessen Definition es ist, nie zu zeigen, wenn er sich langweilt.

Selina sprang auf und stapfte ruhelos mit kurzen Achterdeckschritten im Gras auf und ab.

«Weshalb können wir nicht etwas *tun*?» stieß sie schließlich hervor. «*Er*... er hat alles getan... warum können wir nichts für ihn tun?»

«Wer hat alles getan?» erkundigte sich Harold halbherzig. Es war sinnlos, weiterhin sehnsüchtige Gedanken an den Maulwurf zu verschwenden, denn wie die Toten reiste er schnell.

«Na, Nelson natürlich», warf Selina kurz ein und wartete immer noch auf einen hilfreichen Einfall.

«Aber... ist der denn nicht tot?» fragte Harold leicht verwirrt.

«Spielt das eine Rolle?» entgegnete ihm die Schwester und nahm ihren Gang eines Löwen im Käfig wieder auf.

Harold war verdutzt. Im Falle des Schweins zum Beispiel, dessen letzter Aufschrei eben verklungen war, hatte er das Kapitel als abgeschlossen betrachtet. Welch unschuldige Vergnügen die Ferien für Edward auch bereithalten mochten, dieses bestimmte Schwein mindestens würde nichts mehr dazu beitragen. Und nun mußte er hören, daß sich die Lage grundsätzlich nicht geändert hatte. Offenbar mußte er seine Weltanschauung revidieren. Er setzte sich gerade auf und schaute sich gartenwärts nach einer Erklärungshilfe um. Der Gärtner hatte am Nachmittag gewischt und opferte nun, ein Priester, ohne es zu wissen, das Herbstlaub der stilläugigen Göttin der sich wandelnden Farben und der frostigen Vorahnungen, die an diesem goldenen Nachmittag langsam durchs Land zog. Im Nu war Harold auf und davon und hatte Nelson, das Schwein, den Maulwurf, Larkins Verrat und Selinas sonderbare Gewissenskrise vergessen. Hier gab es ein Feuer, ein richtiges Feuer, mit dem man spielen konnte, und das war noch besser als mit Wasser herumspritzen und die Erdoberfläche neu gestalten. Unter allen Spielsachen, die die Welt den Rechtschaffenen anbietet, stehen die Urelemente eindeutig an der Spitze.

Aber Selina blieb sitzen, wo sie war, das Kinn auf den Fäusten aufgestützt, ihre Gedanken kreisten und zogen hierhin und dorthin, sie schlängelten und ringelten sich, zusammen mit dem Rauch, den sie betrachtete. Als die schnellfüßige Dämmerung des kurzen Oktobertags hurtig durch den Garten schritt, konnte man kleine Feuerzungen aufhüpfen und wieder verschwinden sehen. Harold, der bald mit einem Armvoll Laub daherstapfte, bald wacker das Feuer schürte, war nur dann und wann zu sehen. Der Rauch, den Selinas inneres Auge betrachtete, war anderer Art – ein Rauch, der in düstern Schwaden um den Mast und den Rumpf der Schlachtschiffe hing; ein Rauch, aus dem es donnerte und krachte und Splitter flogen, zusammen mit den Rufen der Mannschaft, dem halb erstickten Seufzen des Kanoniers, der hingestreckt neben seiner Kanone lag; ein Rauch, aus dem sie endlich, wie durch ein zerrissenes Leichentuch, die strahlende Seele des Siegers sich im Triumph in den Äther, den die Unsterblichen atmen, hinaufschwingen sah, gekrönt mit dem Kranz eines vorbildlichen Todes. Die Dämmerung ging schon in Dunkelheit über, als sich Selina erhob und langsam ihre Schritte zum Feuer lenkte, mit dem Gang einer Priesterin und dem zielstrebigen Blick der Fanatikerin.

Mittlerweile brannte das Laub, und der dürre Ginsterbusch, den Harold eben aufgelegt hatte, loderte und knisterte.

«Geh und hole noch mehr Stecken», befahl Selina, «und Späne und Holzklötze, was du nur finden kannst. Schau, im Küchengarten liegt ein Haufen Erbsenstickel. Bring, soviel du tragen kannst, und dann lauf und hole noch mehr!»

«Aber...», wollte Harold erstaunt einwenden, denn er kannte seine Schwester kaum mehr, und das Bild eines erbosten Gärtners, der ohne Erbsenstickel mit Vergeltung drohte, stand ihm vor Augen.

«Geh und hol sie schnell!» rief Selina und stampfte mit dem Fuß.

Harold setzte sich sofort in Trab, der strengen Zucht gehorchend, in der er erzogen worden war. Aber seine Augen glichen runden O, und in offensichtlicher Verwirrung sprach er im Laufen unentwegt vor sich hin.

Die Erbsenstickel ergaben ein Prachtsfeuer, und die Flammen, die nun nicht mehr nur träge schwelten, schossen empor und nahmen langsam die Form eines richtigen Freudenfeuers an. Harold, den die Ehrfurcht erst hatte verstummen lassen, begann mit Triumphgeschrei darum herumzutanzen. Selina schaute mit gerunzelter Stirn grimmig zu; sie war noch nicht völlig befriedigt. «Kannst du nicht noch mehr Stecken herbeischaffen?» sagte sie schließlich. «Stöbere ein wenig herum, bring ein paar alte Körbe und Bodenmatten und was du im Werkzeugschuppen findest! Hau das alte Treibbeet für die Gurken zusammen, in welches dich Edward gestoßen hat, als wir Trapper und Mohikaner spielten! Wart einmal! Hurra, ich hab's!»

Ganz in der Nähe stand ein Treibhaus, Tante Elizas Stolz und Freude, ja selbst der Gärtner konnte ihm seine Anerkennung nicht verweigern. In einem daran angebauten Schuppen wurde das nötige Brennmaterial aufbewahrt, und zu diesem geheiligten Vorrat, von dem auch nur ein Hölzchen zu berühren uns strengstens verboten war, lenkte Selina ihre Schritte. Harold folgte gehorsam, denn nach dem Vergehen an den Erbsenstickeln war er auf alles gefaßt, aber er kniff sich, um zu sehen, ob er auch wirklich wach sei.

«Bring Kohlen!» sagte Selina kurz, ohne lange Worte oder eine Widerrede zu dulden. «Da hast du einen Korb. Ich nehme die Reisigbündel.»

Nach wenigen Minuten bestand kein Zweifel mehr, daß es ein regelrechtes Freudenfeuer und keine lumpige Nachahmung war. Selina, eine Mänade nun, die ohne Hut ihre zerzausten Lokken schüttelte, von welcher der ganze Tand einer jungen Dame gefallen war, umschritt den zusammengestohlenen Scheiterhaufen oder schürte ihn mit einem Erbsenstickel. Und beim Schüren murmelte sie immer wieder: «Ich wußte ja, daß wir etwas tun können. Es ist zwar nicht viel – aber immerhin etwas.»

Der Gärtner war schon zu seinem Tee heimgegangen. Tante Eliza war zum ihrigen weit weggefahren und wurde erst spät zurückerwartet, und dieser Winkel des Gartens war von keinem Fenster aus zu überblicken. So konnte das Ehrenfeuer ungehindert lustig weiterbrennen. Leute im Dorf, die den Feuerschein von weitem sahen, murmelten etwas von «den kleinen Rackern und ihren Streichen» und setzten ihren Weg Richtung Bierstube fort. Sie verloren keinen Gedanken daran, was für ein Tag es sei, keinen Gedanken an Nelson, dem sie es verdankten, daß sie ihre bodenständigen Pintkrüge in bodenständigen Pennies bezahlen konnten, der sie vor *litres* und Geld nach dem Dezimalsystem bewahrt hatte. In der Nähe huschten aufgeregte Kaninchen vorbei, und schon sah man nur noch ihr weißes Schwänzchen; verängstigte Vögel flatterten im Geäst oder zogen über die Lichtung in ein ruhigeres Nachtquartier: aber weder ein Vogel noch sonst ein Tier dachte an den Helden, dem sie es verdankten, daß ihnen jedes Jahr ihr kleines Zuhause aus Roßhaar, Wolle oder Moos sicher unter der britischen Fahne gewährleistet war und daß ein unumstößliches Jagdgesetz *la chasse* nur für die Besseren unter ihnen zu einem Schrecken werden ließ. Keiner schien es zu wissen, niemanden schien es zu kümmern noch zu bewegen. Selina stand in der großen Begeisterung ihres Brandopfers allein da.

Und dennoch – nicht ganz allein! Denn just als die Flammen wild aufloderten, traten oben am unermeßlichen Firmament vereinzelte Sterne still hervor und blickten unschlüssig – erst verwundert, dann neugierig –, und als sie begriffen, freudig überrascht herab. *Sie* mindestens wußten alles, sie begriffen. Ihnen war der Name geläufig; Nelsons Geschichte war ein Teil der Musik, nach der sie ihre Bahnen zogen, er war ihr Genosse, ihr Kamerad und Gefährte. Darum guckten sie und blinkten und guckten noch einmal und riefen ihren saumseligen Brüdern zu, sich zu sputen und zu schauen.

«Das Beste am Leben ist Trunkenheit»[54], und Selina, die während ihres kurzen Rauschzustands einen Aufschwung erlebt hatte, wie ihn das düstere Erdenleben goldener nicht bieten kann, mußte unweigerlich die bittere Erfahrung des ernüchternden Erwachens machen, als das Sterben der Flammen in der glimmenden Asche mit dem Erscheinen der empörten Tante Eliza zusammenfiel. Tragisch war nicht so sehr die Tatsache, daß sie auf der Stelle und für immer degradiert, ihr der Abschied gegeben wurde und sie nun als gemeiner Matrose dienen mußte, gebrandmarkt als eine, auf die kein Verlaß war – selbst wenn Edward wohlbewahrt auf der Schule und ich fern in der Obhut einer Tante weilte –; oder daß ihr das Taschengeld auf unbestimmte Zeit entzogen und ihr neues Kirchengesangbuch, der Stolz ihres letzten Geburtstags, aus den Händen und in Gewahrsam genommen wurden. Viel mehr bekümmerte sie, daß sie den armen Harold gegen sein besseres Wissen in eine schlimme Lage gebracht hatte und daß, als die erste Aufregung verrauscht, die Begeisterung verflogen war und sich in ihr wieder zaghaft die junge Dame meldete, sie sich sagen mußte, sie sei eindeutig und unbestreitbar eine ausgemachte Närrin und keinerlei Erklärung könne sie entlasten.

Für Harold war dank seiner Jugend und seinem kurzen Gedächtnis die Sache weniger tragisch, als sie seiner empfindsameren Schwester erschien. Zwar stieg er laut plärrend die Treppe in sein einsames Kinderzimmer hinauf mit der düstern Aussicht auf eine Zukunft so voller Leid und Strafen, daß sie bis zum Posaunenklang des Jüngsten Gerichts ausreichen mochten. Aber vor seiner Tür stolperte er über Augustus, den Kater, fing ihn, und als er seine Beute in den sichern Hafen brachte, kehrte sich sein Klagelied in Triumphgesang. Denn Augustus, der nichts so verabscheute, wie mit kleinen Buben das Bett zu teilen, war gerissen, und der Trapper, der schlau genug war, ihn zu fangen, durfte sich etwas darauf einbilden. Als Augustus merkte, daß sein Schicksal besiegelt und an seinem Nachtlager nicht zu rütteln sei, fügte er sich weise, lauschte träge und gab den Anschein, als sei ihm das unzusammenhängende Liedchen über Schweine und Helden, Maulwürfe und Freudenfeuer, mit dem sich Harold selber in den Schlaf sang, völlig klar. Es ist jedoch zu bezweifeln, ob Augustus zu den seltenen Wesen gehörte, die es wirklich begriffen.

Selina hingegen wußte ebensowenig von dieser Trostquelle wie vom Mitgefühl der Sterne, die über ihr leuchteten, und erst nach einer traurigen Weile und auf sehr nassem Kopfkissen segelte sie in jenes geheimnisvolle Wunderland, wo man seinem eigenen Lieblingshelden auf der Straße begegnet und die ausgefallensten Verrücktheiten anstellen kann und es doch alle begreifen und in Ordnung finden.

Dies irae[55]

Strahlend wie Löwenzahn, der von früh bis spät vom Sonnenlicht durchflutet wird, erheben die meisten jener unvergeßlichen Tage ihr Haupt aus dem Nebel längst verflossener Zeiten. Ab und zu zieht aber unter ihnen vereinzelt ein trüber Tag, ein blinder vorüber – blind im Sinne einer beschlagenen Fensterscheibe, wenn die niederprasselnden Regentropfen zusammenfließen und hinunterrinnen und nur ein verdüstertes Bild der kreisenden Vögel, der lachenden Fluren und des terrassierten Gartens hereinlassen; blind, weil ihm ein unbegreifliches Leid anhaftet, das man sich nicht erklären konnte, doch wie einen körperlichen Schlag empfand.

Es begann mit Martha, und doch war Martha nicht eigentlich schuld daran. Das war es ja eben: es ließ sich keine einzelne Person ausmachen, die man anschuldigen und zur Rechenschaft hätte ziehen können. Man hatte es ganz einfach mit einem schlimmen, unergründlichen Vorfall zu tun. Das Frühstück war gerade vorbei, die Sonne rief uns gebieterisch wie ein Herold mit Fanfarenstößen; ich lief mit einem zerrissenen Schnürsenkel in der Hand zu Martha hinauf, und da saß sie weinend, das Gesicht in der Schürze vergraben, in einer Ecke. Nichts war aus ihr herauszubringen als immer nur die gleichen trostlosen Schluchzer, die nicht enden wollten und die wie Prügel auf einen herunterprasselten und schmerzten; und derweilen wurde die Sonne ungeduldig, und ich wollte meinen Schnürsenkel.

Erkundigungen unten enthüllten mir die Ursache. Marthas Bruder war tot, offenbar – ihr Matrosenbruder Billy, ertrunken in einem der fremden fernen Meere, die wir eines Tages zu befahren hofften. Wir hatten Billy gut gekannt und liebten ihn. Wenn er seinen Besuch bei der Schwester angekündigt hatte, zählten wir die Tage. Wenn wir endlich seine fröhliche Stimme aus der Küche hörten und mit Freudengeheul hinuntereilten, mußte er uns zuallererst seine tätowierten Arme vorweisen, eine stets frische Quelle des Entzückens, des Neids und der Ehrfurcht; dann mußte er Kunststücke vorführen, jonglieren und sonderbare, furchterregende gymnastische Verrenkungen vorturnen, und schließlich kam er mit Geschichten, immer neuem Seemannsgarn, bis wir zu Bett mußten. Auf diesem Gebiet war Billy unschlagbar, und nun war er tot, hieß es, Martha war unglücklich, und – und ich konnte keinen neuen Schnürsenkel haben. Man sagte mir, Billy werde nie mehr zurückkehren, und ich starrte durchs Fenster zur Sonne, die pünklich jeden Tag zurückkam, und wußte mit der Trauerbotschaft nichts anzufangen. Marthas Leid berührte mich nur insofern, als ich bei ihrem Anblick und ihrem Schluchzen tief in meinem Innern einen argen, dumpfen Schmerz empfand – einen Schmerz, der sich nicht eigentlich lokalisieren ließ. Zudem brauchte ich immer noch meinen Schnürsenkel.

Das war ein erbärmlicher Anfang für einen Tag, der, was das Wetter anbelangte, so vielversprechend begonnen hatte. Ich bastelte mir aus einem alten Schnurende eine Art Notmast von Schnürsenkel und machte mich im Gefühl, daß mit diesem Mißklang der ganze Tagesablauf ins Wanken geraten war, auf die Suche nach den Mädchen. Kaum kam ich ins Schulzimmer, witterte ich, daß auch da die Lage schief und gespannt war. Selina schaute lustlos zum Fenster hinaus und hatte einen Fuß um das andere Bein geschlagen. Als ich sie ansprach, zuckte sie unwirsch die Schulter, hatte aber nicht den Anstand zu antworten. Charlotte räkelte sich gelangweilt in einem Sessel, und man sah ihr an, daß sie schon zu dieser frühen Stunde geweint hatte. Die Ursache der elektrisch geladenen Atmosphäre war eine Belanglosigkeit, und ich fand die Art, wie sich die Mädchen das zu Herzen nahmen, recht unvernünftig. Vor einigen Tagen hatte man nämlich Edward einen Freßkorb in die Internatsschule geschickt. Pro Quartal war nur ein Freßkorb gestattet, deshalb kam das Vergnügen des Zusammenstellens fast einer religiösen Handlung gleich. Als man das Wichtigste mit Bedacht ausgewählt und sicher verstaut hatte – die Konfitürengläser, den Kuchen, die Würste und die Äpfel, mit denen man so gut die Ecken ausfüllen konnte –, als das letzte Paket hineingestopft worden war, hatten die Mädchen ihre privaten, ganz persönlichen Opfergaben obenauf gelegt. Ich weiß nicht mehr, welcher Art sie waren; auf alle Fälle konnte ein Junge keinerlei praktische Verwendung dafür haben. Aber dahinter steckten doch Einfallsgeist und Anstrengung, abgespartes Taschengeld und ausgiebiges liebes Wunschtraumgewölk um die Begeisterung des entzückten Empfängers. Nun war also gestern eine knappe Empfangsbestätigung von Edward eingetroffen, in der er dem Kuchen und der Konfitüre höchstes Lob zollte, den Würsten die ganz besondere Anerkennung von Smith senior aussprach und am Schluß durchblicken ließ, daß ihm nach dieser Stärkung nur noch eine Überweisung von fünf Shilling in Briefmarken fehle, um gegen jeglichen Schicksalsschlag gewappnet zu sein. Das war alles. Kein Wort, keine Silbe über die persönlichen Gaben und seine Freude daran. Uns – das will heißen Harold und mich – dünkte der Brief einleuchtend und vernünftig. Der Proviant war schließlich das Wichtigste und fünf Shilling die beste Vorkehrung gegen Unvorhergesehenes. Die Geschenke waren ja gut gemeint – sehr nett, sicher –, aber das Leben war eine ernste Sache, und um sich da durchzuschlagen, brauchte man Kuchen und Halbkronenstücke, nicht Krimskrams und gestrickte Fäustlinge und solches Zeug. Die Mädchen jedoch, halsstarrig wie immer, wollten auf ihrer Ansicht über diese Geringschätzung beharren. Das war der zweite Schlag, den ich an diesem Morgen einstecken mußte.

Betrübt stieg ich die Treppe hinunter und in den Sonnenschein hinaus, wo ich Harold fand, wie er auf dem Kies für sich allein Verschwörer spielte. Er hatte auf dem Gartenweg ein kleines Loch gegraben und eine imaginäre Zündschnur ausgelegt, und als er vor der dräuenden Explosion in den Lorbeerbüschen in Deckung ging, hörte ich ihn murmeln: «‹Mein Gott!› sagte der Zar, ‹alle meine Pläne sind vereitelt!›» Mir schien das eine ausgezeichnete Gelegenheit, ein schwarzer Puma zu sein. Im großen ganzen hatte Harold schwarze Pumas nicht weniger gern als irgendein anderes Tier, das wir kannten. So stürzte ich mich mit dem entsprechenden Gebrüll auf ihn und überrollte ihn auf dem Kies.

Man kann sagen, das Leben sei eine Mischung von Sachen, die geraten, und Sachen, die mißraten. Nun gehörte diese Sache leider zu jenen, die mißraten. Unter mir kreischte es: «Oh, mein aufgeschürftes Knie!», und jämmerlich heulend entwand sich Harold den Krallen des Pumas. Nun hatte ich ehrlich gesagt nicht gewußt, daß er ein aufgeschürftes Knie hatte, und außerdem wußte er, daß ich nichts von seinem aufgeschürften Knie wußte. Dem unter uns Jungen herrschenden Sittengesetz nach verhielt er sich also unkorrekt, ganz gleich, ob sein Knie aufgeschürft war oder nicht, und ich brauchte mich nicht zu entschuldigen. Ich kam ihm aber halbwegs mit dem Vorschlag entgegen, wir wollten uns am Rand des Weihers in den Hinterhalt legen und den Enten den Weg abschneiden, wenn sie nichtsahnend im Gänsemarsch daherwatschelten, und sie wie Bisons jagen, wenn sie verstört über die weite Prärie stoben. Eine faszinierende Angelegenheit und streng verboten. Aber Harold wollte von meinen Friedensbemühungen nichts wissen und verzog sich laut heulend ins Haus.

Das war ja bald die bare Hölle. Ziellos machte ich mich auf übers offene Feld, aber schon als ich mich dem Gartentor näherte, herrschte mich eine schrille Stimme aus dem Fenster an, nicht in die Blumenbeete zu treten. Als das Tor mit einem boshaften Klicken hinter mir zufiel, war mir wohler, und als ich zehn Minuten auf der Straße marschiert war, wurde mir bewußt, daß eine grundlegende Änderung nötig war, daß ich in einer Sackgasse steckte und diesem unhaltbaren Zustand ein Ende gesetzt werden mußte. Ich hatte mein Menschenmögliches getan. Da zog doch heute der denkbar argloseste Mensch mit bleischwerem Herzen seines Weges, einer, der nur leben und leben lassen wollte, im Einvernehmen mit seinen Mitmenschen, das genießend, was das Leben an Freuden zu bieten hatte. Was ich jetzt brauchte, war ein vollständiger Milieuwechsel. Irgendwo auf der Welt mußten doch noch Gerechtigkeit und Wohlwollen wohnen. Es gab Gegenden, Pampas geheißen, das klang gut. Meilenweit Gras, nur hie und da ein Wildpferd, und so weit der Horizont reichte kein Verwandter. Einem verwundeten Gemüt schien das eine vernünftige, zuträgliche Lebensform. Es gab aber auch andere reizvolle Winkel, wo man nach Perlen fischte und mit einem großen Messer Haie in den Bauch stach. Kaum anzunehmen, daß einen bei so wonnigem Tun Verwandte stören kämen. Doch wollte ich vorläufig auf Verwandte nicht ganz verzichten. Sie sollten nur in ihre Schranken gewiesen werden, sich so sehen müssen, wie sie wirklich waren, und – wenn es zu spät wäre – wünschen, daß sie anständiger gewesen wären.

Unter allen Berufszweigen schien die Armee meinen Wünschen am ehesten zu entsprechen. Man stellte sich, folgte der Trommel, marschierte, kämpfte und trug Waffen unter fremden Himmeln, viele eintönige Jahre. Endlich, nach sehr langer Zeit, käme die Gelegenheit, wo die Schrecken des Kriegs in der stillen Gegend tobten, wo die Wiege gestanden und man aufgewachsen, aber schon fast vergessen war. Die Leute würden laut schreiend zusammenströmen, halb gelähmt vor Furcht, und unter den Furchtgelähmten wären auch gewisse Tanten. «Welche Hoffnung bleibt uns noch», würden sie sich fragen, «außer der Gnade des Generals, des geheimnisumwitterten, unbesiegbaren Generals, von dem so fabelhafte Kunde geht?» Und die Armee würde einmarschieren, Geschütze würden knattern und durch die Dorfstraße holpern, und zuletzt würdest du – du, der General, der sagenumwobene Held – erscheinen, auf deinem kohlschwarzen Streitroß, mit einem interessanten Schmiß im bleichen, starren Gesicht. Und dann... aber jeder Junge hat dieses wohlbekannte Stück dutzende Male durchgeprobt. Kurzum, du bist großmütig, das ist selbstverständlich; du hast ein kohlschwarzes Pferd und einen vernarbten Säbelhieb und kannst es dir leisten, sehr großmütig zu sein. Aber eine Strafpredigt hältst du ihnen natürlich trotzdem.

An dieser angenehmen Vorstellung erlabte sich meine Seele zwanzig Minuten lang, dann begann die alte Wunde wieder zu bluten und verlangte nach neuen Pflästerchen und Zuckerwässerchen. Diesmal suchte ich Trost, indem ich mir glückliche Bilder zur See ausmalte. Die See war eigentlich mein wahrer Lebensraum. Auf See ließ sich Auszeichnung mit Gesetzlosigkeit verbinden, während die Armee doch immer durch eine einigermaßen mühsame Beachtung von Disziplin belastet war. Gewiß war das Leben nach allem, was man so hörte, anfangs hart. Aber ich wollte ja leiden; ich wollte ein armer Teufel von Schiffsjunge sein, getreten, geschlagen und angeflucht – eine Zeitlang. Vielleicht würde die Kunde von meinen Leiden auch an ihre Ohren dringen. Zur richtigen Zeit müßte die Schaluppe oder Feluke auftauchen – das war immer so –, ein wüst aussehendes Schiff mit schwarzem Rumpf, schwer beladen, strotzend vor Kanonen und über allem die Totenkopfflagge und ich alleiniger Kommandant. Bald käme auch, wie das zu geschehen pflegt, ein Ostindienfahrer mit allen Verwandten angesegelt – vollzählig wären sie da. Die Besatzung würde gezwungen, sich ins Meer zu stürzen, und der Kapitän müßte am eigenen Rahnock baumeln. Dann würde ich die Passagiere in Gewahrsam nehmen, dieses elende Häufchen mir wohl Bekannter, die sich auf dem Achterdeck zusammendrängten, und dann ... dann wiederholte sich das alte Spiel: die Luft würde vor Großmut triefen. In der ganzen Heldengalerie gibt es wahrhaftig keinen großmütigeren als den Piratenhäuptling.

Als ich von der Zukunft in die Gegenwart zurückfand, merkte ich, daß ich unter diesen angenehmen Vorstellungen eine längere Wegstrecke zurückgelegt hatte als erwartet, und ich blickte umher, um mich zu orientieren. Zu meiner Rechten war ein langgestrecktes, niedriges Gebäude aus grauem Stein, neu, doch ohne putzig zu wirken; neu, doch mit Charakter, ohne daß es seine Würde mit Flechten und absplitternder Tünche an Fries und Fensterpfosten hätte herausstreichen müssen. Fremde hätten es schwer einordnen können. Ich war schon früh auf Entdeckungsreisen gegangen und kannte mich hier gut aus. Die meisten Leute nannten es «die Siedlung», andere sprachen von «denen da oben bei Halliday», was in unserer Gegend völlig genügte; wieder andere nannten die Bewohner leicht spöttisch «die Mönche». Diese letzte, wie ich annahm höhnisch gemeinte Bezeichnung traf meiner Meinung nach völlig daneben. Wie Mönche aussahen, wußte ich genau aus Büchern; ich kannte den Schnitt ihrer Kutten, ihre geschorenen Köpfe und ihre famosen großen Hunde mit Schnapsflaschen um den Hals, die unentwegt glückliche Reisende aus dem Schnee buddelten. Der einzige Hund in der Siedlung war ein Irischer Terrier, und die braven Männer, denen er gehörte und die ihm gehörten, trugen ganz unauffällige Kleider und hatten meistens einen gepflegten Backenbart. Eines Tages war ich dort hinauf spaziert, wie gewöhnlich auf der Suche nach etwas, das ich niemals fand, und von ihnen aufgenommen und kameradschaftlich bewirtet worden. Ich hatte freien Zutritt zu ihren angenehmen Zimmerchen gehabt, die voller Bücher und Bilder und nicht von Sesselschonern verunstaltet waren; sie hatten mir ihre hohe, stille Kapelle gezeigt, schwach duftend und von einer eigentümlichen, mir fremden Schönheit, schön nicht nur wegen des Vorhandenen, sondern auch wegen des Fehlens der in andern solcher Kulträume üblichen, nur allzu bekannten Geschmacklosigkeiten. Sie hatten mich auch in ihrem Speisesaal bewirtet, wo ein langer Tisch auf rohen Böcken stand, alles Holzwerk unbearbeitet, unbemalt und blank gescheuert war, duftend nach dem Wald, aus dem es stammte. Noch tagelang nach diesem Besuch begleitete mich ein Gefühl von Sauberkeit, von einer die Sinne belebenden Frische – der Frische kühlen Quellwassers; und die großen, reingeschrubbten Bodenflächen, die roten Fliesen und eichenen Sitzbänke atmeten Wohnlichkeit, die ein Abgrund von unserer Polsterwelt trennte.

An diesem Tag war ich viel zuwenig gesellig gestimmt, um freundnachbarliche Besuche abzustatten. Aber etwas an diesem Ort kam meiner eigenen Stimmung entgegen, und so schlich ich mich zur Rückseite des Hauses, wo, bevor der Grund steil abfiel, gerade noch Platz für einen Gemüsegarten war. Ich kannte damals weder das Wort «gotisch», noch wußte ich, was es bezeichnete, aber die Architektur hier, aus einem Guß, hatte für mich in dieser Stunde der Niedergeschlagenheit etwas Tröstliches. Als ich sinnend vor dem niedrigen, grauen, zweckmäßig wirkenden Gebäude stand und an meine netten Freunde in seinen Mauern dachte, wie gemütlich sie es anscheinend immer hatten, wie sie mit dem Irischen Terrier herumtollten und ihn als durchaus gleichberechtigt behandelten, da erinnerte ich mich an einen gewissen Ausdruck ihrer Gesichter, als ob sie ein gemeinsames Ziel und eine Aufgabe hätten und ihr Handeln einem Befehl unterstünde, den sie anerkannten und verstanden. Ich dachte auch an das, was Martha über eben diese Männer gesagt hatte, daß sie «eine Menge Gutes» täten, und es kamen mir weitere aufgeschnappte Bemerkungen in den Sinn von Verzicht, Regeln, Selbstverleugnung und dergleichen. Da stieg aus der Tiefe meiner gekränkten Seele ein neuer und begeisternder Gedanke: die Soldatenlaufbahn kam mir plötzlich überspannt und abgeschmackt und das Piratenleben als Beruf schal und wenig lohnend vor. Dies hier oder ähnliches sollte meine Berufung und meine Rache sein. Ein härteres Unterfangen, soviel ich aus meinen Büchern wußte; eines, das Schwarzbrot und ein härenes Hemd einschloß. Gelübde gehörten auch dazu, unwiderrufliche, entsetzliche Gelübde, und eiserne Gitterstäbe. Dieses Eisengitter war das Allerwichtigste, denn auf der anderen Seite beabsichtigte ich, meine Verwandten aufzustellen. Ich ging ihre Liste im Geiste durch und sah, daß die ganze Bande, wie es ihrem

Rang entsprach, zugegen war, eine traurig blikkende Versammlung, vereint in flehentlicher Anrufung. «Wir sehen unsern Irrtum jetzt ein», würden sie sagen. «Wir waren immer schwer von Begriff und erkannten, besonders bei Blutsverwandten, die Höhenflüge der Seele nicht. Wir mißverstanden dich, sahen deinen Wert nicht ein und geben es zu. Und jetzt...» – «Ach, meine Lieben», würde ich da einhaken und mit meiner Asketenhand abwinken, mit einer richtig ausgemergelten, durchsichtig an den Fingerspitzen. «Ach, ihr kommt zu spät. Eure Einsicht ziemt sich und gereicht euch zur Ehre, und ich habe immer gewußt, daß es früher oder später einmal dazu kommen müsse, aber die Würfel sind gefallen, und ihr könnt wieder heimgehen und diese eure zu späte Reue beweinen, solang es euch beliebt. Ich meinerseits bin durch mein Gelübde gebunden, meine Verwandten heißen fortan Kasteiung und fromme Werke. Einmal im Monat soll es euch, falls ihr es wünscht, gestattet sein, zu kommen und mich durch dieses massive Gitter anzuschauen, aber...» Wupp!

Ein wohlgezielter Erdklumpen sauste an meinem Ohr vorbei, zerschellte hinter mir an einem Baumstamm und bespritzte mich mit Kot. Mit einem Schlag hatte mich die Gegenwart wieder eingeholt, und da mir klar war, daß der Feind sich rührte, kampfbereit im Hinterhalt lag und Ausfälle zu gewärtigen waren, ging ich flink hinter den Bäumen in Deckung. Es konnte niemand anders als der Gärtnerjunge sein, ein rothaariger Proletarier, der mich haßte, nur weil ich ein

Gentleman war. Mit einer Hand ergriff ich schnell einen schön schmierigen Erdklumpen, mit der andern streckte ich meinen Hut vor den Baumstamm, hinter dem ich mich verschanzt hatte. Ich hatte nicht vergebens all die Jahre gegen Rothäute gekämpft.

Wie erwartet, traf ein weiterer Klumpen, erstklassiger Größe und Schmierigkeit, meinen armen Hut als Volltreffer. Da brach ich, wie Ajax schrecklich brüllend, aus der Deckung hervor und schoß meine Munition ab. Wehe da dem Gärtnerjungen, der nicht gewappnet in voreiligem Triumph Luftsprünge vollführte und die volle Ladung in den Bauch bekam. Dumm wie er war, wußte er nicht, auf welcher Seite die Götter an dem Tage kämpften, und schleuderte weitere Wurfgeschosse, die aber alle danebengingen, denn mit meinem ersten Klumpen hatte ich es ihm gezeigt, und er schoß blindlings drauflos wie einer, der nur noch verzweifelt an Flucht denkt. Ich landete einen weiteren Erdklumpen aus der Nähe, wir wurden handgemein auf der Hügelkuppe und kugelten zusammen hinunter. Als er sich losgerappelt hatte und wieder auf den Beinen stand, trabte er zum Häuschen seiner Mutter, aber über die Schulter bombardierte er mich mit Verwünschungen und Schmähungen, mit Drohungen untermischt mit Tränen.

Ich aber marschierte wieder Richtung Straße, beschwingt und hocherhobenen Hauptes, ohne einen Blick auf die Siedlung mit ihren verheißungsvollen Möglichkeiten zurückzuwerfen, um die meine geplante Zukunft sich gerankt hatte. Das Leben hatte doch seine guten Seiten; leben hieß handeln, kämpfen, siegen! Wieder einmal war das Leben rosenrot; Überraschungen, wo man nur hinsah, und ich verspürte allmählich einen Mordshunger.

Gerade als ich die Straße erreichte, ratterte ein Fuhrwerk heran. Ich rannte darauf zu, faßte nach der herunterhängenden Kette und baumelte halsbrecherisch zwischen den rollenden Rädern, blind und halb erstickt vor würzig riechendem Straßenstaub, die Welt wie ein gestreiftes Band unter mir vorbeigleitend, bis der Fuhrmann mit der Peitsche nach mir zwickte und ich auf die Erde zurück mußte. Ich verließ die langweilige Straße und schlug mich durch die Felder heimwärts; nicht daß der Weg viel kürzer gewesen wäre, aber man vermied so die Brücke, konnte durch den Bach waten und erfrischend naß werden. Brücken waren für engstirnige Menschen, für solche mit Zielen und Berufen, die sie zwangen, auf viele der höchsten Freuden im Leben zu verzichten. Wirklich weisen Menschen diente jedes Element gleichermaßen als Freudenspender. Der Hauch sonnengetränkter Luft, der Geruch von Gartenerde, die Knetbarkeit von Dreck und die funkensprühende Seligkeit beim Spielen mit Feuer, alles hatte seinen Reiz, aber die Wonne, nasse Füße zu kriegen, war deshalb nicht geringzuachten. Als ich über die Allmend kam, brach Harold aus einem nahen Gebüsch hervor und rannte mir entgegen. Die Regenwolken von heute früh waren von seinem Gesicht wie weggeblasen. Er hatte eben einen neuen gebogenen

Stock gemacht. Ganz selbst gemacht, das Blei geschmolzen und alles! Ich begutachtete sein Werk kritisch und hielt mit meiner Bewunderung nicht zurück. Beim Gartentor sahen wir von weitem die Mädchen eifrig beim Gärtnern, ihre trübselige Lustlosigkeit von heute früh war wie verflogen. «Heute ist noch ein Brief gekommen», erklärte Harold. «Der Korb wurde auf der Reise so geschüttelt, daß sich die Geschenke ins Stroh verkrochen und durcheinander gerieten; eines steckte in der kalten Ente. Deshalb fand man sie erst nicht. Und Edward sagte: ‹Ich danke Euch tausendmal!›»

Martha sah ich erst wieder, als wir uns alle zum Tee trafen. Ihre Augen schienen gerötet, und sie war merkwürdig schweigsam, schalt nicht und hatte nichts auszusetzen. Statt dessen war sie überaus freundlich und zuvorkommend mit Konfitüren und so, drängte uns eifrig unerhörte Leckerbissen auf, obwohl wir das Drängen nicht brauchten. Ganz plötzlich, als ich mit Essen voll beschäftigt war, verschwand sie, und Charlotte flüsterte mir zu, sie habe sie auf ihr Zimmer gehen und sich dort einschließen hören. Das wiederum kam mir höchst wunderlich vor.

Mutabile semper[56]

Sie stand auf der andern Seite des Gartenzauns und musterte mich, als ich die Straße herunterkam. Dann sagte sie «hallo», und ich antwortete «hallo» und blieb leicht verlegen stehen.

Ehrlich gesagt, war diese Begegnung meinerseits nicht ganz überraschend. Ich hatte das Mädchen am letzten Sonntag in der Kirche gesehen, und nach dem Gottesdienst war durchgesickert, wer diese Fremde sei und bei welcher Tante sie zu Gast weilte. Am heutigen Morgen hatte man nach einem Freiwilligen gefragt, der im Pfarrhaus einen Brief abgeben sollte, und ich war selber überrascht, wie prompt ich mich meldete, während die andern plötzlich sehr geschäftig taten oder sich unauffällig verzogen. Ich hatte zwar noch keinen eigentlichen Schlachtplan entworfen, aber mir war vermutlich doch gleich klar, daß der Weg zum Pfarrhaus am Garten ihrer Tante vorbeiführte.

Sie eröffnete das Gespräch, während ich über den Straßengraben hin und her hüpfte und mir Mühe gab, gleichgültig zu erscheinen.

«Hab' dich am Sonntag in der Kirche gesehen», sagte sie, «aber da sahst du anders aus. So geschniegelt, mit ganz glattem Haar und auf den Seiten zurückgebürstet und so glänzend. Was tun sie dir drauf, daß es so glänzt? Findest du es nicht ekelhaft, wenn man dich bürstet?» plapperte sie, ohne auf Antwort zu warten, weiter. «Und wie deine Stiefel knarrten, als du den Mittelgang hinuntergingst! Wenn meine knarren, wate ich durch alle Pfützen, bis es aufhört. Jetzt klettere ich aber über den Zaun.»

Dies tat sie sehr gekonnt, während ich, die Hände tief in den Hosentaschen, ihre Bewegungen mit schweigendem Interesse verfolgte, wie wenn es sich um ein sonderbares neues Lebewesen handeln würde.

«Ich war eben am Gärtnern», erklärte sie, als sie neben mir stand, «aber ungern. Es hat viele Würmer heute. Würmer hasse ich. Wenn sie mir beim Umspaten nur nicht immer über den Weg liefen!»

«Oh, ich habe Würmer beim Umspaten gern», entgegnete ich munter. «Das bringt doch ein bißchen Leben in die Sache, findest du nicht?»

Sie überlegte. «Es ginge, wenn sie warm und trocken wären», sagte sie, «aber...», und hier schauderte sie, was mir eigentlich gefiel, obwohl ich mich, wenn es mein eigenes Fleisch und Blut gewesen wäre, vor höhnischem Gelächter geschüttelt hätte.

Von Würmern kamen wir ganz von selbst auf Frösche zu sprechen, dann auf Schweine, Tanten, Gärtner, Schaukelpferde und andere Mitbürger unseres gemeinsamen Königreichs. Nach fünf Minuten waren wir dicke Freunde, und mir war, als ob ich sie mein ganzes Leben gekannt hätte. Irgendwie fiel es mir leichter, mit ihr frei und offen über mich zu sprechen, als mit der eigenen weiblichen Sippschaft, was wohl daher rührte, daß sie weniger Einblick in meine klägliche, lumpige Vergangenheit hatte.

«Ich habe dich beobachtet, als du die Straße entlangkamst» fuhr sie fort, «du hieltest den Kopf gesenkt und die Hände in den Taschen, du hast keine Steine geworfen und nicht gepfiffen und keinen einzigen Hopser gemacht; da dachte ich, man habe dich vielleicht gescholten oder du habest Bauchweh.»

«Nein», antwortete ich verlegen, «es ist nicht das. Ich war nämlich ... ich bin oft ... aber das ist ein Geheimnis.»

Damit beging ich einen taktischen Fehler. Auf dieses zündende Wort hin begann sie halb beschwörend, halb gebieterisch um mich herumzutanzen. «Oh, sag's mir doch!» rief sie. «Du mußt es mir sagen! Ich will es bestimmt nicht weitersagen, das schwör' ich dir.»

Alles an der Kleinen zappelte vor Aufregung, und mit flehenden Augen hüpfte sie vor mir von einem Bein auf das andere. Verführerisch fiel ihr das Haar auf die Schultern, und sogar der eingebüßte Schneidezahn – eine Einbuße, die ihrem Alter entsprach – schien den Reiz ihres Gesichts nur zu erhöhen.

«Es wird dich nicht interessieren», sagte ich schwankend. «Übrigens kann ich es nicht genau erklären. Ich sage besser nichts.» Dabei wußte ich, daß ich nicht darum herum käme.

«Aber natürlich interessiert es mich», sagte sie weinerlich. «Ich hätte nie gedacht, daß du so garstig sein kannst!»

So kamen wir nicht weiter. Dieses leichte Nachuntenziehen der Mundwinkel – ich kannte das Anzeichen nur zu gut.

«Es ist so», stammelte ich, «dieses Straßenstück hier – bis zu jener Ecke hin –, das ist ein schrecklich langweiliges Stück, weißt du. Ich muß so oft da durch, und ich kenne es so genau, und es ist mir so verleidet. Drum gehe ich jedesmal, wenn ich zu jener Ecke komme ... also ich gehe einfach weg an einen andern Ort.»

«An was für einen Ort?» fragte sie und blickte sich gespannt um.

«Ich stelle mir den Ort natürlich nur vor,» fuhr ich hastig und verschämt fort. «Aber es ist ein wundervoller Ort, wie du ihn noch nie gesehen hast. Und dorthin gehe ich immer in der Kirche oder während der Geographiestunden.»

«Aber schöner als bei mir zu Hause ist es dort sicher nicht», rief sie patriotisch. «Ach, du solltest mein Haus sehen ... es ist sehr hübsch. Wir haben ...»

«Doch, es ist noch viel schöner», unterbrach ich sie. «Ich meine», fuhr ich entschuldigend fort, «natürlich weiß ich, daß du in einem schönen Haus wohnst, aber hier ist es einfach noch schöner, denn wenn man etwas will, muß man es sich nur wünschen, und schon ist es da.»

«Das klingt verlockend», sagte sie leise. «Erzähl mir mehr darüber! Wie kommt man überhaupt hin?»

«Das weiß ich nicht genau», erwiderte ich stockend. «Ich gehe einfach hin. Aber es beginnt meistens mit ... also du fährst in einer Art Schiff auf einem breiten, klaren Fluß. Du ruderst aber nicht – du fährst einfach. Und zu beiden Seiten sind wunderbare Wiesen, und der Fluß ist sehr hoch und reicht bis zum Grasrand. Und du gleitest dem Ufer entlang. Und die Leute sind am Heuen, machen Spiele und spazieren, und sie rufen dir zu, und du rufst zurück, und sie bringen dir Sachen zum Essen aus ihren Körben und lassen dich aus ihren Flaschen trinken, und einige darunter sind die netten Leute, die du aus Büchern kennst. Und so kommst du schließlich zu den Stufen des Palastes – einer enorm breiten Marmortreppe, die ganz bis zum Wasser hinuntergeht. Und bei dieser Treppe findest du alle möglichen Schiffe – Schoner und Punts und Ruderboote und kleine Kriegsschiffe. Du mußt nur wählen – rudern oder segeln oder das Punt staken.»

«Ich würde segeln», entschied sie sich, «und ich wäre am Steuer. Nein, du steuerst, und ich sitze auf dem Deck. Oder nein, doch nicht! Ich rudere, oder du würdest mich rudern, und ich würde steuern, und dann würden wir ... ach nein! Weißt du, was wir machen? Wir sitzen einfach in einem Punt und planschen!»

«Wir machen natürlich genau, was du willst», sagte ich großzügig, aber schon fühlte ich mich durch diesen anspruchsvollen Gast, den ich so vorschnell in mein Allerheiligstes eingelassen hatte, in meiner Handlungsfreiheit arg beschnitten.

«Ich glaube, wir gehen doch nicht Boot fahren», entschied sie schließlich. «Es schwankt immer so. Wohin kommt man dann?»

«Man geht die Stufen hinauf», fuhr ich weiter, «und bei der Tür hinein und kommt direkt in den Schokoladensaal.»

Sie merkte auf, und ich hörte, wie sie leise das Wort «Schokoladensaal» auskostete.

«Es hat alle Schokoladensorten, die du dir nur vorstellen kannst», fuhr ich weiter. «Weiche Schokoladen, mit klebriger Füllung, weiß und rosa, wie es die Mädchen lieben, und harte, glänzende Schokoladen, die beim Hineinbeißen krachen und an denen man so schön lang lutschen kann.»

«Ich mag die weichen am besten», sagte sie, «weil man viel mehr davon essen kann.»

Das war für mich ein neuer Gesichtspunkt in der Schokoladenfrage, und das Mädchen stieg in meiner Achtung. Bei uns war Schokolade nichts Selbstverständliches; wenn wir einmal welche bekamen, wandten wir alle erdenklichen Mittel an, um den Genuß in die Länge zu ziehen. Immerhin war auch zu uns die Kunde von Kindern gedrungen, die zuweilen so viel Schokolade hatten, wie sie überhaupt nur essen konnten, und hier stand offenbar eines von ihnen.

«Du kannst alle gefüllten haben», sagte ich großmütig, «und ich esse die harten, denn die mag ich am liebsten.»

«Oh, das darfst du nicht!» rief sie herrisch. «Du mußt die gleichen essen wie ich. Es schickt sich nicht, etwas anderes essen zu wollen. Ich weiß, wie wir's machen: du gibst alle Schokoladen mir, und dann gebe ich dir ... ich geb' dir dann deinen Teil.»

«Also gut», sagte ich kleinlaut. Es war allerhand, sich im eigenen Schokoladensaal solch verfeinerten Anstandsregeln fügen zu müssen.

«Im nächsten Zimmer, in das man kommt», fuhr ich fort, «sind die Limonaden. Ringsherum so Marmortische und kleine silberne Hähne; du drehst einfach den richtigen Hahn, und schon hast du das gewünschte Getränk.»

«Was für Limonaden gibt es?» erkundigte sie sich.

«Ach, alle Sorten», antwortete ich leichthin, um schnell weiterzufahren. (Sie mochte mir Essensbeschränkungen auferlegen, aber wenn sie sich auch in meine Getränke einmischen wollte, kannte ich keinen Spaß.) «Dann geht es den Flur entlang, und hinter dem Palast liegt ein riesiger Park – einen schöneren hast du nie gesehen. Und da sind Ponys zum Reiten und Kutschen und Wagen, und auch eine kleine Eisenbahn, ganz komplett, mit Lokomotive und Schaffnerabteil und allem; du fährst sie selbst und kannst erster Klasse reisen oder im Güterwagen oder auf der Lokomotive, gerade wie du willst.»

«Ich würde auf der Lokomotive fahren», sagte sie träumerisch. «Nein, doch nicht, ich würde ...»

«Dann sind da alle die Soldaten», hakte ich ein. Irgendwo gab es eine Grenze, und ich konnte mir nicht mein ganzes Eisenbahnnetz von einem bloßen Mädchen durcheinanderbringen und auf den Kopf stellen lassen. «Massenweise, große, tolle Soldaten, und alle gehören mir. Und eine Messingkanone neben der andern, der ganzen Terrasse entlang. Und ab und zu erteile ich den Befehl, und alle geben Feuer.»

«Aber nein», fiel sie schnell ein, «ich will nicht, daß geschossen wird. Sag ihnen das! Ich hasse Kanonen, und sobald die zu schießen beginnen, laufe ich weg.»

«Aber dazu sind sie doch da», verwahrte ich mich entgeistert.

«Das ist mir ganz gleich», sagte sie eigensinnig. «Schießen dürfen sie nicht. Sie können meinetwegen hinter mir hergehen, mit mir reden und mir Sachen tragen. Aber schießen dürfen sie nicht.»

Da wurde mir schmerzlich bewußt, daß ich im Begriffe war, in meinem eigenen herrlichen Palast, durch den ich bisher täglich nach freiem Gutdünken stolzierte, rasch zu einem bloßen Untermieter herabzusinken. Schon allein die Vorstellung, daß meine großen, schönen Soldaten «Sachen tragen» sollten! Mir war die Lust vergangen, ihr weiter zu erzählen, obwohl es noch genug zu erzählen gegeben hätte.

«Sind sonst noch Buben dort?» fragte sie schließlich beiläufig.

«O ja», antwortete ich unbedacht, «und zwar sehr nette. Wir werden es sehr...» Da besann ich mich: «Wir werden mit ihnen natürlich spielen, aber du bist jetzt *meine* Freundin, nicht wahr. Und du kommst in *mein* Schiff, und wir reisen miteinander im Schaffnerabteil, und ich will den Soldaten schon sagen, sie sollen nicht mehr schießen.»

Sie aber schaute neckisch zur Seite, und ich

konnte ihr beim besten Willen kein Versprechen entlocken.

Gerade da setzte der Schlag der Kirchturmuhr ein anderes rumpelndes Uhrwerk in mir in Bewegung und erinnerte mich, daß gut eine halbe Meile zwischen mir und dem mittäglichen Schaffleisch lag und verspätetes Erscheinen Strafen und Entzüge nach sich zog. Überstürzt nahmen wir Abschied, und bevor wir uns trennten, erhielt ich von ihr die halbe Zusage, daß sie am Nachmittag wieder im Garten arbeiten werde, falls die Würmer es erlaubten und nicht mehr so aufdringlich waren.

«Und vergiß nicht», sagte ich, als ich mich zum Gehen wandte, «du darfst niemandem ein Sterbenswörtchen von dem sagen, was ich dir erzählt habe!»

Sie zögerte und schlenkerte mit einem Bein hin und her, während sie mich mit halb geschlossenen Augen von der Seite ansah.

«Es ist ein tiefes Geheimnis», sagte ich diplomatisch. «Unser gemeinsames Geheimnis, das niemand sonst weiß.»

Da versprach sie es lebhaft nickend, machte große Augen und schürzte die Lippen. Der Genuß, ein Geheimnis zu enthüllen, und das Glück, es zu besitzen, liegen im Widerstreit. Aber letzteres trägt meistens den Sieg davon – für eine Weile.

Das Schaffleisch hatte ich hinter mir, und ich aß mich schon durch den warmen Reispudding, ehe ich innehalten und meine Aufmerksamkeit anderen Dingen zuwenden konnte und zu meiner

Bestürzung feststellen mußte, daß es draußen stark regnete. Das war in jeglicher Hinsicht ärgerlich, denn selbst wenn es später aufheitern sollte, würden die Würmer – das wußte ich aus eigener Erfahrung – unverschämt zahlreich und munter sein. Mißmutig sprach ich das Tischgebet und ging mit den andern nach oben ins Schulzimmer, wo ich meinen Malkasten hervornahm, entschlossen, mich ernsthaft der Kunst zu widmen, die ich in letzter Zeit sehr vernachlässigt hatte. Harold verschaffte sich Bleistift und Papier, verzog sich damit in eine Ecke, machte sich am Tisch breit und streckte die Zunge heraus. *Seine* Form künstlerischer Aussage war schon immer die Literatur gewesen.

Selina war infolge der mißlichen Wetterlage recht zappelig und ging, statt sich hinzusetzen und selbst etwas mit sich anzufangen, ruhelos umher und störte uns Künstler im Bestreben, unsere Auffassung des Idealen zur Darstellung zu bringen. Sie hatte mir schon einige Minuten über die Schulter geguckt, ehe ich es merkte, sonst wäre ich schon früher eingeschritten.

«Soll das ein Schiff sein?» meinte sie verächtlich. «Ein rosa Schiff! Wo gibt es das? Huh!»

Ich unterdrückte meinen Zorn, wohl wissend, daß es ruhig Blut zu wahren galt, wenn ich es ihr heimzahlen wollte.

«Es gibt ein rosa Schiff», bemerkte ich mit erkünstelter Ruhe, «es liegt jetzt im Schaufenster des Spielzeugladens. Kannst ja hingehen und es dir anschauen, wenn's beliebt. Meinst du etwa, du wüßtest mehr über Schiffe als die, die sie bauen?»

Selina stutzte, ging aber gleich wieder zum Angriff über.

«Auch das sind komische Dinger», bemerkte sie. «Sollen wohl Bäume sein. Aber sie sind ja blau.»

«Es *sind* Bäume», entgegnete ich scharf, «und sie *sind* blau. Sie *müssen* blau sein, weil du mir letzte Woche mein Gummigutt gestohlen hast, und nun kann ich mir kein Grün mischen.»

«Ich hab' dein Gummigutt nicht gestohlen», sagte sie von oben herab, verdrückte sich aber immerhin in Harolds Nähe. «Und wenn ich du wäre, würde ich nicht wegen eines dreckigen bißchen Gummigutts mit Lügen kommen.»

Ich hüllte mich in Schweigen. Schließlich wußte ich ja, daß *sie* wußte, daß sie mein Gummigutt gestohlen hatte.

Sobald Harold merkte, daß sich Selina an ihn heranmachte, ließ er seinen Bleistift sinken und warf sich der Länge nach über den Tisch, um seine literarischen Bemühungen durch das Dazwischentreten seiner ganzen Person vor beißender Kritik zu schützen. Tief aus seinem Innern drang eine herzzerreißende Mischung von Kreischen und Pfeifen, als ob Dampf entwiche – langgezogen, ohrenbetäubend, immer auf gleicher Tonhöhe.

«Ich will ja nur gucken», beschwichtigte ihn Selina und versuchte seinen kleinen Körper von dem Gekritzel, das er behütete, wegzuziehen. Aber Harold haftete, einer Napfschnecke gleich, am Tischrand, und sein Protestgezeter beleidigte nicht nur menschliche Ohren, sondern drohte gar die Herrschaften im Olymp auf den Plan zu rufen. Die Zeit zu zeigen, wer hier der Stärkere war, schien gekommen. Eigentlich kümmerte mich wenig, was für Seelenergüsse Selina sich da bei Harold ergatterte – früher oder später würde sie ihrer ohnehin habhaft werden –, ja, die Ablenkung konnte mir, weil meinen künstlerischen Bemühungen förderlich, nur willkommen sein. Aber der Zusammenhalt unter dem Geschlecht hat seine ungeschriebenen Gesetze. Buben werden ohnehin schon genug ausgenützt, mißhandelt, mit Füßen getreten. Ständen sie in Gefahren nicht zusammen, auf welches Unheil, welche Schändlichkeiten müßte man da nicht gefaßt sein! Möglicherweise würde der Stamm überhaupt aussterben. Ich ließ meinen Pinsel fallen und stürzte mich mit Geschrei in den Kampf.

Eine Weile lang schwankte das Kriegsglück. Es gibt eine Zeit im Leben, da ein Altersvorsprung von ein, zwei Jahren die Unterlegenheit des Geschlechts wettmacht. Da rissen an Selinas Kleid die Rüschen mit einem Geräusch wie fernes Musketengeratter ab, und dieses Unglück, eher als brutale Gewalt, legte ihren Kampfgeist lahm.

Die weibliche Zunge ist mächtiger als das Schwert. Das sollte ich bald erfahren, als Selina ihr zerrissenes Kleid vor sich her hielt und ein griechisches Feuer persönlicher Invektiven gegen uns losließ. Jeder dunkle Punkt in meinem kurzen, aber nicht makellosen Leben, jeder Irrtum, jede Dummheit und jede unehrenhaft ertragene

Strafe wurde mir wie in einer Laterna magica vor Augen geführt. Zwar erfuhr ich dabei nicht viel Neues, und da sie Altbekanntes wiederholte, war die Wirkung abgeschwächt. Zudem, Sieg bleibt Sieg, ungeachtet des moralischen Charakters des siegreichen Generals.

Harold lachte triumphierend, als er vom Tisch herunterrutschte und das Schriftstück freigab, dessentwegen so viele Rüschen ihr kurzes Leben gelassen hatten. «*Du* darfst es lesen, wenn du willst», sagte er gnädig zu mir. «Es ist nur ein Sterbebrief.»

Es war nie vorauszusagen, was bei Harolds jeweiligen Lieblingsbeschäftigungen herauskam. Nur eines war sicher, es würde etwas Unwahrscheinliches, Ausgefallenes, Unvorstellbares sein. Wer zum Beispiel wäre auf den verrückten Gedanken verfallen, sich mit dem Aufsetzen einer testamentarischen Verfügung seiner Besitztümer zu vergnügen? Doch das war die Form, in der sich Harolds letzter Fimmel ausdrückte; dabei mußte man ihm zugute halten, daß er mit der Benennung seines Zeitvertreibs den Nagel auf den Kopf getroffen hatte. Die Wörter «Letzter Wille» und «Testament» haben verschiedene Bedeutungen und Anwendungen; über die Bedeutung von «Sterbebrief» hingegen kann kein Zweifel bestehen. Ich glättete das zerknitterte Blatt Papier und las. Formal wich es beträchtlich von dem bei anerkannten Familiennotaren Üblichen ab, die einzige Ähnlichkeit bestand im Fehlen der Interpunktion.

«Mein liber Edward», las ich, «wen ich sterbe

hinterlasse ich ales Geld dir meine Spazirstöke Geisseln meine Reitpeitsche mein Schwert und Geweer Bauklöze Festungen und ales was ich habe lebwol libe Charlotte wen ich sterbe hinterlasse ich dir meine Ur und Kompas und Federschachtel meine Matrosen und meine Bilder und ales lebwol dein dich libender Bruder amen meine libe Martha ich habe dich ser lib ich hinterlasse dir meinen Garten meine Mäuse und Kaninchen meine Topfpflanzen wen ich sterbe bitte sorge für sie meine libe – *Caetera desunt*[57].»

«Was, und *mir* hinterläßt du gar nichts!» rief Selina empört. «Du bist ein ganz gemeiner Junge, und ich nehme mein letztes Geburtstagsgeschenk wieder zurück.»

«Meinetwegen», sagte Harold und bemächtigte sich wieder seines Schriftstückes. «Ich *hätte* dir etwas hinterlassen, aber jetzt nicht, weil du meinen Sterbebrief lesen wolltest, bevor ich tot war.»

«Dann schreib' ich eben einen eigenen Sterbebrief», erwiderte Selina, die eine Möglichkeit raffinierter Rache witterte, «und dir werde ich rein gar nichts hinterlassen.» Und sie machte sich auf die Suche nach einem Bleistift.

Der Sturm im Hause hatte meine Aufmerksamkeit von den Verhältnissen draußen abgelenkt. Nun aber sagte mir ein Blick durchs Fenster, daß der Regen gänzlich aufgehört hatte und alles in glänzendes Sonnenlicht getaucht war, goldener als ich es mit noch soviel Gummigutt hätte aufs Papier bringen können. Ich ließ Selina und Harold ihren Zwist durch gegenseitige Enterbung allein regeln und stahl mich aus dem Zimmer ins Freie, in der Hoffnung, die Fäden meiner neugeknüpften Freundschaft da wieder aufzunehmen, wo ich sie am Morgen fallengelassen hatte. Im herrlichen Sonnenglanz nach dem Regenguß, bei dem lauen, feuchten Duft, dem glitzernden Laubwerk, dem belebenden Hauch reingebadeter Luft glühten die Parks und Paläste der Phantasie in noch lebhafteren Regenbogenfarben und standen mir in ihrer verschwommenen Schönheit erneut vor der Seele. Unterwegs zum Stelldichein führte ich meine neue Kameradin in Gedanken wieder durch die Gänge meines Lieblingspalastes, in den ich sie so vorschnell eingeführt hatte, und mußte dabei einsehen, daß es so nie ginge. Ich hatte einen Fehler gemacht, denn das war nicht die Umgebung, in der ihre Vorteile voll zur Geltung kommen konnten. Aber das war nicht so wichtig; schließlich konnte ich ihr andere Paläste zur Verfügung stellen – haufenweise, und bei näherer Bekanntschaft und genauerer Kenntnis ihres Geschmacks ließ sich sicher etwas für sie Passendes finden.

Da gab es zum Beispiel einen richtigen arabischen Palast, den ich selten besuchte – nur wenn mir richtig orientalisch zumute war. Ein Wunder von seidenen Wandbehängen, Springbrunnen mit Rosenwasser, Pavillons und Minaretten. Hunderte von stummen, dienstbeflissenen Sklaven drängten sich auf den Treppen und in den Wandelhallen dieses Besitztums, gern bereit, ihr den ganzen Tag, wenn sie es wollte, Sachen zu holen und zu tragen, und meinen tapferen Soldaten bliebe diese Schande erspart. Hie und da gab es auch Umzüge durch den Basar – Umzüge mit Kamelen, Elefanten und Palankinen. Ja, sie eignete sich besser für den Osten, diese herrische junge Dame, und ich beschloß, sie, sobald es ging, persönlich dorthin zu geleiten.

Ich erreichte den Zaun, erklomm die zwei ersten Sprossen, lehnte mich darüber und schaute mich in allen Richtungen nach meiner Seelenschwester von heute früh um. Es ging nicht lang, da entdeckte ich sie in einiger Entfernung. Sie drehte mir den Rücken zu, und – es läßt sich eben nie absehen, welchen Lauf die Dinge nehmen – sie sprach mit einem Jungen.

Zweifellos, es gibt Jungen und Jungen, und Gott weiß, ich war nie kleinlich. Aber dies war der Pfarrerssohn aus einem Nachbardorf, ein Rotschopf, ein denkbar gewöhnlicher, ekelhafter Kerl. Er züchtete Frettchen – das einzig Gute an ihm, und offensichtlich war es dieses Lockmittel, mit dem er mich niederträchtig verdrängte, denn sie beugte sich höchst interessiert über etwas, das er in den Händen trug. Zaghaft rief ich «hallo», aber es kam keine Antwort. Dann rief ich nochmals «hallo», diesmal mit sinkendem Mut und ohne mir große Hoffnungen zu machen. Ihre Antwort bestand aus einer Kombination von Gebärden, die, wenn auch nicht leicht zu beschreiben, dem Sinn nach doch klar waren. Ein gereiztes Zurückwerfen des Kopfes, ein Zucken der linken Schulter und ein Ausschlagen des linken Fußes, alles gleichzeitig – das war alles, und es genügte. Der Rotschopf würdigte mich nicht einmal eines Blickes. Ja, warum hätte er schließlich auch sollen? Ich ließ mich ohne weitere Bemühungen vom Zaun fallen und zog die öde Straße heimwärts.

Vorerst verspürte ich geringe Lust, meinen alten Palast, dessen Lustbarkeiten ich erst noch in Gesellschaft genossen hatte, allein zu besuchen, aber schon nach ein paar Minuten zog es mich aus alter Gewohnheit wie früher dorthin. Bald gewann ich auch gewissermaßen Trost und Stärkung aus meiner neu gewonnenen Handlungsfreiheit. Aller weiblichen Launen und kapriziösen Einschränkungen ledig, ruderte, segelte und stakte ich nach Herzenslust; im Schokoladensaal knackte und knabberte ich die harten Stangen, voller Verachtung für diejenigen, die die weiche, gefüllte Ausführung vorzogen, und ich mischte und schlürfte zahllose Limonaden, ohne Verbote fürchten zu müssen. Schließlich trat ich gemessenen Schrittes in den Park, ließ alle meine Soldaten auf der Terrasse aufmarschieren und gab ihnen das Kommando, sämtliche Kanonen abzufeuern.

Der magische Kreis

Erwachsene sollten sich wirklich mehr in acht nehmen. Es mag ihnen vielleicht wenig ausmachen, wenn sie gegenseitig wortbrüchig sind. Sie finden so leicht anderweitig eine Entschädigung. Das Leben liegt ihnen zu Füßen wie ein bunter Gummiball, den sie nach Belieben rollen lassen können und der, sei er oben nun blau, gelb oder grün, doch stets farbig und glänzend bleibt. Das kann man fast täglich beobachten, wenn sie mit Scherz und Lachen über eine Enttäuschung hinweggehen und sich neuen Freuden zuwenden, nach denen sie nur die Hand auszustrecken brauchen. Aber denjenigen gegenüber, die ihnen unterstellt sind, deren kleine Welt sie beherrschen, welche sofort himmelwärts strebende Alhambren auf ihr kleinstes Wort hin bauen, bei denen sollten sie sich wirklich mehr in acht nehmen.

Im Falle des Zirkus zum Beispiel waren nicht etwa wir es, die die Rede darauf gebracht hätten. Es waren ganz eindeutig sie, die davon angefangen hatten, und schuld daran war die Lokalzeitung. «Was, ein Zirkus!» sagten sie in ihrer aufreizend beiläufigen Art, «da könnte man mit den Kindern hingehen. Mittwoch wäre ein günstiger Tag. Sagen wir einmal Mittwoch. Ach, und man trägt wieder Falten, mit Bordüren aus breiten Litzen», und so weiter.

Ich weiß nicht, was die andern dachten; was sie sagten, wenn sie überhaupt etwas sagten, verstand ich nicht. Mir war, das Haus ginge aus den Fugen, die Wände bogen sich und drohten, mich zu ersticken, das Dach wackelte und hob sich schon. Hier galt es zu fliehen, ins Freie zu entkommen, Ziegelsteine und Mörtel von sich zu schütteln, entlegene Weltgegenden aufzusuchen, um von dort aus die Wucht und die Verheißung der ins Wanken geratenen Welt besser zu überschauen.

Die Natur wirkte an diesem Tag spröde und gesetzt, und die Weltkugel ließ sich nicht anmerken, daß sie um einen eigenen Zirkusring flog. «Konnte das wirklich stimmen», fragte ich mich, «was ich so an Wunderdingen über den Zirkus hatte sagen hören? Gingen langschweifige Ponys tatsächlich auf den Hinterbeinen und feuerten Pistolen ab? War es menschenmöglich, daß Clowns auch nur die Hälfte der bezaubernden Kapriolen vollführten, die man ihnen zuschrieb? Und wie wagte ich zu glauben, daß sich vom Rücken samtiger Araberstuten aus Damen von überirdischer Schönheit durch Papierreifen warfen?» Nein, das war ganz und gar unmöglich, da hatte man einfach übertrieben. Dennoch würde ich schon mit sehr wenig zufrieden sein, schon ein kleiner Prozentsatz würde genügen, schon ein Bruchteil des Zirkuszaubers wäre mir mehr als genug. Aber, selbst wenn die Geschichte hier einmal nicht lügen sollte, konnte es mir wirklich beschieden sein, so etwas leibhaftig zu sehen, zu erleben und die Seligkeit zu überleben? Nein, das war des Guten zu viel. Etwas mußte ja dazwischenkommen, einer von uns würde an Masern erkranken, die Welt würde mit einem lauten Knall bersten. Ich durfte mir da nicht die geringsten Hoffnungen machen. Ich mußte mich streng bemühen, an etwas anderes zu denken.

Natürlich dachte ich bei Tag ununterbrochen daran und träumte bei Nacht von nichts anderem. Im Wachen spazierte ich Arm in Arm mit einem Clown und knallte furchterregend mit einer Peitsche zur flotten Musik einer Kapelle. Im Schlaf verfolgte ich – rittlings auf einem kohlschwarzen Pferd – eine Prinzessin ganz in Flitter und Flor, die mir immer um eine unüberwindliche Länge voraus war. Am frühen Morgen, kaum waren wir ganz wach, erörterten Harold und ich die Möglichkeiten verschiedener Zirkusdarbietungen und erschöpften dieses Wissensgebiet, lange bevor das erste Hausmädchen auf den Beinen war. Mit diesen hochgespannten Erwartungen näherten wir uns dem vielversprechenden Tag, was mich auf den Anfang zurückbringt, nämlich daß sich Erwachsene wirklich mehr in acht nehmen sollten.

Ich hatte gewußt, daß es nie sein könne; ich hatte es mir dutzende Male gesagt. Der Traum war zu himmlisch süß, um wahr zu werden. Trotzdem traf mich die Enttäuschung wie ein Donnerschlag und schmerzte wie eine körperliche Wunde. Als wir ins Speisezimmer traten, kam es uns seltsam und entmutigend vor, daß nicht alle mit Peitschen knallten, über Stühle sprangen und im Vorgefühl der bevorstehenden Tollheiten einen Freudentanz vollführten. Die Lage wurde schlimm und trostlos, als ich Ausdrücke wie «Gartenfest» und «mein mauves Tüllkleid» aufschnappte und merkte, daß sich beides auf eben diesen Nachmittag bezog. Und jede Minute, da ich still dasaß und zuhörte, sank mein Herz mitleidlos tiefer, bis es mir wie ein Uhrengewicht in die Schuhe glitt.

Während dieser Seelenpein hätte ich nicht im Traum daran gedacht, eine direkte Frage, viel weniger noch einen Vorwurf zu äußern. Selbst zur Zeit der Vorfreude hatte ich mich in ihrer Gegenwart vor dem gewagten Zirkusgespräch gehütet aus Furcht, damit den Zauberbann zu brechen. Harold aber, der ganz anders geartet war, erfüllte das Zimmer mit Wehgeschrei und Wutgebrüll, sobald er merkte, wie der Hase lief und daß alle seine Felle davonschwammen. Das Himmelsgewölbe widerhallte von «Zirkus!» «Zirkus!» ließ die Fensterscheiben erzittern, die Wände warfen das Wort «Zirkus!» spottend zurück. Zirkus wollte er haben, den ganzen Zirkus und nichts als den Zirkus. Keinen Kompromiß, keine Ausflüchte, keine trügerischen, ungedeckten Zahlungsversprechen ließ er gelten. Er hatte seinen Scheck auf die Bank der Erwartung gezogen, und er mußte auf der Stelle ausgezahlt werden, sonst würde er schreien, bis er nicht mehr konnte, und wenn er sich davon erholt hätte, würde er von neuem anfangen. Er würde Schreien zu seinem Beruf machen, zu einer Kunst, seiner Aufgabe, seiner Karriere. Er war dazu befähigt, er war entschlossen und gedachte, sich noch lange nicht zur Ruhe zu setzen.

Die Lauten dieser Welt erregen mindestens Aufmerksamkeit, auch wenn es ihnen nicht immer gelingt, sich in den kaiserlichen Purpur hineinzubrüllen. Selbst wenn sie es nicht vermögen, alles zu ihrem eigenen Preis loszuschlagen, muß man ihnen doch eines – koste es, was es wolle – abkaufen: nämlich Ruhe. Demzufolge mußte man Harold mit allen Täuschungsmanövern und niedrigen Listen trösten, die jenen vertraut sind, deren Los es ist, mit Kindern umzugehen. Ich konnte mit ihrem hohlen Lippendienst nichts anfangen und ihren leeren, obwohl verschwenderischen Versprechungen keinen Trost entnehmen. Ich wartete bloß, bis das verhaßte, wohlbekannte «Ein andermal, Liebling» mir sagte, daß keine Hoffnung mehr bestand. Da verließ ich das Zimmer ohne weitere Bemerkung. Das machte es – wenn das überhaupt möglich war – noch schlimmer, diesen nichtssagenden, abgedroschenen Satz zu hören, von dem sich diese Dummköpfe immer noch eine gewisse Wirkung versprachen.

Wie gewöhnlich zog es mich instinktiv in die Natur hinaus, um in meiner schwarzen Stunde ungesehen unter einer schützenden Hecke der Menschheit aus dem Wege zu gehen. Die Welt war nicht mehr eine Kugel, das All nicht länger ein wirbelnder Himmelszirkus. An dem Tag kam die alte Vorstellung zum Durchbruch, und die Erde war wieder flach, voller Gräben, schal und topfeben. Schnurgerade Straßen krochen weiß durch das Land, den starren Hecken entlang standen steif die Ulmen, die Natur hatte keinen Schwung mehr und verlief flach in einem Zug bis zum äußersten Rand, so daß ich nicht übel Lust hatte, bis zu ihrem Endpunkt zu wandern und mich dort einfach fallen zu lassen. Als ich so dasaß und trübsinnig an einem Stück Holz kaute, kamen mir verlockende Anzeigen in den Sinn, die ich in Zeitungen herausbuchstabiert hatte: Anzeigen bedeutender und glücklicher Männer, die große Schiffe besaßen und mit einer vierstelligen Tonnage und die dennoch so dringend arbeitswillige Burschen als Lehrlinge suchten, daß sie sich an die Öffentlichkeit wandten. Ich wußte zwar nicht genau, was Lehrlinge eigentlich waren, noch ob ich schon groß genug wäre, um als Bursche zu gelten; aber etwas war klar, daß ich so, trotz des harten Lebens dazwischen, jedenfalls alle Zirkusse der Welt besuchen könnte – die Zirkusse des lustigen Frankreich und des prächtigen Spanien, von Holland und Böhmen, von China und Peru. Hier war ein Plan, dessen ganze Tragweite sich auszumalen lohnte; denn dem unhaltbaren Zustand hier mußte schleunigst ein Ende gesetzt werden.

Der Mittag, ja selbst die Essenszeit, verliefen ziemlich trübe, bis durch einen kleinen Zwischenfall ein Teil der Elektrizität, die in der Luft lag, zur Entladung kam. Harold, muß man wissen, war ganz anders veranlagt; er grübelte und schmollte nie und verzehrte sich nicht in Gram wegen einer Enttäuschung. Ein wilder Ausbruch – ein minutenlanges Zerfließen in seine ursprünglichen Elemente von Luft und Wasser, von Tränen und Aufschrei –, so viel verlangte die beleidigte Natur. Aber dann riß er sich zusammen, glättete seine Miene mit einem Lächeln und paßte sich der neuen Lage an.

Falls die Götter dem Menschen jemals dankbar sind, dann in jenen Fällen, wenn er den Anstand besitzt, ein kurzes Gedächtnis zu beweisen. Die Olympier zeigten sich für diese Eigenschaft bei Harold stets sogleich erkenntlich, denn in ihr lag ihre Rettung, und sie drückten diesmal ihre Dankbarkeit in Form einer schönen, saftigen Orange aus, mit dicker Schale, wie Orangen sie damals hatten. Diese hatte er in der altbewährten Weise ausgeweidet, indem er am Schulterstück ein Loch ausbiß, ein Stück Zucker hineinstopfte und so raffiniert bearbeitete, bis er sich ihr ganzes Inneres, durch Zucker veredelt, einverleibt hatte. Darauf, mit einem Bauch voll Orangensaft und Niedertracht, verfiel er auf eine teuflische List. Er tätschelte und preßte die Orangenschale in ihre ursprüngliche Form zurück, füllte sie mit Wasser, steckte ein Stück Zucker in die Öffnung, machte sich auf und bot sie mir harmlos an, als ich trübsinnig unter der Tür saß und von fremden, wilden Zirkussen unter tropischem Himmel träumte.

In normalen Zeiten wäre ich auf einen so uralten, abgedroschenen Trick nicht hereingefallen. Aber Harold hatte zu Recht mit der Störwirkung des Trübsinns gerechnet und vielleicht erraten, daß ich nach Trost und Zuwendung dürstete, ohne lange zu fragen, woher sie kamen. Bedenkenlos griff ich nach dem goldenen Betrug, der bei der ersten Berührung nachgab und mir den Inhalt in die Augen und über den Kragen spritzte, bis ich bis zuunterst vom Wasser, das mir den Hals hinunterlief, naß war. Im Nu hatte ich Harold auf dem Boden und drückte seinen Kopf mit aller mir zur Verfügung stehender Kraft in den Kies, so daß er merken mußte, daß die für die Debatte anberaumte Frist abgelaufen und die Zeit zum Diskutieren vorüber war und er mich nur noch aus voller Wucht in den Magen treten konnte.

Einige Leute können die Dinge nie ruhig sich von selbst erledigen lassen. In diesem kritischen Augenblick stürmte jemand von ihnen auf den Schauplatz, und über uns beide ergoß sich ein schriller Wortschwall unangebrachten Tadels: über mich wegen Mißhandlung meines jüngeren Bruders, wobei doch eindeutig ich der leidende und betrogene Teil war, über ihn wegen des Schwerverbrechens, einen saubern Kragen tätlich angegriffen zu haben – ein Kragen, den ich selbst kurz vorher aus lauter Mißmut und Verzweiflung schon verunstaltet und geschändet hatte. Empört und trotzig entflohen wir in verschiedene Richtungen und trafen erst später wieder im Küchengarten zusammen. Als wir einträchtiglich, ohne an unsere kurze Fehde zu denken, dahinschlenderten, bemerkte Harold finster: «Ich wollte, ich wäre ein Höhlenmensch, so einer, von denen uns Onkel George erzählte, mit einem Beil aus Feuerstein und ohne Kleider, dann würde ich in einer Höhle wohnen und niemanden kennen.»

«Und wenn uns jemand besuchen käme, den wir nicht mögen», fiel ich ein und griff seine Idee auf, «würden wir ihm mit dem Beil über den Kopf hauen, bis er tot umfiele.»

«Und dann», sagte Harold und geriet in Feuer, «würden wir ihn in die Höhle schleppen und *enthäuten*.»

Eine Weile lang weideten wir uns schweigend an dem heitern Bild, das uns unsere Phantasie vorgegaukelt hatte. Was wir jetzt brauchten, war Blut. Wir wollten keine Luxusartikel, nichts Kostspieliges oder weit Hergeholtes. Nur einfach Blut, nichts anderes, und das in Strömen.

Blut jedoch war nicht zu haben. Die Welt war aus den Fugen, und wir waren zu spät geboren. So verzogen wir uns zum Treibhaus, krochen in die darunterliegende Heizung und versetzten uns in das dunkle, schmutzige, ungebundene Leben der Höhlenmenschen, bis wir reichlich genug davon hatten. Dann tauchten wir wieder in die geschichtliche Zeit empor und machten uns zur Straße auf, um dort nach einem empfindlichen Lebewesen Ausschau zu halten, auf das sich Steine werfen ließen.

Die Natur, so oft ein heiterer Spielgefährte, schmollt manchmal und weigert sich mitzumachen. Bei schlechter Laune sagt sie es ihren Untertanen weiter, und all die kleinen Geschöpfe, die Bepelzten und die Gefiederten, verstehen den Wink und entschlüpfen lautlos auf Seitenwegen nach Hause. Vergeblich spähten, lauerten, schlichen und lagen wir im Hinterhalt. Alles, was da gewöhnlich trippelte, hüpfte oder flatterte – die kleinen Bewohner des Unterholzes –, schien anderswo beschäftigt. Der schreckliche Gedanke, daß sie am Ende alle gemeinsam in den Zirkus gegangen seien, kam uns beiden gleichzeitig; wir hängten uns an den Zaun und fühlten uns elend. Nicht einmal der Lärm eines herannahenden Wagens vermochte uns aufzurütteln. Wenn man Steine werfen will, wirkt ein Mensch störend und ist nur im Wege. Da plötzlich sprangen wir beide zusammen vom Zaun hinunter, und unsere Mienen hellten sich auf. Denn unser geübtes Ohr hatte uns gesagt, daß das Räderrollen nur von einem Dogcart stammen könne, und wir waren überzeugt, es müsse der lustige Mann sein.

Wir nannten ihn den «lustigen Mann», weil er traurig und ernst war, wenig sagte, aber geradewegs in unser Innerstes blickte und uns stets dazu brachte, ihm zu sagen, was wir eben auf dem Herzen hatten, und dann kam er mit einem wunderbar einleuchtenden Vorschlag, der alle Wolken scheuchte. Und mehr noch: er ließ alles andere liegen, kam auf der Stelle mit und spielte die Sache ernst und hingebungsvoll zu Ende. Deshalb nannten wir ihn den «lustigen Mann» und meinten damit nur, daß er anders war als jene andern, die sich verpflichtet fühlten, uns krampfhaft etwas vorzumachen. Der ideale Mensch im Gegensatz zum wirklichen war, was wir meinten, nur hätten wir uns noch nicht so ausdrücken können. Jene andern mit ihren erzwungenen Späßen, ihren ungeschickten Verrenkungen bildeten sich fraglos ein, daß *sie* lustige Männer seien; wir, die das mit anschauen und die peinliche Vorstellung beklatschen mußten, wußten es besser.

Sobald er uns sah, ließ er das Pferd im Schritt gehen, und der Dogcart kam genau bei uns zum Stehen. Dann stützte er das Kinn in die Hand und betrachtete uns lange wohlwollend, sagte aber noch kein Wort, während wir im Staub umherhüpften und verlegen, aber erwartungsvoll lächelten. Denn man konnte nie genau wissen, was dieser Mann sagen oder tun würde.

«Ihr schaut gelangweilt aus», bemerkte er schließlich, «gründlich gelangweilt. Oder... wartet einmal: ihr seid doch nicht etwa verheiratet?»

Er stellte die Frage so todernst, daß wir ihm schleunigst versicherten, wir seien ledig, obwohl wir fanden, er sollte das wissen, da wir uns schon eine Weile kannten.

«Dann ist es bloß Langeweile», sagte er. «Einfach Überdruß und Weltekel. Wenn ihr mir also versichert, daß ihr nicht verheiratet seid, könnt ihr in diesen Wagen steigen, und wir machen eine Fahrt. Ich langweile mich ebenfalls. Ich möchte irgend etwas Heimliches, Furchtbares und Aufregendes tun.»

Selbstverständlich kletterten wir hinein, wir quietschten vor Vergnügen und traten ihm dabei auf die Zehen; als wir losfuhren, fragte ihn Harold großartig, wohin es gehe.

«Meine Frau hieß mich den Pfarrer besuchen und ihn zum Tee bitten. Findet ihr das aufregend genug?»

Unsere Mienen verdüsterten sich. Der gegenwärtige Pfarrer war kein Erfolg, von unserm Standpunkt aus gesehen. Er war kein lustiger Mann, in keinem Sinne des Wortes.

«Aber ich werde das nicht tun», fügte er fröhlich hinzu. «Weiter sollte ich in einem der kleinen Häuser nachfragen ... was war es nur schon? Ich weiß, es hatte etwas mit Nesselfieber zu tun. Aber ist ja gleich, ich hab's vergessen, und es spielt keine Rolle. Hört, wir sind drei verwegene Männer, die vor nichts zurückschrecken. Wie wär's, wenn wir in den Zirkus gingen?»

Über gewisse Höhepunkte läßt sich nur schwer etwas schreiben. Die wechselnden Strömungen und Schattierungen des Gefühls lassen sich zwar von denen, die dazu besonders begabt sind, in Worte fassen; das geschieht auch oft, mit ziemlicher Ausführlichkeit. Aber die bare, nackte Tatsache an sich – das überwältigende, lebendige Ding, das in einem aufkommt, anschwillt und in der Kehle würgt, der heftige Schwindel, der einem wie kaltes Wasser den Atem verschlägt –, wer soll das beschreiben und dabei überleben? Das einzige, was ich wußte, war, daß ich auf der Stelle freudig für den lustigen Mann gestorben wäre, daß ich wünschte, Indianer möchten aus der Hecke hervor auf den Dogcart stürzen, nur damit ich zeigen könnte, wozu ich fähig wäre, und daß ich deswegen kein Wort herausbrachte. Harold war weniger schweigsam. Mit gellender Stimme, die er in feierlichem Gesang erschallen ließ, pries er den großen Zirkus der Sphären, den unsterblichen Glanz der Manege. Von seinem Anfang in grauer Vorzeit sang er, von seiner Entstehung durch kosmische Kräfte und von seiner Harmonie mit dem Himmelsplan. Von Pferden sang er, von ihrer Kraft, ihrer Behendigkeit und ihrer Lernfähigkeit, was Kunststücke anbelangt. Dann wieder von Clowns, vom Ruhm der Lausbübereien und vom ewigen Sinnbild, ewig gültig. Zum Schluß besang er sie – die Gebieterin der Manege – makellos, vollkommen, die ungehindert ihre geschmeidigen Glieder spielen lassen konnte, die Glanzleistung der Erde, das Edelste aller Zeiten. Jedenfalls galt sein Gesang wohl all dem und vielem mehr – wir nahmen dies mit Sicherheit an, obwohl das einzig Verständliche – «Wir gehen in den Zirkus!» war, und dann noch einmal: «Wir gehen in den Zirkus!», und diesen wunderbar rhythmischen Satz wiederholte er ein ums andere Mal. Aber ich kann das eigentlich nicht mit Sicherheit sagen, denn ich hörte es nur verworren wie im Traum. Feuerflügel erwuchsen den Schultern der alten Stute. Wir brausten durch Purpurwolken daher, und die Erde und das Räderrollen waren weit unter uns.

Mein Kopf war immer noch traumhaft benommen, als ich tatsächlich, ohne zu wissen, wie ich dort hingekommen, endlich im Zirkus saß und mir zum erstenmal dieser berauschende Zirkusgeruch in die Nase stieg, der mich bis ans Ende meiner Tage begleiten wird. Überall summte und glitzerte es, und ein Dunst, eine große Spannung schwebte über der leeren, geheimnisvollen Arena. Wir waren bis zum Äußersten gespannt, denn wir wußten nicht, aus welcher Richtung und in welch göttlicher Gestalt die erste Überraschung käme.

Ein Stampfen unsichtbarer Hufe ließ uns zuerst erbeben; dann folgten Zimbelschlagen und Glockengeklingel, ein heiseres Beifallsgebrüll, und Coralie war in unsrer Mitten, wirbelte zwischen Himmel und Erde, bald hoch aufgerichtet, glutvoll, strahlend, dann wieder über die flatternde Mähne geduckt, in Schwung gehalten, auf und ab im Einklang mit der anfeuernden Musik der Kapelle. Die riesige Peitsche des Grafen im Frack gab den Takt wie mit Pistolenschüssen an; der Kriegsruf, mit dem er die Musik übertönte, feuerte das Blut zu unerhörtem Tatendurst an, wenn Coralie lachend und jubelnd durch die Papierreifen sprengte. Wir krallten uns im roten Plüsch der Brüstung fest, lagen bäuchlings mit ihr hingestreckt und hielten uns mit ihr an Mähne und Schwanz. Es war nicht nur das Entzücken über ihre tollen Kunststücke, noch über ihr falbes Pferd von feenhafter Abstammung, langschweifig, rehfüßig, gewiß ein verwunschener Prinz, wenn es das gab. Es war ihre überirdische Schönheit – auf eine Weise zur Schau gestellt, wie wir es noch nie hatten erleben dürfen –, die uns in Bann schlug. Welche Prinzessin hatte schon so berükkend weiße Arme oder kam so fein in rosa Pailletten gekleidet daher? Bisher hatten wir das Äußere der Frau nur als düstere Erscheinung gekannt, geformt wie ein Stundenglas, fast ohne Beine, hier gebauscht, dort geschnürt, langsam in den Bewegungen und jeglicher lustvollen Körperbetätigung abhold. Das hier war eine Offenbarung. Fortan würden wir unsere Auffassung revidieren und auf den neuesten Stand bringen müssen. In einem der schnellen Gedankensprünge, zu denen wir in Sternstunden fähig sind, sah ich mich mit Coralie eng umschlungen, wie wir zusammen durch die Welt zogen über Berg und Tal, durch berühmte Städte, vorbei an den aufgereihten, beifallklatschenden Verwandten – ich in meinen Sonntagsknickerbockern, sie in ihrem rosa Paillettenkleid.

Sommer ermatten, Blumen welken und sterben, auch die Schönheit reitet nur durch die Manege und durchs Tor hinaus; so trat Coralie ihrerseits ab, neigte sich keuchend auf ihrer Stute zur Seite, schwankte leicht wie eine Tulpenblüte und verneigte sich nach rechts und links, als sie verschwand, und ihr folgten mein Herz und meine Seele, und alles Licht und der Glanz und die Entzückung des Schauspiels waren dahin.

Harold erwachte und rang nach Atem. «War sie nicht wundervoll?» sagte er gedämpfter, als das bei ihm üblich war. Mich durchfuhr es. Wir waren bisher in mancher Unternehmung gutartige Rivalen gewesen, aber hier ging es um Ernsteres. War das etwa der Anfang von Hader und Entfremdung, von Bruderzwist am häuslichen Herd und der Bruch einer alten Beziehung? Dann besann ich mich auf die tatsächlichen Verhältnisse, und Harold tat mir leid; denn es stand unumstößlich geschrieben, daß er mir weichen müsse, weil ich der Ältere war. Nicht umsonst gab es Regeln in einem vernünftig aufgebauten Universum.

Es war nicht mehr viel zu erwarten, nun da Coralie abgetreten war; dennoch blieb ich sitzen für den Fall, daß sie vielleicht noch einmal erscheinen werde. Im nächsten Augenblick trippelte der Clown herein, fiel so kunstgerecht der Länge nach hin, daß ich sofort in neue Erregung geriet. Die Liebe hatte ihre Stunde gehabt, und nun kam das ernste Streben zu seinem Recht. Ach, wäre man doch ein solcher Prachtskerl, beherrscht, schlagfertig, unvorstellbar behende, den Zwängen der Gesellschaft die Stirn bietend, einer gegen alle und doch immer der Überlegene! Welch feiner Humor, welche Höflichkeit Damen gegenüber, welche Fähigkeit, Rivalen aus der Fassung zu bringen, selbst wenn sie Schnurrbärte und Gehröcke trugen! Und wie herrlich selbstbewußt er breitbeinig dastehen konnte! Wer konnte sich eine feinere Kariere denken, als so großartig ausgestattet durchs Leben zu gehen! Erfolg war sein Hauptgedanke, Geschicklichkeit sein Rüstzeug und die heitere Musik des Gelächters sein augenblicklicher Lohn. Sogar Coralies Bild geriet ins Wanken und trat in den Hintergrund. Am Abend würde ich natürlich wieder zu ihr zurückkehren, aber tagsüber während der Arbeitsstunden würde ich Clown sein.

Die kurze Pause war zu Ende, die Kapelle intonierte mit ausgehaltenen Akkorden ein vielversprechendes Vorspiel, und das Programm kündigte mit noch größeren Buchstaben als zuvor Zephyrine, die Wüstenbraut, an, in ihrer unvergleichlichen Nummer auf einem ungesattelten Pferd. Ich war derart gesättigt von Schönheit und Geist, daß ich mir kaum einen neuen Sinnenreiz erhoffen konnte. Aber der Titel hatte eine romantische Färbung, und Coralies Darbietung hatte in mir ein Interesse an ihrem Geschlecht geweckt, das auch sie nicht gänzlich hatte befriedigen können.

Unter dem Schmettern der Trompeten stürmte Zephyrine in die Arena. Mit einem Satz stand sie mit je einem Bein aufrecht auf den geschmeidigen, dahinjagenden Araberpferden; und ich wußte sofort, daß mein Schicksal besiegelt, ein Kapitel abgeschlossen und die Wüstenbraut die einzig mögliche Braut für mich war. Schwarz war ihr Gewand, große Silbersterne blitzten im Halbdunkel ihrer Schleier auf, und schwarz wie ihr eigenes Haar waren die beiden kraftstrotzenden Stuten, auf denen sie mit gespreizten Beinen stand. Im Sturm brausten sie vorüber, in einem Wirbelwind, einem Schirokko von Braun; ihre Wangen zeugten vom Kuß einer östlichen Sonne, und die Sandstürme ihrer Heimat waren ihre Trabanten. Was war schon Coralie mit ihrer rosa Seide, dem goldenen Haar und den schlanken Gliedern gemessen an dieser prächtigen, üppigen Zephyrine? Schon jagten wir durch die Wüste – sie und ich und die zwei kohlschwarzen Pferde. Seite an Seite ritten wir in wildem Galopp; wir ließen den Strauß hinter uns, wir überholten das Zebra, und die Wüste schien, wenn wir so dahinflogen, wie eine Rose zu blühen.

Ich weiß nicht recht, wie wir an dem Abend nach Hause gelangten. Die Landstraße war bevölkert mit fremden Wesen, um uns stampften geisterhafte Hufe. In der Nase hatte ich den beißenden Zirkusgeruch; Peitschenknall und das befreiende Lachen des Clowns klangen mir in den Ohren. Der lustige Mann verzichtete rücksichtsvollerweise auf Konversation und überließ uns unserer Traumwelt, ohne sie durch Kritik und Erklärungen zu verderben, und als er uns am Gartentor abstellte, gab er mir nicht einmal die Möglichkeit, die unbeholfenen Dankesbezeigungen, die ich mir mühsam zurechtgelegt hatte, anzubringen. Den Rest des Abends war ich zerstreut und schweigsam und hörte nur die Marschmusik, die in einem Winkel meines Gehirns weiterspielte. Als ich schließlich auf meinem Kopfkissen lag, war ich im Nu bei Zephyrine, wir ritten Wange an Wange durch die grenzenlose Sahara, der Welt verloren; nur manchmal glühten durch die uns umhüllenden Sandwolken Coralies Augen, und man meinte, so etwas wie einen sanften Vorwurf in ihnen zu erkennen.

Mit Mauern wie aus Jaspis

Wenn wir an den langen Winterabenden die Bilderbücher hervorgenommen hatten und uns, auf dem Boden hingestreckt, die Ellbogen tief im Kaminvorleger, gemeinsam darüber beugten, schritt man als erstes zur Rollenbesetzung. Alle Personen auf den Bildern mußten, soweit sie eben reichten, jemandem zugesprochen und dem Alter nach unter uns verteilt werden. Wenn das zufriedenstellend geregelt war, konnte die Geschichte beginnen. Daß man an einer Figur, deren Erfolg oder Niederlage aufs eigene Konto gingen, ein ganz persönliches Interesse nahm, erhöhte die Spannung der Handlung nur noch.

Edward hatte es da gut. Da er sich auf sein Ältestenrecht berief, eignete er sich sofort den Helden auf dem Titelblatt an und sicherte sich damit für den Rest der Geschichte eine Laufbahn, zwar nicht ohne Hindernisse, doch voller Heldentaten und mit einem glorreichen Ausgang. Aber uns Jüngere, die wir uns mit einer Figur aus minder reinem Stoff, ja manchmal mit einem ausgemachten Bösewicht abfinden mußten, kam es zuzeiten hart an, für unser zweites Ich (so forderte es die strenge Regel) in seiner vielleicht nur allzusehr verdienten Schande einzustehen.

Edward schnappte einem immer alles gleich

weg. Im «Büffelbuch» zum Beispiel (wir nannten es so nach dem Thema des Hauptbildes, obwohl es von verschiedenerlei Schlächtereien in allen Weltgegenden handelte) war Edward der stramme, bärtige Kerl mit gelben Gamaschen und einem Pulverhorn, der dem großen Bisonbullen, als er sich knapp einen Meter vor seiner Gewehrmündung auf ihn stürzen wollte, unerschrocken die tödliche Kugel in die Schulter jagte. Mir fiel die Nebenrolle des Freundes zu, dem es gelungen war, eine Kuh abzuschießen, während sich Harold damit begnügen mußte, im Hintergrund Edwards Reserveflinte zu halten, wobei es ihm offensichtlich nicht ganz wohl war. Weiter hinten im Buch, wo eine Prachtsgemse steif in die Luft sprang, kauerte Edward schwindelerregend nahe am Abgrund als der Jäger, aus dessen Flinte ein weißes Rauchwölkchen stieg. Ein Führer mit nackten Knien war alles, was für mich abfiel, während der arme Harold den Jungen mit der Provianttasche übernehmen mußte, wollte er nicht, mindestens in diesem Fall, jeglichen alpinistischen Ehrgeiz aufgeben.

Die Mädchen kamen natürlich in diesem Buch kaum auf ihre Rechnung, und es war nicht verwunderlich, daß sie zum Beispiel «Pilgrim's Progress»[58] vorzogen, wo die Frauen gut vertreten waren und die Rollen meistens für alle reichten, oder ein gutes Märchen, wo Prinzessinnen gebührend gewürdigt wurden. Aber am liebsten mochten wir doch Bilder, wo die Figuren zu uns paßten, der Zahl, dem Geschlecht und den Eigenschaften nach; danach bemaßen wir ihren künstlerischen Wert.

Alle Weihnachtsnummern der Zeitungen, deren Illustrationen in Goldrahmen im Kinderzimmer hingen, hatten wir längst durchgenommen und verteilt, denn bei denen kam jedes von uns früher oder später dazu, in einer befriedigenden, farbig illustrierten Szene aufzutreten. Wenige andere Bilder im Haus boten gleiche Möglichkeiten. Meistens fehlte es an Figuren, und wenn es welche gab, waren sie dramatisch wenig ergiebig. In dem Bild, das jetzt zur Verteilung kam, waren sie zwar in genügender Zahl vorhanden, aber sie standen nur blöde und untätig herum und schienen auch nichts vorzuhaben.

An sich war das Bild, das in seinem Rahmen aus Ebenholz und Schildpatt in einer Ecke des Eßzimmers hing, bisher bei uns auf kein besonderes Interesse gestoßen, und man hätte sich wahrscheinlich gar nie damit befaßt, wenn die Mädchen nicht gegen eine Folge von Büchern über Sport revoltiert hätten, in welchen der Illustrator vergessen haben mußte, daß es so etwas wie Frauen auf der Welt gab. Deshalb ging Selina an einem regnerischen Morgen darauf zu und verkündete, sie sei die Dame, die in der Mitte saß, deren Gewand aus schwerem, geblümten Brokat in ganz geraden, strengen Falten bis zu den Füßen fiel, deren dunkelblauer Mantel von einer Edelsteinspange gehalten wurde und deren langes blondes Haar mit einem Diadem aus Gold und Perlen gekrönt war. Nun, an sich hatten wir nichts dagegen, es dünkte uns nur gerecht, ganz besonders Edward, der uns sofort den Mann im Harnisch wegschnappte, der zur Rechten der Dame an seinen Schild gelehnt stand. Und was für ein schmucker, feiner Geharnischter das war! Ich muß gestehen, es gab mir, obwohl ich wußte, daß es richtig und gerecht und in Ordnung war, einen kleinen Stich, als er mir entging und Edward zufiel. Sein Panzer war genau so, wie ich selbst einen haben wollte – gebuckelt und gerillt und glänzend und makellos, und obwohl er dem bartlosen Gesicht und goldenen Haar nach nur ein Knabe war, wies der zerbrochene Speerschaft in seiner Hand darauf hin, daß er ein wackerer Kämpfer und eben erst zurück von solch angenehmem Tun war. Ja, ich mißgönnte Edward den Geharnischten, und als er sagte, ich könne den Mann auf der andern Seite nehmen, zögerte ich und sagte, ich müsse es mir noch überlegen.

Dieser Mann hatte weder Rüstung noch Waffen, sondern trug ein einfaches Wams mit einem Lederbeutel – ein reiner Zivilist –, und mit der einen Hand deutete er auf eine Wunde am Oberschenkel. Der sagte mir nichts, und als Harold sich eifrig darum bewarb, ließ ich ihn den Mann haben. Der Grund, weshalb Harold soviel an ihm gelegen war, kam erst später aus. Es ging ihm offenbar um die Wunde. Er wollte eine eigene, große, klaffende Wunde haben, sie überall herumzeigen und bei den Leuten Neid erregen oder ihnen Respekt einflößen. Charlotte übernahm hocherfreut das Engelkind, das der Dame zu Füßen saß und sich mit einem viel zu großen Musikinstrument abmühte. Charlotte wünschte sich sehnlichst Flügel und zweitens eine Gitarre oder ein Banjo. Übrigens trug der Engel eine Bernsteinkette, für die sie gleich schwärmte.

Damit war das Bild verteilt mit Ausnahme von zwei oder drei Engeln, die hinter den Hauptfiguren hervorlugten oder herumflogen mit einem Ausdruck versteckten Schabernacks, als ob das alles nun schon lang genug gedauert hätte und es an der Zeit wäre, für eine Aufregung zu sorgen oder sonst etwas anzustellen. Wir wußten, daß dieses Völkchen Heilige und Engel darstellte, weil man es uns gesagt hatte; von uns aus wären wir nie darauf gekommen. Engel, wie wir sie aus unsern Sonntagsbüchern kannten, waren fade, farblose, uninteressante Gestalten, hinten und vorne flach, mit weißen Nachthemden, weißen Flügeln, alle mit dem gleich geraden gelben Haar und Scheitel in der Mitte. Sie waren ernst, sogar melancholisch, und wir hatten keine Lust, uns mit ihnen einzulassen. Diese schimmernden, edelsteingeschmückten kleinen Wesen jedoch, mit reizenden Gesichtern und glitzernden Flügeln, stammten eindeutig aus einem andern Haus, und wir ahnten gemeinsame Interessen. Stupsnasig, strubblig, die Mundwinkel nach oben verzogen, machten sie sich offenbar nichts aus ihren schönen Kleidern; eine bessere Gesellschaft ließ sich für uns sicher gar nicht denken, sofern wir an sie herankommen konnten. Ich hatte nur ein Bedenken. Bei Spielen, wo Behendigkeit den Ausschlag gab, wären die mit ihren Flügeln ungeheuer im Vorteil. Konnte man sich darauf verlassen, daß sie fair spielten? Ich fragte

Selina, und die antwortete wegwerfend, daß Engel *immer* fair spielten. Ich ging aber doch und schaute mir den mit dem braunen Gesicht nochmals an, der über dem Stuhlrücken der Dame hervorlugte, und meine Zweifel legten sich nicht ganz.

Als Edward fort auf die Schule ging, fand eine durchgreifende Änderung und Neuverteilung statt, alle Helden der bebilderten Literatur standen mir zur Verfügung, wenn ich sie nur haben wollte. In diesem Fall überstürzte ich nichts mit dem Geharnischten. Vielleicht weil ich einen frischen, eigenen Heiligen haben wollte, nicht einen Abgestandenen, der Edward so lange gewesen war. Vielleicht aber auch, weil ich mir seit meinem Entschluß, auf einen Heiligen zu verzichten, angewöhnt hatte, im Hintergrund umherzustreifen und mir die Zeit mit dem dort Vorhandenen zu vertreiben.

Es war nämlich ein äußerst fesselnder Hintergrund, der trotz seiner Kleinheit große Möglichkeiten bot. Zuerst kam Wiesland, gesprenkelt mit Blumen, blauen und roten, wie mit Edelsteinen besetzt. Dann lief eine weiße Straße in eigenwilligen, unnötigen Windungen einen steilen kegeligen Hügel hinauf, der von Türmen, Bastionen und Kirchen gekrönt war, und die Straße herunter kamen kleine Ritter geritten, immer zwei und zwei. Auf einer Seite senkte sich der Hügel zum Wasser hinab, das sich still und blau weit ausdehnte, ein Schnörkel von Schiff lag vor Anker, dessen einer Mast ganz oben einen merkwürdigen Mastkorb hatte.

Es ließ sich vieles anfangen in dieser angenehmen Gegend. Ärgerlich war einzig, daß man über einen gewissen Punkt nie vordringen konnte. Ich mochte diese Straße noch so oft hinauf wandern, vor dem Stadttor, dem sonderbaren Stadttor, oben breiter als unten und mit einem Wehrgang, mußte ich haltmachen. Drinnen ging es sicher hoch her, aber mir blieb die Parole versagt. Ich konnte ein Boot nehmen und bis zum Schnörkel von Schiff rudern, aber um die Landzunge kam ich nicht herum. Sicher war die Zahl der Schiffe auf der andern Seite gewaltig. Kaufherren wandelten auf dem Kai, und Matrosen sangen beim Ausladen der verschnürten Ballen. Mir aber war beschieden, unten auf der Wiese zu bleiben und mir all das nach besten Kräften vorzustellen.

Einmal brachte ich das Thema bei Charlotte zur Sprache und fand zu meiner Überraschung, daß sie in diesem ergötzlichen Land die gleichen Freuden erfahren und die gleichen Enttäuschungen erlebt hatte. Sie war ebenfalls diese Straße hinaufgewandert und hatte ihre Nase am Fallgitter platt gedrückt; sie wies mich auf etwas hin, das mir entgangen war. Wenn man nämlich in einem Boot zu dem Schnörkelschiff hinausruderte, dort ein Tau ergriff und daran an Bord klomm, den Mast hinauf kletterte und in den Mastkorb stieg, konnte man gerade noch über die Landzunge hinaussehen und ganz gemütlich das Leben und die Geschäftigkeit im Hafen beobachten. Sie beschrieb das lustige Treiben dort so ausführlich, mit so vielen Einzelheiten, daß ich sie mißtrauisch anschaute. «Du sprichst ja, wie wenn du selbst in diesem Mastkorb gewesen wärest», sagte ich. Charlotte gab keine Antwort, spitzte den Mund und nickte ein paar Minuten lang heftig; mehr war aus ihr nicht herauszubringen. Ich war sehr betroffen. Offenbar hatte sie es irgendwie fertiggebracht, in diesen Mastkorb zu steigen. Charlotte hatte mich diesmal überflügelt.

Es war zweifellos notwendig, daß Erwachsene sich fein anzogen und Besuche machten. Ich will nicht sagen, daß wir den Sinn der Übung eingesehen hätten. Es wäre weit vernünftiger gewesen, in alten Kleidern zu Hause zu bleiben und zu spielen. Aber wir anerkannten, daß diese Leute manch Unerklärliches tun mußten, und schließlich war es *ihr* Leben, nicht das unsrige, und es war nicht an uns, sie zu kritisieren. Zudem hatten sie viele Gewohnheiten, die anstößiger waren als diese, welche uns in der Regel einen freien Nachmittag ohne Aufsicht verschaffte, an dem wir uns austoben konnten. Anders lag der Fall, wenn die Häscher auf den Beinen waren, wenn Bitten und Ausreden nichts fruchteten und wir zum Dienst gezwungen wurden, wie eine Truppe Eingeborener, die gegen den Feind aufgeboten wird und kämpft, weniger auf Grund einer einleuchtenden Rechtfertigung als wegen der Gewehre ihrer weißen Verbündeten, gegen die es kein Mucken gibt. Das war unverzeihlich und ganz und gar abscheulich. Dennoch kam es hin und wieder vor, und dann nützte keine Widerrede. Frontdienst lautete der Befehl, und wir hatten zu schweigen und zu marschieren.

Selina allerdings liebte es insgeheim, sich fein anzuziehen und auf Besuch zu gehen, auch wenn sie vorgab, es zu verabscheuen, um sich nicht dem Spott der Öffentlichkeit auszusetzen. Deshalb fand ich es besonders gemein von ihr, ausgerechnet an dem Nachmittag Ohrenweh zu haben, da Tante Eliza den Ponywagen bestellte und auf Kriegspfad ging. Ich wurde im gleichen Atemzug mit dem Ponywagen herbefohlen, und als wir schließlich davonrollten, schien mir, als ob dieser verschwendete Nachmittag, für den ich soviel geplant hatte, auch in den unermeßlichen Jahren, die vor mir lagen, nicht mehr eingeholt oder wiedergutgemacht werden könne.

Das Haus, zu dem wir diesmal fuhren, war ein «großes Haus», wie wir alles bezeichneten, was eine lange Auffahrt durch Rhododendren hatte, einen Portikus mit kannelierten Säulen, einen feierlichen Butler, der Flügeltüren aufsperrte und die Freitreppe hinunterkam und tat, als habe er den freundschaftlichen Verkehr mit uns in weniger ernsten Lebenslagen völlig vergessen, und eine große Halle, wo keine Stiefel, Schuhe oder Mäntel herumliegen durften, wie bei uns, und wo zu guter Letzt die Leute in feinen Kleidern dasaßen, als ob sie eben zu Besuch gehen wollten.

Die Dame, die uns empfing, war überschwenglich Tante Eliza und geziert gnädig mir gegenüber. Nach zehn Sekunden steckten sie ihre Köpfe zusammen und redeten ernsthaft über *Garderobe*. Mich ließ man auf einem hochlehnigen Sessel auf dem trockenen sitzen, wo ich große Lust verspürte, gegen die Stuhlbeine auszuschlagen, es aber nicht wagte. Eine Zeitlang begnügte ich mich mit Herumschauen; es gab viel zum Ansehen, oben und unten und ringsherum. Dann befiel mich eine unbezähmbare Zappligkeit; die Beine zu kratzen verschaffte Linderung, kam dem Übel aber nicht ganz bei. Meine beiden Wächterinnen waren immer noch ins Kleidergespräch vertieft; ich glitt vom Sessel und schlich vorsichtig durchs Zimmer, erforschte, prüfte und nahm zur Kenntnis.

Viele seltsame, feine Sachen lagen am Weg – Bilder und Zeugs an den Wänden, Nippsachen, kuglige alte Taschenuhren und Schnupftabakdosen auf den Tischen, und ich ließ es mir angelegen sein, alles, was ich erreichen konnte, genau und gründlich zu betasten. Einige Gegenstände beschnupperte ich sogar. Schließlich stieß ich bei meinem Rundgang auf eine offene Tür, halb verborgen hinter den Falten eines Vorhangs. Ich blickte mich vorsichtig um. Sie waren immer noch bei ihren Kleidern, sprachen beide gleichzeitig, und ich entschlüpfte.

Das Zimmer, in das ich geraten war, wirkte einigermaßen vernünftig; denn die Wände waren recht eigentlich mit Büchern gepolstert, wenn auch die meisten aufreizend hinter den Glastüren ihrer hohen Schränke prangten. Begehrlich las ich ihre Titel, behauchte jede zugängliche Glasscheibe, denn die Türen zu öffnen wagte ich nicht, wo der Feind so nahe lagerte. Im Erker auf einer Art hohem Pult lag jedoch ganz für sich ein höchst vielversprechendes Buch mit prachtvollem Einband. Ich blätterte die Seiten an einer

Ecke ein wenig auf, und ihnen entströmte, wie Duft aus einem Potpourritopf, ein Schwall von Blau und Rot und kündete von Bildern, und zwar ausschließlich farbigen. Hier war endlich das Richtige, und mein Nachmittag würde nicht ganz verloren sein. Ich horchte nach der Tür hin, durch die ich eingetreten war. Wie die rauschende Strömung eines hochgehenden Flusses sprudelte und wirbelte und brandete das große, ewige, unerschöpfliche Garderobeproblem. Da konnte ich ruhig sein. Mit einiger Mühe zerrte ich das Buch von seinem Pult herunter, denn es war ein sehr großes, schönes, und schleppte es zum Kaminvorleger – dem einzigen für Bücher dieser Qualität geeigneten Ort.

Sie hatten erstklassige Kaminvorleger in diesem Haus, weich und breit, mit allerdickstem Flor, so daß die Knie richtig darin versanken. Beim Öffnen des Buchs hatte ich erst Schwierigkeiten, da sich die steifen großen Seiten nicht recht auseinanderbiegen wollten. Zum Glück stand der Kohlenkessel gleich daneben, und ein flaches Stück Kohle ließ sich leicht finden, um die widerspenstige Seite damit zu beschweren. Es war wirklich, als ob man alles eigens für mich hergerichtet hätte. Das Haus war eigentlich gar nicht so übel.

Am Anfang kamen bunte Einfassungen mit Ranken und Flechtbändern auf einem Hintergrund von Rautenmuster, ein Wunder an Farbe, mit kleinen, drolligen Figuren, die überall munter auf und nieder kletterten. Zuerst aber wollte ich einen Blick auf den Text in der Mitte werfen, um einen Hinweis zu gewinnen, was hier vor sich gehe. Natürlich würde ich keine Zeit mit Lesen verlieren. Ein Stichwort, ein Schild, ein Wegweiser sollten mir genügen. Bestürzt und empört stellte ich fest, daß alles in einer dummen Fremdsprache geschrieben war. Die Perversität gewisser Leute ließ einen manchmal wahrhaftig am ganzen Menschengeschlecht verzweifeln. Immerhin, die Bilder blieben; Bilder logen nie, sie wichen nie aus, kannten keine Ausflüchte, und die Geschichte konnte ich schließlich selber erfinden.

Ich ging die Seite durch und verschob das Kohlenstück, und als sich aus dem Farbwirrwarr, in dem sich mein entzücktes Auge verfing, der Sinn des Bildes herausschälte, kam mir alles höchst vertraut vor, ich ahnte einen Zusammenhang und dann – o dann! Mit der seligen Gewißheit überkam mich das unwiderstehliche Bedürfnis, mir mit beiden Händen den Bauch zu halten, um den Freudenschrei zu unterdrücken, der aus mir heraus wollte – es war meine eigene kleine Stadt.

Ich kannte sie gut genug, ich erkannte sie sofort, obwohl ich sie noch nie von so nah gesehen hatte. Hier war das vertraute Stadttor, links der merkwürdige schlanke Turm mit seinem dräuenden viereckigen Oberteil, der die Mauern weit überragte; rechts, außerhalb der Stadt, der Hügel – wie schon immer –, der steil zum Meer abfiel. Aber heute war alles größer und frischer und deutlicher, die Mauern schienen neu behauen, bunte Teppiche waren darüber gehängt, schöne

Damen und langhaarige Kinder drängten sich als Zuschauer auf den Zinnen. Und was noch schöner war: das Fallgitter war hochgezogen – ich konnte sogar einen Blick auf den sonnenüberfluteten Platz im Innern werfen –, und eine zierliche Gruppe ritt, immer zwei und zwei, durch das Tor. Ihre Rosse im Prunkgeschirr, das am Boden schleifte, waren so farbenprächtig wie sie selbst, und sie waren in Kleidung und Haltung die prächtigste Schar, die ich je gesehen hatte. Es mußte sich um eine Hochzeit handeln, dachte ich, bei diesen Sonntagskleidern, diesem festlichen und feierlichem Einzug, und ob es nun eine Hochzeit, oder was immer es sein mochte, ich wollte dabeisein. Diesmal ließ ich mich nicht durch ärgerliche Fallgitter zurückweisen, diesmal würde ich mit den übrigen Schaulustigen hineinschlüpfen und erkunden, wie denn meine kleine Stadt innerhalb dieser lästigen Mauern aussah, vor denen ich so lange gestanden hatte, und dazu wollte ich mich auch an den Lustbarkeiten beteiligen, die offensichtlich drinnen in Gange waren. Zuversichtlich, aber in atemloser Spannung blätterte ich um.

Welche Wonne! Endlich war ich drinnen, endlich war ich auf der richtigen Seite dieser abweisenden Mauern, und selbstverständlich schaute ich mich voll Neugier um. Ein öffentlicher Platz, eindeutig, obwohl nicht von der gewohnten Sorte. Die Häuser hinten standen auf einer Art Kolonnade, unter der sich die Leute drängten und pufften. Die obern Stockwerke zierten wundervolle Malereien. Über der geraden Linie der Dächer erstreckte sich durchgehend ein tiefblauer, wolkenloser Himmel. Damen und Herren drängten sich im Vordergrund, während sich auf einem Podest in der Mitte ein galanter Herr, eben vom Pferd gestiegen, über die Finger eines Mädchens beugte, das ebenso herausgeputzt war wie Selinas Dame zwischen den Heiligen, und ringsherum standen ehrwürdige Persönlichkeiten, mit Kleidern in allen Farben angetan. Es gab auch massenweise Buben, mit kleinen roten Mützen auf dem dichten Haar, ihre Hemden hatten sich gebauscht und waren aus dem Hosenbund gerutscht gerade wie bei mir, wenn ich jemandem nachjagte, und jeder Knabe trug ein ungleiches Paar Strümpfe, einen blauen und einen roten. Diese Kleidungsart war ganz nach meinem Sinn; so oft hatte ich das gleiche versucht und dabei wenig Anerkennung gefunden, hier endlich war meine Rechtfertigung, eigens abgemalt in einem Erwachsenenbuch. Ich hielt nach meinen Heiligen-Freunden Ausschau, nach dem Geharnischten und dem andern Burschen, sie waren aber nicht zu sehen. Offenbar konnten sie nicht dienstfrei bekommen, nicht einmal für eine Hochzeit, und sie standen immer noch Wache drunten auf der grünen Wiese. Mich enttäuschte auch, daß sich kein Engel sehen ließ. Einen oder zwei hätte man doch sicher auf eine Stunde entbehren und ihnen erlauben können, hinzulaufen und sich das Spektakel anzuschauen; sie hätten sich hier inmitten der Farben und des Getümmels und des Festbetriebs gleich zu Hause gefühlt.

Aber es war Zeit weiterzugehen, wir standen ja erst am Anfang der interessanten Geschichte. Die nächste Seite wurde umgeblättert, und da waren wir, unsere ganze Gesellschaft, in einer vornehmen Kirche. Es war nicht leicht auszumachen, was eigentlich vor sich ging, aber zu meiner Freude entdeckte ich in der Menge endlich meine Engel, sie wirkten überaus glücklich und fühlten sich wohl. Offenbar hatten sie Urlaub erhalten und mußten den Hügel heraufgelaufen und atemlos durchs Tor gerannt sein; vielleicht hatten sie ein bißchen geweint, als sie den Platz leer fanden und meinten, der ganze Spaß sei schon vorüber. Darunter waren zwei, die hatten jeder eine große Wachskerze ergattert, die sie mit Mühe gerade noch tragen konnten, und sie kicherten verstohlen miteinander, da das Wachs reichlich über ihre Kleider tropfte. Ein dritter hatte sich unter die Gesellschaft gemischt und plauderte mit einem jungen Herrn, mit dem er sich ausgezeichnet zu verstehen schien. Das waren ausgesprochen Engel nach unserm Sinn. Im Krankenzimmer und über dem Kinderbett hatten die nichts verloren.

Also jetzt wurden sie zweifellos getraut, er und sie, wie das stets geschah. Und dann werden sie natürlich glücklich und in Freuden leben, bis sie gestorben sind, und das war just der Teil, zu dem ich kommen wollte. Geschichtsbücher hörten so blöd immer gerade dann auf, wenn es richtig nett wurde, aber diese Bildergeschichte nahm im ersten Kapitel erst ihren Anfang, und ich hatte endlich Gelegenheit zu erfahren, *wie* die Leute glücklich und in Freuden lebten. Wir würden alle zusammen nach Hause gehen, er und sie und die Engel und ich. Auch der Geharnischte würde eingeladen werden und bei uns bleiben. Und dann würde die Geschichte richtig beginnen, an dem Punkt, wo jene andern immer abbrachen. Ich wendete die Seite und gelangte aus der schummrigen, prächtigen Kirche wieder ins Freie.

Hier stimmte alles; alles war genau, wie es sein sollte. Der Himmel war makellos blau, Fahnen flatterten im Wind, und unsere heitere Hochzeitsgesellschaft zog unter Scherzen und Lachen zum Ufer hinab. Schon lag die Stadt hinter mir, und ich war bereits auf der andern Seite des Hügels, wo ich immer hatte sein wollen, und wirklich lag da auch der Hafen voller Schnörkelschiffe. Die meisten waren hochbeladen mit Hochzeitsgeschenken – Seidenballen, Geschirr aus Silber und Gold, und ansehnliche Säcke ließen ebenfalls Gold vermuten, und das allerprächtigste Schiff lag an dem teppichbelegten Landungssteg. Schon schritt die Braut graziös über die Laufplanke, und ihre Damen folgten gesittet eine nach der anderen. Noch ein paar Minuten, und wir würden alle an Bord sein, die Trossen würden aufs Wasser klatschen, die Segel sich füllen und straffen. Vom Deck aus würde ich die kleine ummauerte Stadt zurückweichen, versinken und verschwimmen sehen, und jeder Vorstoß unseres Bugs in die Wellen brächte uns der glücklichen Insel näher – denn eine Insel war unser Ziel, das wußte ich. Schon konnte ich die Inselbewohner in Scharen auf dem Kai winken sehen, und kleine Häuser wanden sich den Hügel hinauf bis zur Burg, die mit ihren Zinnen und Türmen alles krönte. Wiederum würden wir zusammen reiten, ein fröhlicher Festzug, die steile Straße hinauf, und durch das abweisende Stadttor traben, und wenn wir dann angekommen wären, würden wir alle zusammen essen und wir wären zu Hause. Und dann...

«Au! Au! Au!»

Bitter ist es, aus einem schillernden Traum ins kalte Tageslicht zu stolpern; grausam, in einer Sekunde eine Seefahrt, eine Insel und eine Burg zu verlieren, die einem schon so gut wie gehörte; am allergrausamsten und bittersten aber ist, wenn man zu dem Verlust noch die Finger einer erbosten Tante, die einen am Kragen packen, zu spüren bekommt. Mein herrliches Buch war auch weg – es war mir von der Kleiderdame, die bei der Schimpftirade so herzhaft mitmachte, wie wenn sie eine Verwandte wäre, aus den Händen gerissen worden, und mir blieb nichts als jämmerlich zu heulen, da ich so unvermittelt in die harte Wirklichkeit gezerrt und den mannigfaltigen Feindseligkeiten der Welt ausgesetzt wurde. Ihre Vorwürfe, ihre Schmähungen kümmerten mich wenig, aber ich betrauerte von ganzem Herzen mein verlorenes Schiff, meine verschwundene Insel, mein ungegessenes Festmahl und daß ich mich, wenn ich mit Engeln spielen wollte, hinfort an die bleichsüchtigen Jammergestalten in Nachthemden halten mußte, wie sie auf den Seiten des «Sabbath

Improver»[59] über dem Bett des Sonntagsschülers schwebten.

Unter Schimpf und Schande wurde ich in aufgeweichter, verheulter Verfassung aus dem Haus geführt, während der Butler mit steinerner, unbeteiligter Miene seine Flügeltüren aufriß und damit die Oberen, nicht aber mich täuschen wollte. Ich wußte schon, wenn er das nächstemal frei hätte und zu uns herüber käme, würden wir in unserer Küche von Mann zu Mann miteinander verkehren, ich würde ihn puffen und Rätsel raten lassen, und er würde mir Kunststücke mit Korken und Schnüren beibringen. Deshalb hatte meine Niedergeschlagenheit mit seiner teilnahmslosen Haltung nichts zu tun.

Aus diplomatischen Gründen hielt ich mein Geschluchze aufrecht, lange nachdem wir in unseren Ponywagen gepackt worden waren und das Tor des Pförtnerhauses hinter uns zugeschnappt war, weil mir das als Panzer gegen Strafpredigten, Vorhaltungen und Schelte diente, und ich war fest am Denken und brauchte meine Ruhe. Zweierlei Gedanken gingen mir durch den Kopf.

Erstens dachte ich: «Diesmal habe ich Charlotte überflügelt.»

Und der nächste Gedanke war: «Wenn ich groß bin und eigenes Geld und einen Spazierstock für Erwachsene habe, breche ich eines Morgens früh auf und gehe ohne Unterbruch weiter, bis ich zu der kleinen ummauerten Stadt gelange.»

Das Unterfangen sollte keine großen Schwierigkeiten bieten. Man mußte sich nur durchfragen, die Leute waren ja äußerst hilfsbereit, und ich konnte jeden Stein am Weg beschreiben.

Bei der Insel, die ich nie gesehen hatte, war das schwieriger. Dennoch blieb ich zuversichtlich, daß es mir irgendwie, früher oder später, einmal beschieden sein werde, dort anzukommen.

Die Saga von den Meeren

Eines Tages kamen ein paar Damen zu Besuch, die gar nicht dem von mir Gewohnten entsprachen. Sie litten unter einem Ärgernis, wie mir schien, und die Hauptschuld daran trug der MANN – MÄNNER im allgemeinen und der MANN im besonderen. (Obwohl die Worte nur gesprochen waren, konnte ich die Großbuchstaben aus ihren bittern Bemerkungen deutlich heraushören.)

Offiziell war ich natürlich sozusagen gar nicht zugegen. Drunten in meiner Dunkelwelt von Stuhlbeinen, Kaminvorlegern und Sofa-Unterseiten war ich mit meinen eigenen strategischen Problemen beschäftigt, während sie hoch über meinem Kopf weiterschwatzten und ich für sie nichts anderes als ein Stuhlbein oder noch etwas Geringeres war. Dennoch spitzte ich die ganze Zeit die Ohren mit jener respektvollen Aufmerksamkeit, die man den Äußerungen der Großen entgegenbringt, solange man es nicht besser weiß.

Die Anklageschrift, die sie entrollten, schien bedenklich genug. Was Taktgefühl, Rücksichtnahme, aber auch was Geschmack und ästhetisches Empfinden anbelangte, in allen diesen Punkten schlossen wir, das behoste und bärtige

Stümperwerk der Natur, schlecht ab, und mir wurde auf dem Teppich seelisch fast übel. Aber als eine von ihnen mir mit dem Schwung ihrer Röcke ein ganzes Regiment tapferer Zinnsoldaten umfegte und sich weder entschuldigte noch anerbot, mir beim Wiederaufstellen der Schlachtlinien zu helfen, fand ich, daß sie an Takt und Rücksichtnahme noch allerhand zu lernen hätte. Das sagte ich auch, ohne ein Blatt vor den Mund zu nehmen.

Damit war ich, vom gesellschaftlichen Standpunkt aus gesehen, erledigt. Grobheit Gästen gegenüber galt als unverzeihliche Sünde, in zwei Sekunden hatte ich meinen Marschbefehl und wandte mich trotzig nach dem Sankt Helena des Kinderzimmers. Auf der Treppe kam mir das Spiel in den Sinn, das wir am Morgen gespielt hatten. Es war das schöne alte Floßspiel: ein Spiel, das gespielt werden wird, bis alle Meere ausgetrocknet und alle Bäume der Welt gefällt sind – und selbst nachher noch. Wir drängten uns dabei alle auf dem schwanken kleinen Floß zusammen; Selina hatte genau soviel Platz wie ich, und Charlottes Beine baumelten nicht mehr hinaus als die von Harold. Die erbarmungslose Sonne brannte mit tropischer Unparteilichkeit auf unsere Köpfe, und die hungrigen Haie durchschnitten mit ihren Flossen den endlosen Stillen Ozean, der sich nach allen Seiten ausbreitete, und gehorchten einem Appetit, für den das Geschlecht keine Rolle spielte. Wenn wir den letzten Zwieback teilten und das letzte Wasserfläschchen die Runde machte, bekamen die Mädchen genau je ein Viertel; der einzige Unterschied, der gemacht wurde, fiel zugunsten von Charlotte aus, die das rettende Segel am Horizont entdecken und herbeiwinken durfte, und auch das nur, weil die Reihe an ihr, nicht weil sie zufällig die oder der war. Die Regeln des Floßes waren doch gewiß die Regeln des Lebens; woraus also gründeten die Klagen dieser Besucherinnen?

Betroffen und ein wenig schmollend stieß ich die Tür zum leeren Kinderzimmer auf, wo das Floß, das so manche Ängste und Hoffnungen geschaukelt hatte, immer noch den Meeresfußboden zierte. Einem abgestumpften Auge, das nur am Äußeren haftet, wäre es vielleicht prosaisch, überhaupt nicht floßartig erschienen, denn es bestand nur aus einem runden Waschbecken auf einem rohen hölzernen Handtuchständer, den wir zusammengeklappt auf den Boden gelegt hatten. Selbst bei mir hatte das Floßspiel einiges an Glanz eingebüßt, als ich gedankenlos hineinkletterte und mich darin zu einer einsamen Seefahrt einrichtete. Sobald ich jedoch eingestiegen war und entdeckte, daß durch das Wackeln des Handtuchständers das Becken zwar nur leicht, aber wie von selbst und unaufhörlich zu schaukeln begann, geriet ich wieder in den Bann des alten Zaubers. Noch ein paar Minuten so herrlich schaukeln, und man war flott. Diese Frauen unten wollten also nichts von uns wissen? Wohlan, es gab andere Frauen und andere Orte, wo man uns schätzte. Und dies hier war nicht einfach eine stümperhafte Floßfahrt, sondern eine hundertkarätige Seereise des Mannes, der wohlausgerüstet und zielbewußt ausfuhr, um das zu suchen, was ihm rechtens gehörte.

Wohin sollte ich Kurs nehmen, und was für ein Schiff sollte ich chartern? Der Schiffsbestand von ganz England stand mir zur Verfügung, und die entferntesten Winkel der Welt waren mein rechtmäßiges Erbe. Für einen unternehmungslustigen Jungen, der die Welt entdecken wollte, schien eine Fregatte natürlich das gegebene Schiff. Und doch war etwas Prahlerisches dabei, wenn man schon gleich bei der ersten Ausfahrt eine Fregatte befehligte; das bot dem Ehrgeiz auch keine großen Entfaltungsmöglichkeiten mehr. Zu einer Fregatte konnte man immer noch später durch einen Handstreich kommen, der richtige Held sparte sich meistens ein mit Rahen getakeltes Schiff für die letzte Großtat und triumphale Heimkehr auf. Nein, ich war an Bord eines Schoners – eines Schoners, dessen Maste sich höllisch neigten, wenn die stürmische See seinem niederen schwarzen Schandeckel entlang zischte. Viele leichtsinnige Burschen fuhren auf einem simplen Kutter aus, aber ich war vorsichtig und hatte übrigens auch eine gewisse Vorstellung der Gefahren, in die ich geraten würde.

Ich habe gesagt, daß ich schon an Bord war, auch war ich diesmal ja zu abenteuerdurstig, um lange bei dem zu verweilen, was, hätte die Zeit weniger gedrängt, ein ganz besonderes Vergnügen gewesen wäre – beim Herumhängen im Hafen, bei der Wahl des Schiffs, dem Zusammenstellen der Besatzung, dem Verstauen der

Ladung und Einrichten der eigenen Kabine mit allem, was man im Notfall zur Hand haben möchte. Dafür hatte ich jetzt keine Zeit. Draußen auf offener See jagten die mächtigen Wogen westwärts und riefen mich; Albatrosse schwebten reglos und warteten auf einen Gefährten, und tausend Inseln hielten immer neue Abenteuer auf Lager, jetzt noch verborgen zwar, aber sie wollten bestanden werden und waren eigens für mich aufgespart. Schon brausten wir hart am Wind durch den Ärmelkanal, mit Gischt in den Augen und melodisch schwirrenden Wanten, und brauchten dazu weit weniger Zeit als der Durchschnittsbürger benötigt hätte, um seine Reisetasche und seine Decken von der Eisenbahn zu einem windgeschützten Platz auf dem Promenadendeck des gemächlichen täglichen Dampfboots zu bringen.

Solange wir einen Lotsen brauchten, stellte ich meinen Mann am Steuer. Es war meine Unternehmung, ich hatte damit die alleinige Verantwortung, und das Steuern war kein Kinderspiel, als wir an Landspitzen und Buchten vorbeibrausten, ehe wir die offene See gewannen und das Land hinter uns zurückfiel. Als sich aber der Atlantik vor uns ausbreitete, fand ich, es wäre eigentlich nett, ganz allein in meiner Kajüte Tee zu trinken, und mußte deshalb einen oder zwei Kameraden erfinden, die mich am Steuer ablösen konnten.

Das ließ sich leicht machen. Ein oder zwei Freunde meines Alters aus der Knabenschar, die ich kannte, ein oder zwei Freunde unter den

Gestalten, die ich von Büchern her kannte, und ein oder zwei Freunde aus dem Niemandsland, wo jeder Bursche ein geborener Seemann ist, und schon war die Besatzung komplett. Ich richtete auf dem Achterdeck ein paar Worte an sie, teilte die Wachen ein, gab die Weisung, mich beim ersten Sichten von Seeräubern, Walen oder Franzosen herbeizurufen, und zog mich zu einem wohlverdienten Ruhestündchen nach unten zurück.

Die Kajüte, die ich jetzt betrat, war genau von der richtigen Art. Als die Tür hinter mir zuschnappte, schaute ich mich natürlich zuallererst nach Schußwaffen um, und da waren sie auch schon in ihren Gestellen, zu Dutzenden, Doppelflinten und Repetiergewehre, lange Pistolen und schimmernde versilberte Revolver. Ich klingelte dem Steward und bestellte Tee und Gebäck und Konfitüre im bodenständigen Einmachglas – nicht in so läppischen flachen Glasschälchen –, und als ich mit Konfitüre richtig gemästet und mit Tee vollgepumpt war, ging ich die Waffenkammer durch, klickte die Hähne der Flinten und Revolver, prüfte mit dem Daumen die Klingen der Entermesser und füllte die Patronengürtel bis zum Platzen. Alles war vorhanden und von erstklassiger Qualität, als hätte ich mich zwei volle Wochen in Plymouth umgesehen und die Sachen bestellt. Kurzum, wenn diese Kreuzfahrt ein schlimmes Ende nähme, konnte es nicht an der Ausrüstung liegen.

Gerade als ich mich hinter die Schränke und Schubladen machen wollte, meldete die Wache

Eisberge backbord und steuerbord und, weit wichtiger, ganze Rudel Eisbären darauf. Ich ergriff ein Gewehr oder zwei und eilte auf Deck. Der Anblick war tatsächlich großartig – wie konnte es anders sein mit Eisbergen zu beiden Seiten des Bugs, und dabei handelte es sich wohlgemerkt um besonders riesige Eisberge. Aber schließlich war ich nicht gekommen, Bilder für die Kunstakademie zu malen, und so war die Gig des Kapitäns im Wasser und bemannt, ehe die Pfeife des Bootsmanns verstummte, und wir ruderten mit aller Kraft auf die Eisbären zu – ich und die Schützen auf den Achtersitzen.

Selten habe ich eine Jagd mehr genossen als auf jenem nachmittäglichen Streifzug über die Eisberge. Vielleicht war ich besonders gut in Form, vielleicht bäumten sich die Eisbären besonders günstig auf. Wie dem auch sei, die Jagdbeute war beträchtlich. Als ich in späteren Tagen las, daß Eisbären immer seltener werden, machte ich mir Gewissensbisse, aber an jenem Nachmittag hatte ich keinerlei Bedenken. Trotzdem, als der riesige Berg von Häuten an Bord gehievt und der Mannschaft ein steifer Grog serviert worden war, befahl ich Kurs auf Süd zu nehmen. Denn Eisberge hatte ich für den Augenblick nun gehabt, und es wurde Zeit für etwas Tropischeres.

Tropisch war ein milder Ausdruck für das, was uns bevorstand; das sollte sich bald zeigen. Es war am folgenden Tag etwa drei Glasen[60] bei der Morgenwache, als der Mann auf dem Ausguck die Piratenbrigantine sichtete. Ihr Anblick mißfiel mir gleich von Anfang an, und nachdem ich alle Mann auf ihre Posten gepfiffen hatte, ließ ich die Messinghaubitze auf dem Vorderdeck mit Bleikugeln bis zur Mündung vollstopfen.

Das erwies sich als klug. Denn nachdem sich das niederträchtige Piratenschiff unter der Flagge der Schweizerischen Republik, mit der wir damals gerade auf sehr gutem Fuße standen, an uns herangemacht hatte, entrollte es plötzlich die Totenkopfflagge an der Mastspitze und donnerte aus nächster Nähe mit Kanonenkugeln auf uns ein. Mehrere meiner Besatzungsmitglieder, die ich dringend benötigte, wurden dabei zerfetzt. Der Anblick ihrer abgerissenen Glieder steigerte meinen Zorn bis zur Weißglut, und ich ließ sie den Inhalt der Messinghaubitze schmecken – die Wirkung war fürchterlich. Im nächsten Augenblick wetzten sich die beiden Schiffsrümpfe aneinander, der blanke Stahl fuhr blitzend aus der Scheide, und das mörderische Handgemenge begann.

Trotz des zerstörerischen Wirkens meiner mit Blei vollgestopften Haubitze war unser Feind mit drei Mann gegen einen, meiner Schätzung nach, immer noch in der Überzahl. Die Zahl niedriger anzusetzen verbot mir die Ehre – unter diesem Minimum durfte man sich mit Seeräubern nicht einlassen. Dazu waren es erst noch erfahrene Kämpfer, jeder einzelne mit alten Säbelnarben geziert, während es unter meiner Mannschaft viele gab, die kaum die Reife erreicht hatten – der Lohn für zehn lange Sommer –, und alles war so plötzlich gekommen, daß mir keine Zeit blieb, eine Verstärkung reiferer Jahrgänge dazuzuerfinden. Deshalb war es nicht verwunderlich, daß meine unerschrockenen Enterer, die sich mit der Axt in der Hand und dem Entermesser zwischen den Zähnen einen Weg aufs Piratendeck bahnten, einmal ums andere zurückgeworfen wurden, und unsere Planken vom eigenen, reichlich und unaufhörlich vergossenen Blut bald schlüpfrig waren. In diesem kritischen Augenblick des Kampfes packte mich der Bootsmann am Arm und machte mich auf ein majestätisches britisches Kriegsschiff aufmerksam, das gerade auf offener See beidrehte, während der Signalgast, mit dem Fernrohr am Auge, meldete, man frage, ob wir Hilfe brauchten oder es vorzögen, den Zwischenfall selbst zu erledigen.

Dieser verkappte Versuch, die Lorbeeren mit uns zu teilen, so höflich er auch vorgebracht war, spornte mich zur Aufbietung aller meiner Kräfte an. Ich wischte mir das Blut aus den Augen und befahl dem Signalgast, sofort mit dem Halbdutzend Flaggen, über die er verfügte, zu antworten, daß, so sehr wir die Tapferkeit der Marine und das Zartgefühl ihrer Kommandanten schätzten, dies doch der klassische Fall junger Gentlemanabenteurer kontra unrasierter Seeräuber sei, und der Marine Ihrer Königlichen Majestät obliege es nur, sich wie üblich bewundernd Beifall spendend im Hintergrund zu halten. Dann sammelte ich den Rest meiner Getreuen um mich, wählte ein frisches Entermesser (drei hatte ich bereits verbraucht) und stürzte mich erneut in das hehre Gemetzel.

Der Ausgang blieb nicht lange fraglich. Ich

mochte die Sache nicht in die Länge ziehen, denn die ganze Piraterei fing an, mich zu langweilen, und ich wollte zu etwas Südlicherem und Sinnenfreudigerem übergehen. Jeglicher ernsthafte Widerstand brach zusammen, als ich das Vorderdeck erreicht hatte und den Piratenhäuptling zusammenhieb – einen schwarzbärtigen, auf seine Art famosen Kerl, aber mit seiner Parade- und Stoßtechnik kaum mehr zeitgemäß. Wer unsern Entermessern entgangen war, mußte sich nach gutem alten Seemannsbrauch mit verbundenen Augen über die eigenen Planken ins Meer stürzen, und bald konnte das Blut, welches das Gehen auf Deck zeitweise verunmöglicht hatte, durch das Speigatt abfließen. Das britische Kriegsschiff aber spendete uns auf offener See immerwährend bewundernd Beifall.

Sobald das nötige Halsabschneiden und Schrubben erledigt war, machten sich alle Mann auf die Schatzsuche, und bald gleißte das Deck von Goldklumpen und mexikanischen Dollars und Kirchensilber. Es waren auch Perlenschnüre darunter und große Stapel von *Nougat* und Rubinen und Golduhren und ganze Fässer voller Türkenhonig. Aber ich überließ diese Kleinigkeiten meiner Mannschaft und setzte die Suche allein fort. Denn ich hatte inzwischen beschlossen, daß eine entführte Prinzessin an Bord sein müsse, die als Gefangene an die bösen Mohren hätte verkauft werden sollen und nun unter Herzklopfen auf ihre Rettung durch mich, den Perseus ihrer Träume, warte.

Ich entdeckte sie schließlich in der großen

Luxuskabine im Heck. Sie trug eine grobe Leinwandschürze über ihrem Prinzessinnenkleid, und ihr lockiges braunes Haar fiel ihr über den Rücken, gerade wie ... ist ja gleich, also sie hatte lockiges braunes Haar. Wenn sich vornehme Leute begegnen, erfolgt ein Austausch von Artigkeiten; ich will aber Außenstehende nicht mit der Aufzählung all der Komplimente und Gegenkomplimente ermüden, die wir, ganz wie es sich gehörte, anbrachten. Solche Situationen, bei denen es auf Zungenfertigkeit und Redegewandtheit ankam, hatten für mich, dem es von Natur aus Frauen gegenüber leicht die Sprache verschlägt, immer einen besonderen Reiz. Als der zeremonielle Teil schließlich vorüber war, setzten wir uns auf den Tisch, baumelten mit den Beinen und beschlossen, enge Freunde zu werden. Ich zeigte ihr mein neuestes Messer, ein tolles, mit Klinge und Horngriff, das ich an einer Schnur um den Hals trug, und sie zeigte mir die Hauptschätze des Schiffs, die in einem streng geheimen, besonderen Schließfach versteckt waren – eine Musikdose mit Glasdeckel, so daß man das Werk sehen konnte, und eine Eisenbahn mit richtigen Schienen und einem richtigen Tunnel und ein gepanzertes Schiff aus Blech, das sich mit einem Magneten manövrieren ließ und in mancher Hinsicht viel praktischer war als das Urbild in Lebensgröße, das uns immer noch auf offener See Beifall spendete.

In dieser Nacht ging es in meiner Kabine hoch her. Wir luden den Kapitän des Kriegsschiffs ein – das waren wir ihm schuldig, fand ich –, und die Prinzessin saß an einem Ende des Tischs und ich am andern, und der Kapitän war äußerst nett und freundlich, erzählte uns Märchen und lud uns beide für nächste Weihnachten ein und versprach, mit uns auf richtigen Ponys jagen zu gehen. Als er sich verabschiedete, gab ich ihm ein paar Goldklumpen und ähnliches und begleitete ihn zu seinem Boot; dann machte ich einen Rundgang auf dem Schiff und wandte mich in verschiedenen wohlgesetzten Reden an die Mannschaft, was sie tief rührte, und lud die Haubitze eigenhändig mit Bleikugeln, bis das Rohr überlief. Als das erledigt war, zog ich mich mit der Prinzessin in die Kabine zurück und verriegelte die Tür. Zuallererst ließen wir die Musikdose spielen, wobei wir uns beim Aufziehen ablösten, dann machten wir auf dem Kajütenkochkasten Sahnebonbons, dann ließen wir lange die Eisenbahn rund ums Zimmer und immer wieder durch den Tunnel fahren, und zu guter Letzt setzten wir das blecherne Panzerschiff in die Badewanne und spielten, die Seifenschale sei der Pirat.

Am nächsten Morgen war die Luft geschwängert von Gewürzduft. Delphine tanzten und spielten um den Bug, und die Südseeinseln lagen gerade vor uns. (Es waren natürlich die *richtigen* Südseeinseln, nicht das kärgliche Pfuschwerk, das sich auf der Landkarte befindet.) Was des weiteren mit der Piratenbrigantine und dem Kriegsschiff geschah, weiß ich gar nicht. Sie hatten zuvor ihren Dienst sehr gut versehen, aber ich hatte keine Verwendung mehr für sie und ließ sie stillschweigend sich in Luft auflösen. Die Inseln boten genug neue Beschäftigungsmöglichkeiten. Es gab nämlich kleine Buchten mit silbrigem Sand, übersät mit Landkrabben; Palmhaine, in denen Affen herumtollten und einander mit Kokosnüssen bewarfen; Höhlen und günstige Plätze für Palisaden; Totenschädel, welche auf vergrabene Schätze hinwiesen, und alles im Überfluß, während Vögel und anderes Getier jeder Farbe und aller Breitengrade angenehm Laut gaben und den Jagdinstinkt weckten.

Die Inseln lagen dicht beieinander, was große Steuerkünste erforderte, als wir uns durch die gewundenen, tückischen Wasserstraßen zwängten. Natürlich konnte ich das Steuer keinem andern überlassen, und es ist deshalb nicht verwunderlich, daß ich eine Zeitlang völlig vergaß, daß wir so etwas wie eine Prinzessin an Bord hatten. Das ist bei Männern eben so, wenn es richtig ernst gilt. Sobald wir jedoch Anker gelassen hatten, fiel sie mir wieder ein, und ich ging nach unten, um sie zu trösten. Wir frühstückten zusammen, und sie durfte eingießen, was sie für alles entschädigte. Nach dem Frühstück befahlen wir, das Kapitänsboot flott zu machen, und ruderten zwischen den Inseln herum. Wir paddelten und erkundeten die Gegend, jagten Bisons und Käfer und Schmetterlinge und fanden, was wir nur wollten. Ich schenkte ihr rosa Muscheln und Schildkröten und große milchige Perlen und kleine grüne Eidechsen, und sie schenkte mir Meerschweinchen und Korallen, aus denen man Jackenknöpfe machen konnte, und zahme Seeotter und ein echtes Piratenpulverhorn. Es war ein ergiebiger Tag, er dauerte lange, und wir waren rechtschaffen müde, als wir mit unserer Jagdbeute und den gesammelten Schätzen endlich ins Kapitänsboot kletterten und zurückruderten zu einem späten Tee.

Am folgenden Tag regte sich mein Gewissen und machte mir Vorwürfe. Nicht dazu war ich ausgefahren. Mit diesem Getändel mit Perlen und Papageien, diesen Al-fresco-Mittagessen mit Yamswurzeln und Bananen ließ sich nicht «Geschichte machen». Ich beschloß, nicht länger herumzutrödeln, sondern spornstreichs die französische Fregatte zu kapern, gemäß meinem ursprünglichen Plan. So lichteten wir frühmorgens die Anker und nahmen mit vollen Segeln Kurs auf San Salvador.

Natürlich hatte ich keine Ahnung, wo San Salvador wirklich lag. Ich weiß es übrigens bis heute nicht. Aber dem Klang nach eignete sich der Name für einen Ort mit Bucht, wo eine französische Fregatte ankerte und gekapert werden mußte; darum segelten wir, wie gesagt, nach San Salvador und erreichten die Bucht gegen Abend um acht Glasen und sahen die Marsstengen der Fregatte über der Landzunge, die sie verbarg. Unverzüglich wurde ein Kriegsrat einberufen.

Ein Kriegsrat ist eine ernste Sache. Wir hatten bis jetzt noch keinen abgehalten, da Seeräuber und ähnliches Gesindel kein so bedachtsames Vorgehen erfordern. In einer Angelegenheit jedoch, der mit Fug fast internationale Bedeutung zukam, schien es geraten, bedächtig und regelgemäß vorzugehen. So versammelten wir uns in meiner Kabine – die Prinzessin und der Bootsmann, ein Junge aus der Gruppe wirklicher Personen, ein Mann von denen aus Büchern und ein Bursche aus dem Niemandsland mit mir als Vorsitzendem.

Der Bootsmann hatte in seiner vergangenen Laufbahn schon an so vielen Kapereien teilgenommen, daß er fast allein das Wort führte und den Kriegsrat darstellte. Es seien Boote einzusetzen, erklärte er. Die Mannschaft des einen Boots werde Befehl erhalten, die Trossen zu durchschneiden, und die Besatzungen der beiden andern Boote würden heimlich an Bord klettern und die schlafenden Franzosen überwältigen, und zwei weitere Bootsmannschaften müßten das Unglücksschiff aus der Bucht schleppen. Damit war ich mit meiner beschränkten Mannschaft eigentlich überfordert, aber ich war bereit, in diesem Fall fünf gerade sein zu lassen, und flugs brachte ich die Zahl meiner Männer auf den gewünschten Tüchtigkeitsgrad.

Die Nacht war ohne Mond und Sterne – dafür hatte ich gesorgt –, als die Boote von unserem Schiff abstießen und auf die Fregatte zuruderten, die vom verhängnisvollen Schicksal ausersehen war, mich in Triumph heimzutragen. Ich war in allerbester Laune, und als ich mein Schiff verließ, schoß mir der verwegene Gedanke durch den Kopf, ich könnte an Bord der Fregatte eine zweite Prinzessin finden – diesmal eine französische; die seien besonders nett, hatte ich gehört.

Aber ich schlug mir die Idee gleich aus dem Kopf, weil ich mich darauf besann, daß alle geschichtlichen Helden stets für ihre unverbrüchliche Treue bekannt gewesen waren.

Der französische Kapitän lag behaglich im Bett, als ich durch sein Kajütenfenster kletterte und ihm ein blankes Entermesser an die Kehle setzte. Er war natürlich überrascht und ganz schön erschrocken, bis ich eine meiner wohlgesetzten Reden vom Stapel ließ und erklärte, daß meine Mannen seine Besatzung schon im Laderaum gefangenhielten und sein Schiff eben aus dem Hafen geschleppt werde und daß, wenn er sich in seine Lage schicke, seine Person und sein Privatbesitz mit dem Respekt behandelt würden, der sich für den Vertreter einer großen Nation gezieme, für welche ich tiefe Bewunderung und Hochachtung empfände, und lauter solche Sachen. Es war eine wunderbare Rede. Der Franzose gab mir sofort auf übliche Weise sein Ehrenwort und bat in einer beeindruckenden und rührenden Rede lediglich darum, ich möge mich für einen Augenblick zurückziehen, damit er in die Hosen schlüpfen könne. Diese Bitte gewährte ich ihm gnädig, und damit endete der Zwischenfall.

Zwei meiner Boote wurden durch das Geschützfeuer der Küstenforts versenkt, und mehrere tapfere Burschen wurden im Nahkampf um die Fregatte von der französischen Besatzung schwer verwundet. Aber dank der vorbildlichen Strategie des Bootsmanns und meinem eigenen unerschrockenen Vorgehen beim Überwältigen des französischen Kapitäns gleich zu Anfang, hatten wir glücklicherweise wenig Verluste zu verzeichnen. Allein um der Prinzessin willen hatte ich mich auf einen verhältnismäßig so leichten Sieg eingelassen. Mir wären ein anständiges Blutbad, Kugelregen und fliegende Späne lieber gewesen. Aber wenn Mädchen in der Nähe sind, ist eine gewisse Rücksicht geboten.

Am Abend gab es, kaum waren wir auf offener See, wieder ein festliches Gelage in meiner Kabine. Der französische Kapitän, der unser Gast war, befand sich in Hochform. Wir schworen uns Freundschaft und luden uns zu gegenseitigen Besuchen zu Hause ein, so daß es mir gar nicht leicht fiel, ihn zum Aufbruch zu mahnen. Aber endlich wurden er und seine Mannschaft in ihre Boote verfrachtet, und nachdem ich ihnen noch ein bißchen Seeräubergold aufgenötigt hatte – diskret natürlich und mit so viel Zartgefühl, daß sie es nicht abweisen konnten –, brachen die harten Männer beinahe in Tränen aus, und wir trennten uns im Bewußtsein beiderseitiger Großherzigkeit und Freundschaft in bestem Einvernehmen.

Der nächste Tag, an dem wir zum größten Teil mit der Verlegung unseres Quartiers in die so ehrenhaft und leicht erworbene Fregatte beschäftigt waren, verlief sehr angenehm, was jedem einleuchten muß, der in der Welt vorangekommen und in ein größeres Haus umgezogen ist. Endlich hatte ich auf beiden Bordseiten eine drohende schwarze Kanone nach der andern statt der lumpigen Messinghaubitze; endlich hatte ich ein getakeltes Schiff mit richtigen Rahen und ein echtes Achterdeck. Da ich nun so hoch aufgestiegen war, wie man es sich von einer einzigen Seefahrt nur erhoffen konnte, war es eigentlich Zeit, heimzukehren, Aufsehen zu erregen und ein bißchen aufzuschneiden. Dumm an diesem Meeresschauplatz war das Fehlen eines rechten Publikums. Natürlich war es hart, auf all die noch unbestandenen Abenteuer dieser südlichen Gewässer zu verzichten. Mit Walfischfang zum Beispiel hatte man sich noch nicht befaßt; die Entdeckerfreuden und Merkwürdigkeiten der Städte im Landesinnern, die kein Weißer je betreten hatte, harrten immer noch meiner, und das Buch der Schiffbrüche und der Rettung aus Seenot war nicht einmal angeblättert worden. Aber ich hatte eine Fregatte und eine Prinzessin erworben, und das war für den Anfang gar nicht übel und mehr als genug, um bei den stumpfen Stubenhockern zu Hause zu prahlen, die wie ein Müllersgaul immer nur im Kreise gingen.

Die Heimreise legten wir in Rekordzeit zurück. Wir brausten daher und überließen alle Abenteuer verächtlich andern Abenteurern, die sich ihre Lorbeeren erst verdienen mußten. Am folgenden Tag kurz nach Mittag gingen wir in Plymouth vor Anker und hörten den betörenden Lärm der Schiffsglocken, das Krachen der Artillerie und die heiseren Hurrarufe der begeisterten Bevölkerung, die sich die Kais herunterwälzte und uns zeigte, daß unser Verdienst einigermaßen gebührend gewürdigt wurde. Der Lord Mayor stand zu unserm Empfang bereit und mit ihm mehrere Flottenadmirale, als wir, die Prinzessin und ich und unsere abgekämpfte, wetterharte, beutebeladene Mannschaft, durch die Gasse der sich puffenden, begeisterten Bewohner von Devonshire schritten. Jedermann machte uns Komplimente für die französische Fregatte und die Piratenbeute und die noch frischen Narben an unsern jungen Gliedern. Am meisten jedoch freute mich, daß alle fanden, die Prinzessin sei eine reizende Person und einzigartig mit dem braunen Haar, die passende Gefährtin für einen Helden und von echtem Prinzessinnengeblüt.

Es hagelte Einladungen, und die Luft war erfüllt vom Duft der Bankette, die von der Stadt gestiftet und in Vorbereitung waren, aber ich lehnte alle Festlichkeiten entschieden ab. Die Vierspänner, die ich gleich nach der Ankunft bestellt hatte, versperrten schon die Hauptstraße; wir hörten die Pferde auf die Kandare beißen und den Kies aufscharren zum Zeichen, daß wir unsere Plätze einnehmen und dorthin fahren sollten, wo die Hauptvorstellung unser wartete, gemessen an welcher das alles nur ein Vorspiel war. Ich wies der Prinzessin in der am schwersten vergoldeten Kutsche ihren Platz zu und setzte mich neben sie, die übrige Besatzung kletterte in andere Kutschen, so gut es eben ging. Peitschen knallten, und als wir im Galopp nach Hause stürmten, zerstreute sich die Menge unter Hurrarufen. Die lauten Schiffsglocken sandten uns den Abschiedsgruß nach …

Ja, das war unmißverständlich die Glocke, die uns wie üblich zum Tee in die Schulstube rief. Es war auch höchste Zeit, merkte ich, als ich aus der Wanne herauspurzelte, die mich allmählich an allen vorstehenden Rippen schmerzhaft drückte. Als ich, noch hungriger als sonst, nach unten ging, vernahm ich, wie sich unsere hageren, ältlichen Besucherinnen an der Haustür verabschiedeten und ihre Stimmen sich auf dem Gartenweg entfernten. Offenbar zogen sie immer noch über die Männer her – ein Mann hatte da nichts zu lachen. Aber was scherte das den Mann! Ihm gehörten die Meere samt ihren Inseln; ihm winkten Fregatten zum Kapern, und Piraten samt ihren Schätzen wurden durch ein, zwei Hiebe mit dem Entermesser sein eigen. Und da waren die Prinzessinnen, die in Hülle und Fülle irgendwo auf ihn warteten – gute Prinzessinnen von echtem Schrot und Korn.

Der friedsame Drache

Fußstapfen im Schnee erwecken unfehlbar Empfindungen, seit Schnee, als weißes Wunder, zum erstenmal in dieser unsrer grauen Welt gefallen ist. In einem Poesieband, dem Geschenk einer Tante an einen der Unsrigen, stand ein Gedicht von einem Mann namens Wordsworth, in dem sie eine wichtige Rolle spielten[61] – erst noch ganzseitig abgebildet –, aber wir hielten weder von dem Gedicht noch von der Empfindung sehr viel. Fußstapfen im Sand, das war anderlei, und Robinson Crusoes Geisteshaltung entsprach uns weit eher als diejenige von Wordsworth. Erregung und Geheimnis, Neugier und Spannung – das waren die einzigen Empfindungen, die Spuren, seien sie nun in Sand oder Schnee, bei uns erwecken konnten.

Wir waren an diesem Wintermorgen früh erwacht und wunderten uns zuerst über die ungewohnte Helligkeit im Zimmer. Als uns schließlich ein Licht aufging und wir sahen, daß eine Schneeballschlacht nicht nur ein Wunschtraum, sondern eine handfeste Gewißheit war, die uns draußen erwartete, gab es einen harten Kampf um die notwendigen Kleidungsstücke, und das Schnüren der Stiefel dünkte uns eine umständliche Erfindung und das Zuknöpfen der Mäntel eine überaus zeitraubende Art, etwas zusammenzuhalten, bei all dem Schnee, den man dabei just vor der Tür verpaßte.

Zum Mittagessen mußte man uns am Kragen nehmen und ins Haus schleppen. Nach dem kurzen Waffenstillstand wurde die Schlacht von neuem aufgenommen, aber nach einer Weile hatten Charlotte und ich ein bißchen genug vom Kampf und den Wurfgeschossen, die einem eisig unter den Kleidern hinunterliefen; wir verließen die zertrampelte Walstatt des Rasens und machten uns auf, die blanke, jungfräuliche Weite der weißen Welt zu erforschen. Nach allen Seiten reichte dieses geheimnisvolle weiße Kleid, unter dem sich unsere vertraute Welt so plötzlich versteckt hatte. Schwache Zeichnungen im Schnee zeigten an, wo ein vereinzelter Vogel gelandet war, sonst aber deutete kaum etwas auf Leben hin, was diese wunderlichen Spuren nur noch rätselhafter erscheinen ließ.

Auf der einen Seite des Gebüschs stießen wir zum erstenmal auf sie und studierten sie, die Hände auf die Knie gestützt, lange. Als erfahrene Trapper, für die wir uns hielten, ärgerte es uns, plötzlich auf ein Tier zu stoßen, das wir nicht sofort benennen konnten.

«Kennst du es nicht?» fragte Charlotte höhnisch. «Ich dachte, du kenntest alle Tiere auf der Welt.»

Damit war mein Ehrgeiz angestachelt, und ich haspelte eine ganze Litanei von Tiernamen aus arktischen wie auch aus tropischen Breiten herunter, aber sehr überzeugend klang es nicht.

«Nein», sagte Charlotte nach kurzem Überlegen, «die passen alle nicht recht. Es muß etwas Echsenartiges sein. Sagtest du Iguanodon? Wäre eine Möglichkeit. Aber das ist nicht britisch, und wir brauchen ein wirklich britisches Tier. *Ich* glaube, es ist ein Drache.»

«Bei weitem nicht groß genug», warf ich ein.

«Ja, alle Drachen sind zuerst einmal klein», sagte Charlotte, «wie alles andere auch. Es ist vielleicht ein kleiner Drache, der sich verirrt hat. Wäre eigentlich nett, einen kleinen Drachen zu haben. Er könnte kratzen und speien, aber einem nicht wirklich etwas tun. Spüren wir ihm nach!»

So machten wir uns auf in die weite schneeumhüllte Welt, Hand in Hand, mit erwartungsvollen Herzen, fest überzeugt, daß ein paar schneeverwehte Spuren der beste Weg seien, ein halb ausgewachsenes Exemplar eines Fabelwesens zu fangen.

Wir verfolgten das Ungeheuer über die Pferdekoppel und entlang der Hecke des nächsten Feldes, dann aber schlug es wie jeder gewöhnliche, gesittete Steuerzahler die Landstraße ein. Hier ging seine Spur im Wirrwarr der Alltagsfußstapfen verloren, aber die Phantasie und eine fixe Idee vermögen viel, und wir waren überzeugt zu wissen, welche Richtung ein Drache seiner Natur gemäß einschlagen müsse. Die Spur kam auch in Abständen immer wieder zum Vorschein – mindestens behauptete es Charlotte, und da es schließlich *ihr* Drache war, überließ ich es ihr, die Fährte zu verfolgen, und zottelte gemächlich mit, denn ich fand es so oder so eine spannende Unternehmung, und etwas würde dabei sicher herausschauen.

Charlotte führte mich über ein weiteres Feld oder zwei, durch ein Gestrüpp und auf eine neue Landstraße, und ich war nachgerade überzeugt, daß es nur ihr verflixter Stolz war, der sie so tun ließ, als sehe sie Drachenspuren, statt wie ein vernünftiger Mensch ihren Irrtum einzugestehen. Da zog sie mich aufgeregt durch die Lücke einer Hecke offenbar privaten Charakters. Die öde weite Welt der Felder und Hecken verschwand, und wir befanden uns in einem gepflegten, abgeschlossenen Garten, der gar nicht zu einem Drachen passen wollte. Einmal drinnen, kannte ich mich sofort aus. Das war der Garten meines Freunds, des Zirkusmannes, wenn ich ihn auch noch nie durch eine gesetzwidrige Lücke, von dieser unbekannten Seite her, betreten hatte. Und hier war schon der Zirkusmann selbst, der Pfeife schmauchend auf den Gartenwegen auf und ab ging. Ich trat auf ihn zu und erkundigte mich höflich, ob er vor kurzem ein Tier gesehen habe.

«Darf ich fragen», sagte er in aller Artigkeit, «nach welcher Art von Tier im besondern ihr Ausschau haltet?»

«Es ist ein echsenartiges Tier», erklärte ich. «Charlotte sagt, es sei ein Drache, aber sie versteht von Tieren nicht sehr viel.»

Der Zirkusmann schaute sich langsam um. «Ich glaube nicht», sagte er, «daß ich hier herum in letzter Zeit einen Drachen gesehen habe. Aber sollte ich auf einen stoßen, weiß ich jetzt, daß er euch gehört, und werde ihn sofort zu euch hinüberschicken lassen.»

«Vielen Dank», sagte Charlotte, «aber machen Sie sich bitte keine Mühe, denn vielleicht ist es ja gar kein Drache. Ich meinte nur, ich hätte seine kleinen Fußstapfen im Schnee gesehen, wir folgten ihnen, und sie schienen gerade hier herein zu führen. Am Ende ist alles ein Irrtum, aber wir danken Ihnen trotzdem.»

«Aber bitte sehr», sagte der Zirkusmann aufgeräumt. «Ich wäre euch nur zu gern behilflich gewesen. Es kann natürlich, wie du sagst, ein Irrtum sein. Aber es wird dunkel, und für den Augenblick scheint er sich verzogen zu haben, was immer er auch sei. Ihr kommt besser zu mir zum Tee. Ich bin ganz allein, da machen wir ein prasselndes Feuer, und ich besitze das größte Tierbuch, das ihr je gesehen habt. Darin sind alle Tiere der Welt und alle farbig, und da wollen wir versuchen, *euer* Tier zu finden.»

Für Tee waren wir jederzeit zu haben, besonders wenn er sich mit Tieren verbinden ließ. Es gab auch Orangen- und Aprikosenkonfitüre, eigens für uns aufgetischt, und nachher schlug man das Tierbuch auf, das, wie der Mann richtig gesagt hatte, alle Tierarten enthielt, die es auf der Welt je gegeben hatte.

Als es sechs Uhr schlug, stieß mich Charlotte als die vernünftigere in die Seite, wir rissen uns mit Mühe von dem Tierland los und trafen Anstalten zum Gehen.

«Wartet, ich begleite euch!» sagte der Zirkusmann. «Ich will noch eine Pfeife rauchen, und ein

Spaziergang tut mir gut. Ihr braucht nicht mit mir reden, wenn ihr nicht wollt.»

Unser Stimmungsbarometer erkletterte gleich wieder die gewohnte Höhe. Der Rückweg hatte uns so lange angemutet, die Welt draußen so dunkel und unheimlich nach dem hellen, warmen Zimmer und dem farbenprächtigen Tierbuch. Aber ein Spaziergang mit einem richtigen Mann – das war an sich schon ein Vergnügen. Munter zogen wir los, der Mann in der Mitte. Ich blickte zu ihm auf und fragte mich, ob auch ich dereinst eine große Pfeife mit solch majestätischer Selbstverständlichkeit rauchen werde. Charlotte aber, deren kindliche Gedanken nicht von Tabak als möglichem Ziel abgelenkt wurden, ließ sich von der andern Seite vernehmen.

«Also», sagte sie, «würden Sie uns bitte eine Geschichte erzählen?»

Der Mann seufzte schwer und blickte sich um. «Hab' ich's doch gewußt!» stöhnte er. «Ich wußte doch, daß ich eine Geschichte erzählen müsse. Ach, warum hab' ich bloß mein friedliches Kaminfeuer verlassen? Nun denn, ich will euch eine Geschichte erzählen. Laßt mich nur eine Minute überlegen!»

Also überlegte er eine Minute, und dann erzählte er folgende Geschichte.

«Vor langer Zeit – es mag vor vielen hundert Jahren gewesen sein – lebte in einer Hütte in der Mitte zwischen diesem Dorf und jener Düne ein Schäfer mit seiner Frau und seinem kleinen Sohn. Der Schäfer verbrachte seine Tage – und zu gewissen Jahreszeiten auch seine Nächte – auf den Hügeln der Downs, und nur die Sonne, die Sterne und die Schafe leisteten ihm Gesellschaft, weit ab vom munteren Alltagstreiben der Männer und Frauen. Sein kleiner Sohn jedoch verbrachte, wenn er nicht gerade dem Vater half und oft selbst dann, einen großen Teil seiner Zeit mit dem Studieren dicker Bücher, die er sich vom wohlwollenden Landadel und von hilfreichen Pfarrherren in der Gegend auslieh. Seine Eltern liebten ihn sehr und waren auch nicht wenig stolz auf ihn, obwohl sie es in seiner Gegenwart nie laut sagten. So ließen sie ihn gewähren, und er konnte nach Herzenslust lesen, und statt ihm von Zeit zu Zeit eine Ohrfeige zu verabreichen, was ihm ja auch hätte passieren können, behandelten ihn die Eltern mehr oder weniger als ebenbürtig, denn sie hielten es mit Recht für eine gute Arbeitsteilung, daß sie die praktischen Kenntnisse lieferten und er die Bücherweisheit. Sie wußten, daß Bücherweisheit in einer Notlage sehr nützlich sein konnte, was immer ihre Nachbarn auch sagen mochten. Der Junge schmökerte vor allem in Naturkundebüchern und Märchen herum und las alles, was ihm in die Hände fiel, kunterbunt durcheinander, ohne wählerisch zu sein, und eigentlich erscheint einem seine Art des Lesens die einzig vernünftige.

Eines Abends kam der Schäfer der schon die letzten Nächte verstört und geistesabwesend und seelisch nicht mehr im Gleichgewicht gewesen war, am ganzen Leibe zitternd nach Hause. Er setzte sich an den Tisch, wo Frau und Kind friedlich beschäftigt waren, sie mit ihrer Näharbeit, er mit den Abenteuern des Riesen ohne Herz im Leibe, und rief in großer Erregung: ‹Mit mir ist es aus, Maria! Nie mehr werde ich hinauf auf die Downs können, um alles in der Welt nicht!›

‹Gehab dich nicht so!› sagte seine Frau, die eine sehr vernünftige Person war. ‹Erzähl uns lieber erst, was dich so durcheinandergebracht hat, dann sollten ich und du und der Sohn hier wohl gemeinsam einen Ausweg finden.›

‹Es begann vor einigen Nächten›, sagte der Schäfer. ‹Du kennst doch die Höhle dort oben – mir war sie nie ganz geheuer und den Schafen auch nicht, und wenn Schafen etwas nicht geheuer ist, haben sie meistens einen Grund. Schon seit einiger Zeit rumorte es in der Höhle – es tönte wie tiefes Seufzen, vermischt mit Grunzen, und manchmal schnarchte es, weit unten – es schnarchte richtig aber es war kein *anständiges* Schnarchen wie nachts von mir und dir, verstehst du?›.

‹O ja›, warf der Knabe ruhig ein.

‹Natürlich bekam ich furchtbare Angst›, fuhr der Schäfer weiter, ‹und doch zog es mich irgendwie dorthin. Also hab' ich mich heute, bevor ich hinunterkam, bei der Höhle umgetan, ganz leise. Und da – o mein Gott! –, da sah ich ihn endlich, so deutlich wie ich dich sehe!›

‹Sah *wen?*› fragte seine Frau, die allmählich die Seelenangst ihres Mannes zu teilen begann.

‹Ja *ihn*, ich sag's dir doch!› antwortete der Schäfer. ‹Er hing halb aus der Höhle heraus und schien die Abendkühle zu genießen, ganz poetisch. Er war so groß wie vier Karrengäule und ganz mit schimmernden Schuppen bedeckt – tiefblaue Schuppen oben, die gegen unten in eine Art sanftes Grün übergingen. Wenn er atmete, flimmerte es um seine Nüstern, gerade wie an einem sengend heißen, windstillen Tag auf unsern Kreidestraßen. Er lag mit dem Kinn auf den Tatzen, und ich hatte fast den Eindruck, er meditiere über das Leben. O ja, es war ein ganz friedfertiges Tier, von Rasen oder Toben nicht die Spur; er tat wirklich nichts Unschickliches. Das alles gebe ich zu. Und doch, was soll ich tun? Schuppen, wißt ihr, und Klauen und bestimmt auch einen Schwanz, obwohl ich sein anderes Ende gar nicht gesehen habe – an derartiges bin ich einfach nicht gewöhnt und mag es nicht, das kann ich euch sagen!›

Der Knabe, der anscheinend während des Vaters Erzählung in sein Buch vertieft gewesen war, klappte es nun zu, gähnte, verschränkte die Hände hinter dem Kopf und sagte schläfrig: ‹Schon gut, Vater. Reg dich nicht auf. Es ist nur ein Drache.›

‹Nur ein Drache?› rief der Vater. ‹Was fällt dir eigentlich ein, dazusitzen, du mit deinen Drachen. *Nur* ein Drache, meiner Seel! Was weißt *du* schon darüber?›

‹Weil es einer ist und weil ich es nun einmal weiß›, antwortete der Knabe ruhig. ‹Schau, Vater, wie du weißt, hat jeder von uns sein Gebiet. Du kennst dich aus bei Schafen und dem Wetter und solchen Dingen, ich kenne mich aus bei Drachen. Du weißt, ich habe immer gesagt, die

Höhle dort oben sei eine Drachenhöhle. Ich habe immer gesagt, daß sie einmal einem Drachen gehört haben müsse und auch jetzt noch einem Drachen gehören sollte, wenn man sich an die Regel hält. Wenn du mir nun sagst, es gebe dort einen Drachen, ist das ganz in Ordnung. Eher würde mich erstaunen, wen du mir sagtest, es gebe keinen Drachen. Regeln bestätigen sich immer wieder, man muß nur Geduld haben. Also bitte, laß mich nur machen! Morgen früh spaziere ich hinauf – nein, am Morgen kann ich nicht, da hab' ich eine Menge vor –, also vielleicht gegen Abend, falls ich ganz frei bin, da gehe ich dann hinauf und rede mit ihm, und du wirst sehen, es kommt alles in Ordnung. Nur treib dich dort bitte nicht herum! Du verstehst sie überhaupt nicht, und sie sind sehr empfindlich, weißt du.›

‹Er hat völlig recht, Vater›, sagte die vernünftige Mutter. ‹Wie er sagt, sind Drachen sein Gebiet und nicht unseres. Es ist wunderbar, wie er sich bei Büchertieren auskennt, darüber sind sich alle einig. Und ehrlich gesagt, mir ist gar nicht wohl bei dem Gedanken, daß das arme Tier ganz allein dort oben liegt, ohne warmes Abendessen und ohne Möglichkeit zu einem Schwatz. Vielleicht können wir etwas für ihn tun, und sollte er nicht ganz anständig sein, so findet das unser Bub schnell heraus. Er hat ein so ansprechendes Wesen, daß ihm alle gleich ihr Herz ausschütten.›

Am folgenden Tag ging der Knabe, nachdem er seinen Tee getrunken hatte, den Kreidepfad zu den Hügeln hinauf, und oben fand er auch schon den Drachen, faul auf dem Gras vor seiner Höhle liegend. Der Blick von diesem Punkt aus war wundervoll. Links und rechts meilenweit die nackten, welligen Downs, im Vordergrund das Tal mit seinen zusammengeduckten Heimwesen, seinen Fäden weißer Straßen, die durch Obstgärten und wohlbestelltes Ackerland zogen, und in der Ferne, kaum zu erkennen, graue alte Städte am Horizont. Ein kühles Lüftchen spielte über die Grasfläche, und über den fernen Wacholderbüschen zeigte sich der silberne Rücken eines großen Monds. Kein Wunder, daß der Drache einen friedlichen, zufriedenen Eindruck machte; ja, als der Knabe näher trat, konnte er das Tier schön regelmäßig schnurren hören. ‹Nun, man lernt nie aus!› sagte er sich. ‹In keinem meiner Bücher ist gestanden, daß Drachen schnurren.›

‹Hallo, Drache!› sagte der Knabe ruhig, als er zu ihm heraufgekommen war.

Als der Drache die nahenden Schritte hörte, wollte er sich höflich aufrappeln. Da er aber sah, daß es ein Junge war, runzelte er die Stirn.

‹Daß du mich ja nicht schlägst›, sagte er, ‹und wirf ja nicht mit Steinen und spritze mir kein Wasser an oder dergleichen! Das lasse ich mir nicht gefallen, daß du's nur weißt!›

‹Ich tu' dir nichts›, sagte der Knabe leicht verärgert und ließ sich neben dem Tier ins Gras fallen. ‹Aber sag um Himmels willen nicht immer ‹ja nicht›; ich muß das so oft hören, und es widert mich an in seiner Eintönigkeit. Ich habe nur bei dir hereinschauen und fragen wollen, wie es dir so geht, aber wenn ich störe, kann ich wieder gehen. Ich habe haufenweise Freunde, und niemand kann von mir behaupten, ich wolle mich aufdrängen, wo ich nicht erwünscht bin.›

‹Nein, nein, geh nicht gleich beleidigt weg!› sagte der Drache schnell. ‹Weißt du, ich bin hier oben den lieben langen Tag glücklich, nie ohne Beschäftigung, mein Lieber, nie ohne Beschäftigung! Und doch, unter uns gesagt, es ist manchmal ein bißchen langweilig.›

Der Knabe riß einen Grashalm ab und kaute ihn. ‹Gedenkst du, länger hierzubleiben?› erkundigte er sich höflich.

‹Schwer zu sagen im Moment›, antwortete der Drache. ‹Der Ort scheint nicht übel, aber ich bin noch nicht lange hier; man muß sich erst umschauen und nachdenken und überlegen, bevor man seßhaft wird. Es ist eine ziemlich ernsthafte Sache mit dem Seßhaftwerden. Übrigens – ich will dir jetzt etwas verraten! Du kämest nie auf den Gedanken – aber weißt du, ich bin ein verflixt unnützer Faulpelz.›

‹Das erstaunt mich›, sagte der Knabe höflich.

‹Es ist leider wahr›, fuhr der Drache fort und schmiegte sich zwischen die Tatzen, sichtlich erfreut, endlich einen Zuhörer zu haben, ‹und wahrscheinlich bin ich überhaupt deswegen hierhergekommen. Weißt du, all die andern waren so rührig und eifrig und so... ständig tobten sie herum, scharmützelten und kämpften, streiften durch öden Wüstensand, gingen den Meeresstrand entlang, und überall waren sie hinter Rittern her und verschlangen Jungfräulein und dergleichen, wogegen ich gerne meine geregelten Mahlzeiten hatte, mich dann an einen Felsen lehnte, ein Nickerchen machte, aufwachte und über den Lauf der Welt nachdachte, wie das immer so weiter geht, verstehst du? Als es dann passierte, hat es mich richtig erwischt.›

‹Als *was* passierte, bitte?› fragte der Knabe.

‹Das weiß ich eben nicht genau›, sagte der Drache. ‹Ich nehme an, die Erde muß geniest oder sich geschüttelt haben, oder bei irgend etwas fiel der Boden heraus. Wie dem auch sei, es bebte und dröhnte und krachte allerenden, und ich fand mich meilentief unter der Erde ganz eng eingeklemmt. Nun, meine Bedürfnisse sind gottlob bescheiden, wenigstens hatte ich meine Ruhe, wurde nicht ständig aufgefordert, mitzugehen und etwas zu unternehmen. Und ich habe einen so regen Geist – der regt sich immer, das kann ich dir sagen! Aber mit der Zeit war das Leben gewissermaßen doch ein bißchen eintönig, und schließlich dachte ich mir, es wäre fein, wenn ich mich nach oben durcharbeiten und sehen könnte, was ihr andern so treibt. Deshalb kratzte und bohrte ich und versuchte bald hier, bald dort einen Weg zu scharren, bis ich schließlich bei dieser Höhle herauskam. Und die Gegend gefällt mir, auch die Aussicht und die Leute – was ich von ihnen gesehen habe –, und eigentlich wäre ich nicht abgeneigt, mich hier niederzulassen.›

‹Womit beschäftigt sich denn dein Geist?› fragte der Knabe. ‹Das würde mich interessieren.›

Der Drache errötete kaum merkbar und

schlug die Augen nieder. Schließlich sagte er verschämt: ‹Hast du schon einmal . . . nur so zum Spaß . . . versucht zu dichten . . . Verse, weißt du?›

‹Aber natürlich›, sagte der Knabe, ‹haufenweise sogar. Und einiges ist auch ganz gut, das sagt mir mein Gefühl, nur hat hier niemand Sinn dafür. Meine Mutter ist nett und anständig, wenn ich es ihr vorlese, Vater übrigens auch. Aber irgendwie können sie doch nicht . . .›

‹Eben›, rief der Drache›, genau wie bei mir. Sie können eben doch nicht – und darüber läßt sich mit ihnen nicht streiten. Aber du bist gebildet, wirklich, das merkte ich gleich, und so hätte ich gerne offen deine Meinung über ein paar Sächelchen, die mir leicht aus der Feder flossen, als ich dort unten war. Ich bin schrecklich froh, daß ich dich kennengelernt habe, und hoffe, die andern Nachbarn seien ebenso angenehm. Gestern abend war ein überaus netter alter Herr hier oben, aber er schien sich nicht aufdrängen zu wollen.›

‹Das war mein Vater›, sagte der Knabe, ‹und er ist wirklich ein netter alter Herr; ich kann dich ihm, wenn du willst, einmal vorstellen.›

‹Könnt ihr beide nicht morgen zum Essen oder so heraufkommen?› fragte der Drache ganz begeistert. ‹Natürlich nur, wenn ihr nichts Besseres vorhabt›, fügte er höflich hinzu.

‹Vielen Dank›, sagte der Knabe, ‹aber ohne meine Mutter gehen wir nirgends hin, und ehrlich gesagt, glaube ich, daß sie keinen großen Gefallen an dir findet. Weißt du, es läßt sich nun einmal nicht leugnen, daß du ein Drache bist. Und wenn du davon sprichst, dich hier niederzulassen und von Nachbarn und so, kommt es mir vor, als seist du dir über deine Stellung nicht ganz im klaren. Du bist schließlich ein Feind des Menschengeschlechts.›

‹Ich habe keinen einzigen Feind auf der Welt›, sagte der Drache vergnügt. ‹Wär' schon viel zu faul, mir welche zu machen. Und *wenn* ich andern Leuten meine Gedichte schon vorlese, so bin ich doch stets auch bereit, mir die ihrigen anzuhören.›

‹Ach Gott!› rief der Knabe, ‹wenn du nur versuchen wolltest, die Lage zu begreifen. Wenn die andern Leute dich entdecken, sind sie mit Speeren und Schwertern und Gott weiß was hinter dir her. Ihrer Auffassung nach gehörst du ausgerottet. Du bist eine Landplage und ein Schädling und ein verfluchtes Ungeheuer!›

‹Daran ist kein wahres Wort›, sagte der Drache und wiegte bedenklich den Kopf hin und her. ‹Ich habe einen tadellosen Leumund. Jetzt aber zu dem kleinen Sonett, an dem ich gerade arbeitete, als du erschienst ...›

‹Ach, wenn du keine Vernunft annehmen willst›, rief der Knabe und stand auf, ‹gehe ich jetzt nach Hause. Nein, ich habe jetzt keine Zeit für Sonette, meine Mutter wartet auf mich. Ich komme morgen vorbei, und versuch doch um Himmels willen einzusehen, daß du eine Gottesgeißel bist, sonst wird's dir übel ergehen. Gute Nacht!›

Es fiel dem Knaben nicht schwer, seine Eltern hinsichtlich seines neuen Freundes zu beruhigen. Schon immer hatten sie dieses Gebiet ihm überlassen und fügten sich seinem Wort ohne Widerrede. Der Schäfer wurde offiziell vorgestellt, und viele Artigkeiten und freundliche Worte wurden gewechselt. Seine Frau jedoch konnte nicht zu einer formellen Anerkennung gebracht werden, wenn sie sich auch bereit erklärte, nach besten Kräften für ihn zu sorgen: Sachen zu flicken, in der Höhle nach dem Rechten zu sehen oder eine Kleinigkeit zu kochen, wenn der Drache über Sonetten brütete und seine Mahlzeiten vergaß, wie das bei männlichen Wesen so geht. Der Umstand, daß er ein Drache war und ‹man nicht wisse, wer er sei›, blieb bei ihr ausschlaggebend. Sie hatte aber nichts dagegen, wenn ihr kleiner Sohn seine Abende gemütlich beim Drachen verbrachte, solange er vor neun Uhr nach Hause käme, und so saßen sie manch lauen Abend auf dem Gras, und der Drache erzählte Geschichten aus längst vergangenen Zeiten, als es von Drachen noch wimmelte und die Welt noch bunter und das Leben voller Spannung, Sprünge und Überraschungen war.

Was der Knabe jedoch befürchtet hatte, ereignete sich nur zu bald. Auch der bescheidenste und unauffälligste Drache der Welt kann sich der Öffentlichkeit nicht gänzlich entziehen, wenn er so groß wie vier Karrengäule und mit blauen Schuppen bedeckt ist. Und so lieferte der Umstand, daß ein richtiger, lebendiger Drache in der Höhle auf den Downs hauste, in der Dorfschenke abends den beliebtesten Gesprächsstoff. Die Dorfbewohner hatten zwar furchtbar Angst, waren aber gleichzeitig auch stolz. Nicht jeder konnte sich eines eigenen Drachens rühmen, und man empfand es durchaus als Ehre für das Dorf. Doch war man sich einig, daß so etwas nicht länger geduldet werden dürfe. Das fürchterliche Tier müsse vernichtet, die Gegend von dieser Landplage, diesem Schrecken, dieser verheerenden Gottesgeißel befreit werden. Daß kein einziger Hühnerstall durch die Ankunft des Drachen Schaden erlitten hatte, spielte dabei keine Rolle. Er war ein Drache und konnte es nicht leugnen, und wenn er sich nicht wie einer benahm, war das seine Sache. Aber trotz viel kühner Worte fand sich kein Held, der willens gewesen wäre, Schwert und Lanze zu ergreifen, um das schwergeprüfte Dorf zu befreien und sich unsterblichen Ruhm zu gewinnen; bei all den hitzigen Diskussionen am Wirtshaustisch kam rein gar nichts heraus. Unterdessen räkelte sich der Drache, ein glücklicher Bohemien, auf dem Gras, genoß Sonnenuntergänge, erzählte dem Knaben vorsintflutliche Anekdoten und feilte an seinen alten Versen, während er über neue nachsann.

Eines Tages, als der Knabe ins Dorf kam, fand er alles festlich geschmückt, ohne daß das durch den Kalender gerechtfertigt gewesen wäre. Teppiche und bunte Tücher hingen aus den Fenstern, die Kirchenglocken läuteten, die Gassen waren blumenbestreut, und zu beiden Seiten drängte sich die Bevölkerung. Die Leute schwatzten, pufften sich und forderten einander auf zurückzutreten. Der Knabe entdeckte in der Menge einen gleichaltrigen Freund und grüßte ihn.

‹Was ist los?› rief er. ‹Sind es Schauspieler oder Bären oder ein Zirkus oder was?›

‹Nur Geduld›, sagte sein Freund, ‹er kommt›.

‹Wer kommt?› fragte der Knabe und warf sich ins Gedränge.

‹Ja, der heilige Georg natürlich›, antwortete sein Freund. ‹Er hat von unserm Drachen gehört, und jetzt kommt er eigens hierher, um das Ungeheuer zu erschlagen und uns von diesem fürchterlichen Joch zu befreien. Mein Gott! Das gibt einen tollen Kampf!›

Eine erstaunliche Neuigkeit! Der Knabe fühlte sich verpflichtet, alles mit eigenen Augen zu sehen, und schlängelte sich zwischen den Beinen gutwilliger Älterer durch, nicht ohne sie dabei für ihr rüpelhaftes Drängen zu tadeln. Als er sich bis zuvorderst durchgekämpft hatte, wartete er atemlos auf die Ankunft.

Bald ertönten vom andern Ende der Reihe Hurrarufe. Als nächstes ließ das gemessene Stampfen eines Schlachtrosses sein Herz höher schlagen, und schon stimmte er in den allgemeinen Jubel ein, als unter Willkommensrufen und den lauten Stimmen der Frauen, die ihre Kinder emporhoben und Taschentücher schwenkten, der heilige Georg langsam die Straße heraufritt. Dem Knaben stand das Herz still, und er schluchzte, so weit übertrafen die Schönheit und die Anmut des Heiligen alles, was er bis dahin gesehen hatte. Sein gerillter Panzer war mit Gold eingelegt, sein Helm mit Federbusch hing am Sattelknopf, und sein dichtes blondes Haar umrahmte ein unbeschreiblich anmutiges und sanftes Gesicht, bis man der Strenge seines Blicks gewahr wurde. Er hielt vor dem kleinen Gasthof an, die Dorfbewohner drängten sich heran und überschütteten ihn mit Willkommensgrüßen, Dankesbezeigungen und wortreichen Klagen über das ihnen zugefügte Unrecht, ihre Sorgen und ihre Bedrängnis. Der Knabe hörte die ernste, beschwichtigende Stimme des Heiligen, der sie versicherte, daß ihre Not nun ein Ende habe, daß er ihnen beistehen, zu ihrem Recht verhelfen und sie von ihrem Feind befreien werde; dann stieg er ab, schritt durch den Torbogen, und die Menge drängte ihm nach. Der Knabe aber machte sich auf zum Hügel, so schnell ihn seine Beine tragen konnten.

‹Es ist alles aus, Drache!› rief er, sobald der Drache in Sichtweite war. ‹Er kommt! Er ist schon da! Du mußt dich aufraffen und endlich etwas *tun*!›

Der Drache war gerade dabei, seine Schuppen zu lecken und sie mit einem Poliertuch, das ihm die Mutter des Knaben geliehen hatte, abzureiben, bis sie glänzten wie große Türkise.

‹Sei nicht so hitzig, Bub!› sagte er, ohne aufzublicken. ‹Setz dich und verschnaufe und vergiß nicht, daß das Subjekt das Verb regiert, und dann wirst du vielleicht die Güte haben, mir zu sagen, *wer* kommt.›

‹Schon gut, immer mit der Ruhe›, sagte der Knabe. ‹Ich hoffe nur, du bewahrst sie auch, wenn ich mit meiner Nachricht zu Ende bin. Es ist nur der heilige Georg, der kommt, das ist alles; vor einer halben Stunde ist er im Dorf eingeritten. Natürlich kannst du es mit ihm aufnehmen – ein großer, dicker Geselle wie du einer bist! Ich fand nur, ich müsse dich warnen, denn er kommt sicher bald, und eine längere, fürchterlichere Lanze als die seine hast du deiner Lebtage nie gesehen.› Und der Knabe stand auf und begann vor lauter Vorfreude auf den zu erwartenden Kampf herumzuhüpfen.

‹Herrjemine, herrjemine›, stöhnte der Drache, ‹das ist wirklich schlimm. Ich werde ihn einfach nicht empfangen, und damit basta. Ich will mit dem Burschen überhaupt nichts zu tun haben. Er ist sicher unsympathisch. Richte ihm bitte aus, er solle sich auf der Stelle entfernen. Meinetwegen kann er schreiben, wenn er will, aber eine Audienz kann ich ihm nicht gewähren. Ich empfange gegenwärtig nicht.›

‹Aber Drache, Drache›, flehte der Knabe, ‹sei nicht so verbohrt und querköpfig! Du weißt doch, daß du früher oder später mit ihm kämpfen *mußt,* weil er der heilige Georg ist und du der Drache. Besser, du bringst es hinter dich, und dann können wir mit den Sonetten fortfahren. Und du solltest auch ein wenig auf andere Leute Rücksicht nehmen. Wenn es für dich hier oben langweilig gewesen ist, dann stell dir vor, wie langweilig es für mich war!›

‹Mein Lieber›, sagte der Drache ernst, ‹du mußt ein für allemal begreifen, daß ich nicht kämpfen kann und nicht kämpfen will. Ich habe meiner Lebtage nie gekämpft und habe nicht vor, jetzt damit anzufangen, nur um dir einen römischen Festtag zu verschaffen.[62] In alten Zeiten überließ ich das Kämpfen stets den andern Burschen – den Eiferern –, und dem verdanke ich zweifellos das Vergnügen meines Hierseins.›

‹Aber wenn du nicht kämpfst, schlägt er dir den Kopf ab›, brachte der Knabe hervor, dem es bei der Aussicht, beides, den Kampf wie den Freund, zu verlieren, wind und weh wurde.

‹Ach, das glaube ich nicht›, sagte der Drache in seiner gewohnt faulen Art. ‹Du wirst die Sache schon deichseln können. Ich baue auf dich, bist ja so geschickt. Lauf nur hinunter, sei so lieb, und bringe die Sache in Ordnung. Ich überlasse es völlig dir.›

In einem Zustand großer Niedergeschlagenheit machte sich der Knabe auf ins Dorf. Erstens würde es keinen Kampf geben, zweitens hatte sich sein geliebter und verehrter Freund, der Drache, nicht als der Held erwiesen, den er sich gewünscht hätte, und schließlich würde der heilige Georg dem Drachen, ob der nun heldisch dachte oder nicht, unweigerlich den Kopf abschlagen. ‹Die Sache deichseln, meiner Treu!› sagte er erbittert. ‹Der Drache betrachtet die ganze Angelegenheit, als handle es sich um eine Einladung zu Tee und Krocketspiel›.

Die Dorfbewohner waren auf dem Heimweg, als er die Straße hinauf ging; sie waren alle bester Laune und in angeregtem Gespräch über den spannenden Kampf, der bevorstand. Der Knabe ließ sich nicht aufhalten, ging zum Gasthof und geradewegs in die Herrenstube, wo der heilige Georg allein saß und über die Kampfaussichten und über die traurigen Berichte von Raub und

Unrecht nachsann, die eben an seine mitleidigen Ohren gedrungen waren.

‹Ist es gestattet, heiliger Georg?› fragte der Knabe höflich und blieb an der Tür stehen. ‹Ich möchte mit Euch über die leidige Sache mit dem Drachen sprechen, wenn Ihr ihrer nicht schon überdrüssig seid.›

‹Komm nur herein, Bub!› sagte der heilige Georg. ‹Eine weitere Geschichte von Leid und Unrecht, fürchte ich. Hast du etwa durch den Tyrannen einen sorgenden Vater, eine gütige Mutter verloren? Oder eine zärtliche Schwester oder guten Bruder? Nun, es soll bald gerächt werden!›

‹Nichts dergleichen›, sagte der Knabe. ‹Es handelt sich da um ein Mißverständnis, und das möchte ich in Ordnung bringen. Er ist nämlich ein *guter* Drache.›

‹Eben›, sagte der heilige Georg und lächelte freundlich, ‹ich verstehe schon. Ein guter Drache. Glaub mir, ich bedaure keineswegs, es mit einem Drachen zu tun zu haben, der meines Schwertes würdig ist, und nicht mit einem schwächlichen Exemplar seiner schädlichen Rasse.›

‹Aber von einer schädlichen Rasse kann hier nicht die Rede sein›, rief der Knabe verzweifelt. ‹Ach, du meine Güte, wie dumm sind doch die Menschen mit ihren vorgefaßten Meinungen! Ich sage Euch, er ist ein *guter* Drache und ein Freund, der mir Geschichten erzählt, wie man sie schöner nie gehört hat, lauter Geschichten über die Welt von früher, als er klein war. Und zu Mutter war er auch so nett, sie würde alles für ihn tun. Vater mag ihn ebenfalls, wenn er auch für Kunst und Poesie nicht viel übrig hat und immer einnickt, wenn der Drache anfängt, von ‹Stil› zu reden. Man muß ihn einfach gern haben, wenn man ihn näher kennt. Er ist so einnehmend und zutraulich und arglos wie ein Kind.›

‹Setz dich und rück deinen Stuhl näher!›, sagte der heilige Georg. ‹Mir gefällt ein Bursche, der zu seinen Freunden hält; der Drache hat sicher seine guten Seiten, wenn er einen Freund besitzt wie dich. Aber darum geht es hier nicht. Den ganzen Abend habe ich nun, mit Kummer und unsäglicher Betrübnis, Erzählungen von Mord, Diebstahl und Unrecht gehört, etwas übertrieben vielleicht, nicht immer ganz überzeugend, aber im großen ganzen ergibt es das Bild einer höchst bedenklichen Liste von Verbrechen. Die Geschichte lehrt uns, daß die größten Schurken oft alle häuslichen Tugenden besitzen, und ich fürchte, daß dein kultivierter Freund, trotz der Eigenschaften, mit denen er (und das zu Recht) deine Achtung gewonnen hat, schleunigst unschädlich gemacht werden muß.›

‹Ach, Ihr seid auf all die Ammenmärchen hereingefallen, die man Euch aufgetischt hat›, sagte der Knabe ungehalten. ‹Unsere Dorfbewohner sind doch die größten Geschichtenerzähler weit und breit. Das ist altbekannt. Ihr seid fremd hierzulande, sonst hättet ihr davon gehört. Ihnen kommt es bloß auf einen Kampf an. Wenn die nur einen Kampf veranstalten können – das ist ihre größte Wonne. Ob Hunde, Stiere oder Drachen – wenn nur gekämpft wird. Gerade jetzt halten sie einen armen, unschuldigen Dachs im Stall hier unten gefangen. Sie wollten sich heute mit ihm einen Spaß machen, aber nun sparen sie ihn auf, bis *Eure* kleine Sache vorbei ist. Ganz sicher sagten sie Euch, was für ein Held Ihr seid, wie Ihr gar nicht anders als gewinnen könnt, wenn es um Recht und Ordnung gehe, und dergleichen. Aber daß Ihr's nur wißt, als ich vorhin die Straße herunterkam, wetteten sie ganz unverblümt sechs zu vier für den Drachen!›

‹Sechs zu vier für den Drachen›, murmelte der heilige Georg traurig und stützte den Kopf auf die Hand. ‹Die Welt ist böse, und manchmal will mir scheinen, als stecke die Bosheit nicht allein in den Drachen. Und doch – könnte dieses listige Tier dich nicht über seinen wahren Charakter getäuscht haben, damit deine gute Meinung von ihm seine Übeltaten bemäntele? Ja, könnte nicht just in diesem Augenblick eine unglückselige Prinzessin dort in der düstern Höhle schmachten?›

Kaum hatte er gesprochen, taten dem heiligen Georg seine Worte leid, so ehrlich bekümmert schaute der Knabe drein.

‹Ich versichere Euch, heiliger Georg›, sagte er ernst, ‹von etwas Derartigem kann in der Höhle überhaupt nicht die Rede sein. Der Drache ist ein richtiger Gentleman, jeder Zoll an ihm, und ich darf wohl sagen, daß keiner mehr entrüstet und verletzt wäre als er, wenn er Euch so ... so lose über Dinge reden hörte, über die er sehr strenge Ansichten hat.›

‹Nun, ich war vielleicht zu leichtgläubig›, sagte der heilige Georg. ‹Vielleicht tat ich dem Tier Unrecht. Aber was machen wir jetzt? Hier sind der Drache und ich, beinahe von Angesicht zu Angesicht, und von jedem nimmt man an, daß er nach dem Blut des andern dürste. Ich sehe da einfach keinen Ausweg. Was schlägst du vor? Könntest du nicht etwas deichseln?›

‹Genau das sagte der Drache auch›, antwortete der Knabe leicht gereizt. ‹Eigentlich unerhört, wie ihr alles mir überlaßt – ich meine, könnte man Euch nicht dazu bringen, in aller Stille wegzugehen?›

‹Ausgeschlossen, befürchte ich›, sagte der Heilige. ‹Ganz gegen die Regeln. Das weißt du so gut wie ich.›

‹Ja, dann hört einmal›, sagte der Knabe, ‹es ist noch früh, könnten wir nicht gemeinsam zum Drachen hinaufspazieren und es mit ihm besprechen? Es ist nicht weit, und jeder Freund von mir ist dort willkommen.›

‹Nun, das ist nicht gerade üblich›, sagte der heilige Georg und erhob sich, ‹aber es scheint wirklich das Vernünftigste, was wir tun können. Du läßt dich deine Freundschaft etwas kosten›, fügte er gutmütig hinzu, als sie zusammen zur Tür hinausgingen. ‹Aber Kopf hoch! Vielleicht kommen wir am Ende um den Kampf herum.›

‹Oh, aber ich wünsche mir doch einen›, erwiderte der kleine Bursche mit klopfendem Herzen.

‹Ich bringe dir Besuch, Drache›, sagte der Knabe ziemlich laut.

Der Drache fuhr erschrocken aus dem Schlaf. ‹Ich war eben am Philosophieren›, sagte er in seiner schlichten Art. ‹Sehr erfreut, Ihre Bekanntschaft zu machen, mein Herr. Herrliches Wetter heute, nicht wahr?›

‹Das ist der heilige Georg›, sagte der Knabe knapp. ‹Sankt Georg, darf ich Euch den Drachen vorstellen? Wir sind heraufgekommen, um die Lage in aller Ruhe zu besprechen, Drache, und nun lassen wir doch um Gottes willen Vernunft walten, damit wir zu einer tragbaren Regelung gelangen, denn ich habe genug von Lebensauffassungen und Weltanschauungen und persönlichen Standpunkten und lauter solchen Dingen. Vielleicht darf ich noch anfügen, daß meine Mutter sich nicht schlafen legen wird und auf mich wartet.›

‹Es freut mich sehr, Euch kennenzulernen, Sankt Georg›, begann der Drache leicht nervös, ‹denn soviel ich weiß, seid Ihr ein weitgereister Mann, und ich war immer eher ein Stubenhokker. Aber ich kann Euch viele Altertümer, viele Merkwürdigkeiten in der Umgebung zeigen, wenn Ihr eine Zeitlang hier weilt...›

‹Ich glaube›, sagte der heilige Georg in seiner offenen, liebenswürdigen Art, ‹wir hören besser auf unsern jungen Freund hier und versuchen, in dieser unsrer Angelegenheit ganz sachlich zu einer Vereinbarung zu kommen. Meint Ihr nicht, das Einfachste wäre, es auszufechten, wie es die Regeln verlangen, und dann sehen, wer gewinnt?

Ich kann Euch verraten, daß man im Dorf auf Euch setzt, aber das schert mich nicht.›

‹Ach bitte ja, Drache›, rief der Knabe begeistert. ‹Das erspart uns so viel Umtriebe!›

‹Misch dich nicht ein, junger Freund!› sagte der Drache streng. ‹Glaubt mir, Sankt Georg›, fuhr er fort, ‹niemandem auf der Welt täte ich lieber einen Gefallen als Euch und diesem jungen Herrn hier. Aber das Ganze ist barer Unsinn, Schablonendenken, der altbekannte Starrsinn. Es besteht nicht der geringste Grund für einen Zweikampf. Und überhaupt, ich will nicht, und damit erledigt sich die Sache.›

‹Angenommen aber, ich zwinge Euch?› fragte der heilige Georg fast grimmig.

‹Das könnt Ihr nicht›, trumpfte der Drache auf. ‹Dann ginge ich einfach in meine Höhle und verschwände eine Zeitlang im Loch, durch das ich heraufgekommen bin. Ihr hättet es bald satt, draußen zu sitzen und zu warten, bis ich heraufstiege und kämpfte. Und sobald Ihr wirklich weggegangen wäret, käme ich fröhlich hervor, denn ich sage Euch ganz ehrlich, diese Gegend gefällt mir, und ich bleibe.›

Der heilige Georg ließ seinen Blick eine Weile über die liebliche Landschaft schweifen. ‹Aber das wäre ein herrlicher Ort für einen Zweikampf›, begann er wieder beschwörend. ‹Diese großartigen nackten, welligen Downs als Arena – wie ich mich da in meiner goldenen Rüstung von Euern großen blaugeschuppten Windungen abheben würde! Denkt doch nur, was für ein Bild!›

‹Nun wollt Ihr mich bei meinem Kunstsinn packen›, sagte der Drache. ‹Aber das gilt nicht. Wenn es auch, wie Ihr sagt, ein sehr hübsches Bild abgäbe›, fügte er ein bißchen schwankend hinzu.

‹Wir scheinen der Sache näherzukommen›, warf der Knabe ein. ‹Du mußt einsehen, Drache, daß irgendein Zweikampf nicht zu umgehen ist. Schließlich willst du nicht wieder in das schmutzige, alte Loch hinunter und Gott weiß wie lange dort bleiben müssen.›

‹Es ließe sich machen›, sagte der heilige Georg nachdenklich. ‹Ich *muß* Euch natürlich irgendwo stechen, aber ich brauche Euch nicht sehr weh zu tun. An Euch ist ja so viel dran, daß sich sicher irgendwo ein paar Blindflecken finden. Hier zum Beispiel, gerade hinter Euerm Vorderbein. Das würdet Ihr kaum spüren, gerade hier!›

‹Ihr kitzelt mich, Georg›, sagte der Drache verschämt. ‹Nein, das ist keine günstige Stelle. Auch wenn es nicht weh tun sollte – was aber nicht zu vermeiden wäre –, es brächte mich zum Lachen, und damit wäre alles verdorben.›

‹Dann versuchen wir's eben anderswo›, sagte der Heilige Georg geduldig. ‹Unterhalb des Halses zum Beispiel – in diesen dicken Hautfalten –, wenn ich dich hier stechen dürfte, würdest du überhaupt nichts spüren.›

‹Schon gut, aber seid Ihr sicher, gleich die richtige Stelle zu treffen?› fragte der Drache ängstlich.

‹Aber gewiß›, sagte der heilige Georg zuversichtlich. ‹Überlaßt das ruhig mir!›

‹Gerade weil ich es Euch überlassen muß, frage ich›, erwiderte der Drache gereizt. ‹Sicherlich würdet Ihr jeden Fehler, der Euch in der Eile des Augenblicks unterliefe, bereuen, aber nicht halb so tief wie ich. Nun, lassen wir das; man muß Vertrauen haben, wenn man durchs Leben kommen will, und im großen ganzen scheint dein Plan so tauglich wie irgendeiner.›

‹Aber Drache›, fiel ihm der Knabe ins Wort, der es nicht verwinden konnte, daß sein Freund bei diesem Handel den kürzeren zog, ‹mir ist nicht ganz klar, wie *du* zu deiner Sache kommst. Es soll also ein Kampf stattfinden, und du sollst Hiebe kriegen, und da möchte ich wissen, was *du* dir davon versprichst?›

‹Georg›, sagte der Drache, ‹sagt Ihr ihm bitte, wie es weitergeht, wenn ich im tödlichen Zweikampf besiegt worden bin!›

‹Also den Regeln gemäß werde ich Euch wohl im Triumph zum Marktplatz, oder was die so haben, hinunterführen›, sagte der heilige Georg.

‹Eben›, sagte der Drache, ‹und dann ...›

‹Und dann gibt es Hurrarufe und Reden und ähnliches›, fuhr der Heilige fort. ‹Und ich werde erklären, Ihr seid bekehrt und bereutet Euren bisherigen Lebenswandel und so weiter.›

‹Genau›, sagte der Drache, ‹und dann ...?›

‹Ach, und dann ...›, sagte der heilige Georg, ‹ja, dann gibt es wohl das übliche Bankett, nehme ich an.›

‹Siehst du›, sagte der Drache, ‹und da komme *ich* dann zu meiner Sache. Schau,› wandte er sich an den Knaben, ‹ich langweile mich hier oben zu

Tode, und niemand schätzt mich wirklich. Ich werde in Gesellschaft gehen, o ja, unser lieber Freund hier, der sich meinetwegen so viel Mühe macht, wird mich einführen, und du wirst sehen, daß ich alle Eigenschaften besitze, um mich bei Leuten, die Gesellschaften geben, beliebt zu machen. Und jetzt, wo alles festgelegt ist – ich bin ein altmodischer Geselle –, will euch nicht hinauswerfen, aber...›

‹Denkt daran, daß Ihr auch das Eurige zu einem richtigen Kampf beisteuern müßt, Drache!› sagte der heilige Georg, als er den Wink verstand und sich erhob. ‹Ich meine Toben und Feuerspeien und so weiter.›

‹Am Toben soll's nicht fehlen›, erwiderte der Drache. ‹Beim Feuerspeien aber ist es erstaunlich, wie leicht man da aus der Übung kommt, doch ich werde mein möglichstes tun. Gute Nacht!›

Sie waren schon unten am Hügel und fast im Dorf, als der heilige Georg plötzlich stehenblieb. ‹Wußte ich doch, daß ich etwas vergessen habe›, sagte er. ‹Eine Prinzessin sollte her! In Todesangst und an einen Felsen gekettet, das ganze Drum und Dran. Bub, kannst du nicht eine Prinzessin beschaffen?›

Der Knabe hatte den Mund eben zu einem großen Gähnen aufgesperrt. ‹Ich bin todmüde›, klagte er, ‹und kann unmöglich zu dieser nachtschlafenden Zeit eine Prinzessin oder was auch immer beschaffen. Und meine Mutter wartet auf mich. Hört nun endlich auf mit Euern Aufträgen bis morgen›.

Am folgenden Tag strömten die Leute schon zu früher Stunde zu den hügeligen Downs hinauf. Sie waren im Sonntagsstaat und trugen Körbe, aus denen Flaschenhälse herausragten, und jedermann war darauf bedacht, sich einen guten Platz für den Zweikampf zu sichern. Das war nicht so einfach, denn ein Sieg des Drachens war ja nicht auszuschließen, und in dem Fall konnten nicht einmal diejenigen, die auf ihn gesetzt hatten, damit rechnen, daß er seine Anhänger anders behandeln werde als die übrigen. Deshalb wählte man sich den Platz mit Bedacht und im Hinblick auf gute Fluchtmöglichkeiten für den Notfall. Die vorderste Reihe war hauptsächlich von Jungen besetzt, die der elterlichen Aufsicht entschlüpft waren und sich nun auf dem Gras breitmachten und herumtollten, ohne auf die schrillen Drohungen und Warnrufe der besorgten Mütter im Hintergrund zu achten.

Der Knabe hatte sich einen günstigen Platz in der vordersten Reihe nahe bei der Höhle gesichert und verspürte Lampenfieber wie ein Regisseur vor der Premiere. War auf den Drachen Verlaß? Er konnte sich umbesinnen und die Aufführung für dummes Zeug erklären, oder vielleicht hatte er bei der so kurzfristig, ohne eine einzige Probe anberaumten Sache zu große Angst, um aufzutreten. Der Knabe blickte angestrengt zur Höhle, aber dort rührte und regte sich nichts. Hatte sich der Drache am Ende aus dem Staube gemacht?

Die höher gelegenen Ränge waren nun schwarz von Schaulustigen, und schon verkündeten Hurrarufe und geschwenkte Taschentücher, daß von dort aus etwas zu sehen sei, das dem Knaben, da er am nächsten bei der Drachenhöhle saß, noch verborgen blieb. Nach einer Minute erschien der rote Federbusch des Heiligen über dem Hügel, als er gemessen durch die Ebene auf den grimmigen Höhlenschlund zuritt. Er sah prächtig und sehr ritterlich aus auf seinem hohen Kriegsroß; sein goldener Panzer glänzte in der Sonne, die lange Lanze ragte hoch empor, und der weiße Wimpel mit dem roten Kreuz flatterte an ihrer Spitze. Er hielt an und verharrte regungslos. Die Zuschauerreihen wichen ein bißchen zurück, und selbst die Jungen vorne hörten auf, sich in den Haaren zu liegen und zu puffen, und beugten sich gespannt vor.

‹Wird's bald, Drache?› murmelte der Knabe und rutschte auf seinem Platz ungeduldig hin und her. Zur Unruhe bestand aber kein Grund. Die dramatischen Möglichkeiten der Veranstaltung hatten den Drachen nämlich ungemein munter werden lassen; er war schon in aller Herrgottsfrühe aufgestanden, um sich für seinen ersten öffentlichen Auftritt vorzubereiten mit einem Eifer, wie wenn die Jahre sich rückwärts abgespult hätten und er wieder das Drachenkind wäre, das mit seinen Geschwistern auf Mutters Höhlenboden ‹Heiliger und Drache› spielte, ein Spiel, bei dem der Drache immer siegte.

Nun ließ sich ein leises, mit Schnauben vermischtes Knurren vernehmen; es schwoll zu einem bellenden Gebrüll an, das über die ganze Ebene schallte. Dann verdunkelte eine Rauchwolke den Höhleneingang, und daraus trat der Drache großartig selbst hervor, schimmernd, meerblau, prachtvoll, und jedermann machte ‹ooooh›, wie wenn es sich um eine riesige Rakete gehandelt hätte. Seine Schuppen glitzerten, mit dem langen Stachelschwanz peitschte er seine Flanken, mit den Krallen wühlte er den Boden auf und schleuderte ihn hoch über den Rücken, und aus seinen zornigen Nüstern spie er unablässig Rauch und Feuer. ‹Bravo, Drache!› schrie der Knabe begeistert. ‹Hätte ihm das gar nicht zugetraut›, murmelte er vor sich hin.

Der heilige Georg senkte die Lanze, beugte den Kopf, gab dem Pferd die Sporen und kam über das Gras herangestürmt. Der Drache ging mit Gebrüll und Gejaule zum Angriff über, wirbelte herum, wand sich und schnaubte und klapperte mit den Kinnbacken in einem einzigen blauen Riesenknäuel von Stacheln und Feuer.

‹Gefehlt!› brüllte die Menge. Einen Augenblick lang sah man nur ein Gewirr von goldener Rüstung und blaugrünem Drachenleib und Stachelschwanz, dann zerrte das große Pferd am Zaum und trug den Heiligen mit hocherhobener Lanze fast bis zum Höhleneingang hinauf.

Der Drache setzte sich und schnaubte bösartig, während der heilige Georg sein Pferd mit Mühe wieder in Positur brachte.

‹Schluß der ersten Runde!› dachte der Knabe. ‹Das haben sie gut gemacht. Ich hoffe nur, der Heilige läßt sich nicht hinreißen. Auf den Drachen kann ich mich verlassen. Der Kerl ist wirklich der geborene Schauspieler.›

Endlich hatte der Heilige sein Pferd zum Stillstand bringen können und blickte, sich die Stirne wischend, in die Runde. Als er den Knaben entdeckte, nickte er lächelnd und hielt kurz drei Finger auf.

‹Scheint alles geplant zu sein›, sagte sich der Knabe. ‹Die dritte Runde ist offenbar die entscheidende. Schade, daß es nicht länger dauert. Was ist aber bloß in den Drachen gefahren?›

Dieser hatte die Pause benützt, um die Zuschauer durch eine Extraeinlage mit Toben zu ergötzen. Toben, muß man vielleicht erklären, besteht darin, daß man in einem großen Kreis herumrennt und längs der ganzen Wirbelsäule wellenartige Bewegungen von den spitzen Ohren bis zum Stachelende des langen Schwanzes aussendet. Falls man über einen blauen Schuppenleib verfügt, ist der Effekt besonders eindrücklich, und der Knabe mußte an die kürzlich geäußerte Bemerkung des Drachen denken, daß er gesellschaftlichen Erfolg anstrebe.

Der heilige Georg griff nun in die Zügel und schritt vor, wobei er die Lanzenspitze senkte und sich im Sattel zurechtsetzte.

‹Los!› brüllten alle aufgeregt. Der Drache hörte auf zu toben, richtete sich hoch auf die Hinterbeine und begann mit riesigen, plumpen Sprüngen hin und her zu torkeln und wie ein Indianer ein Kriegsgeschrei auszustoßen. Das verwirrte natürlich das Pferd, das seitlich ausbrach, der Heilige konnte sich gerade noch an der Mähne halten, und als sie am Drachen vorbeischossen, schnappte dieser hinterlistig nach dem Pferdeschweif, so daß das arme Tier in wilden Sätzen den Hügel hinunterrannte. Ein Glück, daß das große Publikum die Worte des Heiligen, der einen Steigbügel verloren hatte, nicht hören konnte.

Die zweite Runde hatte ein Wohlwollen gegenüber dem Drachen geweckt, das nicht zu überhören war. Die Zuschauer wußten einen Kämpfer, der sich so gut schlug und so sportlich gesinnt war, zu schätzen, und manche anfeuernde Rufe drangen ans Ohr unseres Freundes, als er, sich brüstend, mit hochgestelltem Schwanz hin und her stolzierte und seine neue Beliebtheit ungemein genoß.

Der heilige Georg war abgestiegen, machte sich an den Sattelgurten zu schaffen und sagte dem Pferd in einer geradezu orientalischen Bildersprache gründlich die Meinung über seine Artgenossen und sein gegenwärtiges Benehmen. Der Knabe bahnte sich einen Weg zum Heiligen und hielt ihm die Lanze.

‹Das war ein toller Kampf, Sankt Georg!› sagte er mit einem Seufzer. ‹Könntet Ihr ihn nicht ein wenig in die Länge ziehen?›

‹Lieber nicht›, entgegnete der Heilige. ‹Deinem einfältigen Freund steigt es nämlich in den Kopf, daß man ihm jetzt zujubelt, und da vergißt er am Ende unsere Vereinbarung und fängt an, Dummheiten zu machen, und wer weiß, wie weit er's noch treibt. In der nächsten Runde geb' ich's ihm.›

Er schwang sich in den Sattel und nahm dem Knaben die Lanze ab. ‹Keine Angst›, fügte er gutmütig hinzu. ‹Ich habe mir die eine Stelle genau gemerkt, und er wird sicher sein Menschenmöglichstes tun, mir behilflich zu sein. Er weiß doch, es ist für ihn die einzige Möglichkeit, zum Bankett eingeladen zu werden.›

Nun faßte der Heilige die Lanze kurz, klemmte ihr Ende unter den Arm, und statt wie vorher zu galoppieren, ritt er in elegantem Trab auf den Drachen zu, der sich bei dessen Herannahen duckte und den Schwanz hin und her schnellen ließ, bis er damit wie mit einer Fuhrmannsgeißel knallen konnte. Der Heilige vollführte eine Schwenkung, als er sich seinem Gegner näherte, und umkreiste ihn, immer auf der Hut und ohne die vereinbarte Stelle aus den Augen zu lassen. Der Drache wandte eine ähnliche Taktik an, schritt vorsichtig die gleiche Runde ab und ruckte hie und da mit dem Kopf, wie wenn er zum Angriff übergehen wolle, während die Zuschauer in atemloser Stille verharrten.

Obwohl die Runde einige Minuten dauerte, kam das Ende so schnell, daß der Knabe nichts als eine blitzartige Armbewegung des Heiligen sah, dann einen Wirbel und ein Durcheinander von Stacheln, Krallen, Schwanz und herumfliegenden Grasstücken. Der Staub legte sich, die Zuschauer brachen in Freudenjubel aus, und der Knabe konnte erkennen, daß der Drache, mit der Lanze auf den Boden gespießt, bezwungen und der Heilige abgestiegen war und mit gespreizten Beinen über ihm stand.

Alles wirkte so echt, daß der Knabe atemlos herbeilief, um zu schauen, ob der liebe, gute

Drache nicht etwa doch verletzt sei. Als er sich näherte, hob der Drache ein großes Augenlid, blinzelte vielsagend und sank wieder in sich zusammen. Er war mit dem Hals an die Erde geheftet, der Heilige hatte aber die besagte unempfindliche Stelle getroffen, und es schien ihn nicht einmal zu kitzeln.

‹Hackt Ihr ihm nun nicht den Kopf ab?› fragte einer aus der applaudierenden Menge. Er hatte auf den Drachen gesetzt und war begreiflicherweise ein bißchen verärgert.

‹Also *heute* kaum›, antwortete der heilige Georg gutgelaunt. ‹Das hat noch Zeit. Bloß nichts überstürzen! Jetzt gehen wir erst einmal alle ins Dorf zu einer kleinen Erfrischung, dann halte ich ihm eine gehörige Standpauke, und ihr werdet einen verwandelten Drachen vor euch sehen.›

Auf das magische Wort ‹Erfrischung› hin ordnete sich die ganze Menge zu einem Zug und wartete schweigend auf das Zeichen zum Aufbruch. Es war genug geschwatzt und gejubelt und gewettet worden, die Stunde zum Handeln hatte geschlagen. Der heilige Georg zog mit beiden Händen an der Lanze und befreite den Drachen, welcher aufstand, sich schüttelte und seinen Blick über seine Stacheln, Schuppen und so weiter gleiten ließ, um zu prüfen, ob alles in Ordnung sei. Dann saß der Heilige auf und führte den Zug an, der Drache folgte ihm fromm, vom Knaben begleitet, während die durstigen Zuschauer in gebührendem Abstand folgten.

Es ging hoch her, als man wieder unten im Dorf war und sich vor dem Wirtshaus aufstellte.

Nach den Erfrischungen hielt der heilige Georg eine Rede, in welcher er seinen Zuhörern kundtat, daß er sie unter vielen Schwierigkeiten und unter großem persönlichen Einsatz von ihrer gräßlichen Landplage befreit habe und daß sie nun aufhören sollten, zu murren und sich allerhand Klagen zurechtzulegen, denn dazu hätten sie überhaupt keinen Grund. Sie sollten auch den Kampf weniger lieben, denn das nächste Mal müßten sie vielleicht selbst antreten, was dann ganz und gar nicht das gleiche wäre. Es gebe da auch noch einen gewissen Dachs im Stall des Wirtshauses, der sofort freigelassen werden müsse, er werde sich gleich selber darum kümmern. Des weitern teilte er ihnen mit, der Drache sei in sich gegangen und habe eingesehen, daß alles seine zwei Seiten habe, er es nie wieder tun wolle, und wenn sie ihm entgegenkämen, werde er vielleicht sogar dableiben und sich hier niederlassen. Darum müßten sie sich versöhnen, ihre Vorurteile ablegen und sich nicht einbilden, sie wüßten alles, was es zu wissen gebe; sie wüßten nämlich noch lange nicht alles. Er warnte sie auch vor der Sünde, Dinge zu romantisieren, Geschichten zu erfinden und sich einzubilden, andere Leute würden sie glauben, nur weil sie einleuchtend und sensationell seien. Darauf setzte er sich unter zerknirschtem Beifall, der Drache gab dem Knaben einen Rippenstoß und flüsterte ihm zu, daß er selbst es nicht besser hätte machen können. Dann gingen alle, um sich für das Bankett zu rüsten.

Bankette sind immer etwas Erfreuliches, da sie

hauptsächlich aus Essen und Trinken bestehen; ganz besonders nett an einem Bankett ist aber, daß es folgt, wenn etwas vorbei ist und alle Sorgen verflogen sind und der morgige Tag in weiter Ferne zu sein scheint. Der heilige Georg war glücklich, weil es einen Kampf gegeben hatte und er niemanden hatte töten müssen, denn er tötete ungern, wenn es auch zu seinem Beruf gehörte. Der Drache war glücklich, weil es einen Kampf gegeben hatte, bei dem er nicht nur unverletzt geblieben war, sondern sich auch überall beliebt machen und sich Zugang zur Gesellschaft verschaffen konnte. Der Knabe war glücklich, weil es einen Kampf gegeben hatte und seine beiden Freunde trotz allem glänzend miteinander auskamen. Und alle andern waren glücklich, weil es einen Kampf gegeben hatte und – kurzum, sie brauchten gar keinen weitern Grund zum Glücklichsein. Der Drache gab sich Mühe, zu jedermann das Passende zu sagen, und war recht eigentlich der Mittelpunkt des Abends, während der Heilige und der Knabe bei diesem Fest, das allein zum Ruhm und Ehren des Drachen veranstaltet worden war, eher in den Hintergrund traten. Aber gutmütig wie sie waren, machte ihnen das nichts aus; der Drache war ja auch nicht im mindesten stolz oder undankbar. Ganz im Gegenteil: alle zehn Minuten oder so lehnte er sich zu dem Knaben hinüber und sagte eindringlich: ‹He, du! Du begleitest mich doch nachher nach Hause, nicht wahr?› Und der Knabe nickte jedesmal, obwohl er seiner Mutter versprochen hatte, nicht spät heimzukommen.

Schließlich nahm das Bankett ein Ende, und die Gäste verabschiedeten sich einer nach dem andern unter vielen Gute-Nacht-Wünschen und Gratulationen und Einladungen, und als der Drache die letzten hinausbegleitet hatte, trat er mit dem Knaben auf die Straße, wischte sich die Stirn, setzte sich auf den Boden und blickte auf zu den Sternen. ‹Das war ein toller Abend!› murmelte er. ‹Tolle Sterne! Überhaupt ein toller Ort! Ich glaube, ich übernachte hier. Was soll ich jetzt noch den dummen Hügel hinaufsteigen? Der Bub hat zwar versprochen, mich heimzubegleiten. Ja, ja, das kann er natürlich. Aber ich übernehme keinerlei Verantwortung. Die Verantwortung trägt der Bub allein!› Da sank ihm das Kinn auf seine breite Brust, und er war sanft eingeschlummert.

‹Ach, steh auf, Drache!› rief der Knabe kläglich. ‹Du weißt doch, daß meine Mutter auf mich wartet, und ich bin zum Umfallen müde. Ich habe versprochen, dich heimzubegleiten, aber wenn ich gewußt hätte, was das bedeutet, hätte ich es nie getan.› Und der Knabe setzte sich auf der Straße neben den schlafenden Drachen und weinte.

Hinter ihnen öffnete sich eine Tür, ein Lichtstrahl fiel auf die Straße, und der heilige Georg, der zu einem Spaziergang in der kühlen Nachtluft herausgetreten war, erblickte die beiden, den mächtigen, regungslosen Drachen und den tränenüberströmten Kleinen.

‹Was hast du bloß, Bub?› erkundigte er sich freundlich und trat neben ihn.

‹Ach, es ist wegen diesem Dickschädel von Drachen!› schluchzte der Knabe. ‹Erst muß ich ihm versprechen, ihn heimzubegleiten, dann erinnert er mich an mein Versprechen und schläft ein. Ich könnte ebensogut einen Heuschober heimbegleiten wollen! Und ich bin so müde, und Mutter...› Hier übernahm es ihn wieder.

‹Gräm dich nicht weiter!› sagte der Heilige. ‹Ich will dir helfen, und wir begleiten ihn beide nach Hause. Wach auf, Drache!› sagte er energisch und schüttelte das Tier am Ellbogen.

Der Drache blickte schläfrig auf. ‹Welch eine Nacht, Georg!› murmelte er, ‹Welch...›

‹Hör einmal, Drache!› sagte der Heilige bestimmt. ‹Hier wartet dieser kleine Bursche darauf, dich heimzubegleiten; du weißt doch, daß er schon seit zwei Stunden im Bett sein sollte, und weiß der Himmel, was seine Mutter sagen wird; und wenn du nicht so ein egoistischer Dickschädel wärest, hättest du längst dafür gesorgt, daß er ins Bett kommt...›

‹Und er soll ins Bett kommen!› rief der Drache und fuhr auf. ‹Der arme Kleine, wie kann man den nur so lange aufbleiben lassen! Schändlich ist das, und ich finde es nicht sehr rücksichtsvoll von dir, Georg; aber kommt nun unverzüglich, wir wollen nicht länger diskutieren und hin und her reden. Reich mir die Hand, Bub – Dank dir, Georg; dein Arm, wenn's aufwärts geht, wird genügen!›

So machten sie sich Arm in Arm zum Hügel auf, der Heilige, der Drache und der Knabe. Die Lichter im Dorf waren am Erlöschen, aber Sterne und ein später Mond standen am Himmel, als sie zusammen bergauf zogen. Und als sie um die letzte Ecke bogen und entschwunden waren, trug der Nachtwind Fetzen eines alten Lieds hinunter. Ich kann nicht mit Sicherheit sagen, wer von ihnen sang, aber ich glaube, es war der Drache.»

«Da wären wir», sagte der Mann unvermittelt und legte die Hand auf unser Gartentor. «Gute Nacht! Geht nun schnurstracks heim, sonst gibt's was!»

War das wirklich unser eigenes Gartentor? Ja tatsächlich, da waren die vertrauten Kratzer an der unteren Stange, die von unsern Füßen herrührten, weil wir darauf schaukelten.

«Ach, warten Sie noch einen Augenblick!» rief Charlotte. «Ich möchte noch so viel wissen. Ließ sich der Drache denn wirklich dort nieder? Und ...»

«Die Geschichte ist aus», sagte der Mann freundlich, jedoch bestimmt. «Mindestens für heute. Fort mich euch! Auf Wiedersehen!»

«Ob das alles wahr ist?» sagte Charlotte, als wir den Gartenweg hinaufeilten. «Stellenweise klang es völlig unmöglich.»

«Vielleicht ist es aber trotzdem wahr», erwiderte ich getrost.

Charlotte stürzte wie ein Kaninchen aus der Kälte und Dunkelheit ins Haus; aber ich verweilte einen Moment in der stillen, kalten Luft, um einen letzten Blick auf die schweigende weiße Welt draußen zu werfen, ehe ich sie mit dem Land des Feuerscheins, der Kissen und des Gelächters vertauschte. Es war der Tag der Chorproben, die Zeit der Weihnachtslieder nahte, und ein verspäteter Sänger sang auf der Straße munter:

«Da neigt sich Sankt Georg im Stall vor dem Kind,
Den grimmigen Drachen besiegt er geschwind.
Die Welt, die in Banden des Bösen lag,
In Frieden erwacht am Weihnachtstag.»

Der Sänger entfernte sich, das Lied verhallte. Ich aber, mit der Hand am Torriegel, fragte mich, ob das etwa das Lied sei, das der Drache gesungen hatte, als er zufrieden den Hügel hinauftrottete.

Ein Abschied

Wie fein ist es, ein richtiger Prinz zu sein. Auch ein Piratenhäuptling hat es in sich, und die Führung einer Räuberbande zu übernehmen ist etwas wahrlich Erhebendes. Aber auch Erbe zu sein ist höchst verlockend. Nicht nur ein lange verloren geglaubter Erbe – ein Erbe wie in einem Rührstück, der just im richtigen Augenblick in sein unerhofftes Königreich einzieht, im Bewußtsein unerahnter Verdienste und ihm lange schändlich hinterzogener Rechte – und sogar ein ganz gewöhnlicher Privaterbe zu sein ist ein Beruf, den zu erlernen wenige ablehnen würden. Aus Abhängigkeit und Einschränkungen und einem einzigen Glas Portwein nach dem Essen den Schritt zu machen zu Besitz und Freiheit und gebührender Wertschätzung und was da für einen aufgespart, poliert und gewichst, abgestaubt und in Lavendel eingelagert wurde – ja, dagegen schneiden selbst Prinzenwürde und Befehlsgewalt über eine Räuberbande schlecht ab, wenn man die damit verbundenen Pflichten und Mühen bedenkt. Und für den Jungen, in dem Ehrgeiz und eine gewisse sinnliche Empfänglichkeit für die Zugaben des Lebens miteinander kämpfen, wird das eine beständige Frage bleiben, ob er aus dem bunten Kram, der auf dem Ladentisch vor ihm ausgebreitet ist, eher die Laufbahn des Erben oder die des Lokomotivführers wählen soll.

Im Falle der ältesten Söhne löst sich dieses Problem von selbst. In der Kindheit jedoch richtet sich die tatsächliche Erbfolge eher nach dem angelsächsischen Prinzip unserer glücklicheren Vorväter, und der Jüngste steht in den meisten Erbfolgen an erster Stelle. Wo es sich bei der «res» um «angusta» handelt, beschränkte Verhältnisse also, wo die wöchentlichen Haushaltsrechnungen eine einzige Abfolge schwieriger Hürden bedeuten, die der Vater mit sinkender Hoffnung, ob seine Beine sie noch überwinden können, angeht, kommt die Erbfolge auf dem Kleidergebiet zum Ausdruck, und der rechtmäßige Erbe zieht in Hosen, welche vor Zeiten für Bruderbeine geschneidert wurden, durch die Lande – *frondes novas et non sua poma*[63]. Fürwahr eine bittere Angelegenheit! Von all den schönen Seidenfäden, die die Menschheit durch alle Stände und Zeiten hindurch miteinander verknüpfen, ist keiner zäher, allgemeiner, schillernder als das einfache, ehrliche Vergnügen an neuen Kleidern. Die Männer verspüren es so gut wie Frauen; das selbstgefällige Lächeln des gut ausstaffierten Prinzen unterscheidet sich nicht von dem des Bauern im Sonntagsstaat, und die Herzen der Erwachsenen schlagen aus dem gleichen Grunde höher, aus dem ihre frisch eingekleideten Enkelkinder umherhüpfen. Man traue keinem, der sagt, er mache sich nichts aus neuen Kleidern!

Laßt uns immerhin das Herz nicht brechen beim Betrachten des armen Wichts, den die knappen Mittel seines Vaters um die Wonne neuer Kleider bringen. Genau wie er seine älteren Geschwister zu Traumhelden macht, so fällt auch auf ihre Kleider ein heldischer Abglanz; die Anwartschaft darauf gilt als großes Privileg, und daß sie gewendet worden sind, erhöht ihren Wert nur – eine Besonderheit, die man nicht im Laden kaufen kann. Das Schwert des Ritters Galahad – und das manch anderer Helden – war schon geschichtsgetränkt, als es von sich reden machte, und es ist dem Jungen lieber, wenn seine Hosen legendenumwoben, berühmt und vom Abglanz des Ruhms seines Helden geadelt sind – mag sich auch der Flor im Laufe der Zeit völlig abgewetzt haben.

Ganz abgesehen von Kleidern, spielt dieser umgekehrte Erbgang auch bei andern Anwartschaften eine Rolle. Denken wir nur an Spielsachen! Es ziemt sich kaum – und das leuchtet dem Kind ohne weiteres ein –, daß ein Junge, wenn er sich dem stolzen Alter von neun oder, sagen wir, zehn Jahren nähert, immer noch unverhohlen und anerkanntermaßen Besitzer eines Reifens oder einer Arche Noah ist. Das Kind ist vernünftig genug, das einzusehen, und da sein Ehrgeiz nun nach einer Schleuder, einer Pistole oder gar nach einem Stockdegen strebt, ist es einverstanden, wenn das Besitzrecht den Jüngeren zufällt, die in ihren Kilts oder Kinderröckchen tief unter ihm stehen. Schließlich sind die Sachen immer noch vorhanden, und bei einem seelischen Rückfall an Regennachmittagen kann man sie sich immer noch (hoch offiziell) ausborgen und sich wie in früheren Zeiten auf dem Fußboden damit vergnügen, ohne sich den Vorwurf gefallen lassen zu müssen, man spiele eben doch am liebsten mit Kleinkinderspielzeug. Auch kann man dabei immer noch vorgeben, man tue es den Jüngeren zu Gefallen.

Deshalb murrte keiner von uns, wenn es der natürliche Lauf der Welt mit sich brachte, daß sich das offizielle Eigentumsrecht an den Spielsachen an Harold vererbte und von ihm dann an Charlotte überging. Die Spielsachen waren immer noch da, es hatte sie schon immer gegeben, und hinter der verschlossenen Kinderzimmertür gab es weder Könige noch Königinnen noch eine hohe Geistlichkeit in dieser kleinen Republik auf dem Fußboden. Zwar mochte sich Charlotte, die endlich Besitzerin geworden war, zeitweise etwas gönnerhaft benehmen, aber wir waren uns stillschweigend einig, daß ihr «Titel» nur für den Salongebrauch war.

Warum schickt ein bevorstehender Verlust nicht eine dünne, schwache Stimme, warum wirft das Leid nicht seinen Schatten voraus, um die glücklichen, ahnungslosen Opfer zu warnen? Warum halten es die Olympier nicht der Mühe wert, uns auf die Donnerkeile, die sie heimlich schmieden, vorzubereiten? Und warum, ja, warum waren wir so verblendet, nicht daran zu denken, daß der Tag kommen werde, da sogar Charlotte als zu matronenhaft für Spielsachen gelten müsse? Was man Erziehung nennt, wird einem mit dem Lineal und dem Stock eingebleut. Zu jeder neuen Grammatik, jedem neuen Musikinstrument, jeder neuen Geschichtsperiode oder verzwickten Rechenregel gelangt man nach einem schmerzlichen körperlichen Vorspiel. Warum unterläßt es dann allein die Zeit, diese größte Schulmeisterin, uns bei jeder Stufe ihres Lehrplans einen warnenden Klaps auf die Fingerknöchel oder den Kopf zu geben?

Onkel Thomas war an allem schuld. Es war nicht die erste Mine, die er vor unserer Nase in die Luft gehen ließ. Seine ausgefallenen Fimmel hatten ihn über den Umweg von Theosophie zur Weißen Rose und von da zu einem Kinderspital geführt, und täglich flogen uns Broschüren ins Haus, mit einem Holzschnitt von Klein-Annie (aus Poplar[64]) geziert, wie sie in ihrem weißen Kinderbettchen saß inmitten von Spielsachen, die von netten, artigen, reichen Kindern gestiftet worden waren. Die Idee fand bei den Olympiern Anklang, denn sie waren für die Gefühlswelt süßlicher Holzschnitte stets empfänglich, und eines Tages, als Charlotte zerzaust und keuchend heimkam, nachdem sie von brüllenden Rothäuten bis zur Schwelle unserer friedlichen Haustür verfolgt worden war, erhielt sie die knappe Mitteilung, daß am Montag ihre Französischstunden begännen und daß sie nicht länger mit höchst fadenscheinigen Gründen vorschützen könne, sie sei ein Trapper oder ein Indianer, und außerdem alle ihre Spielsachen eben endgültig in eine Kiste verpackt würden, um sie nach London zu schikken und dort das Leben heimatloser Kinder aufzuhellen und die Augen der Annies in Poplar zum Leuchten zu bringen.

Vielleicht war es nur natürlich, daß wir andern von dieser einschneidenden Gebietsabtretung keine offizielle Mitteilung erhielten. Man nahm an, wir würden nicht davon betroffen. Harold war längst zu einem Messer avanciert – ganz offiziell, es war ein Geburtstagsmesser. Von mir war bekannt, daß ich mich mit Leib und Seele verbotenen Schleudern verschrieben hatte – diese Schleudern wurden aus Gründen internationaler Sicherheit wöchentlich konfisziert, aber von Edward kam ständig Nachschub, da seine Schule ja die schöne alte Tradition aufrechterhielt und erstklassige Ware lieferte. Deshalb glaubte man Charlotte allein davon betroffen, und selbst sie war schon bis zu Miss Yonge gekommen, und so hätten ihr kinderreiche Pfarrherren und herzzerreißende Sterbeszenen näher liegen sollen[65].

Trotzdem waren wir alle empört, fühlten uns verraten und hätten in unserm Zorn am liebsten gemeutert. Obwohl wir auch schon lange taten, als verachteten wir diese Spielsachen, waren sie doch mit uns groß geworden, hatten unsere Leiden und Freuden geteilt, waren Zeugen unserer schlimmsten Stunden gewesen und zu einem festen Bestandteil unseres Lebens geworden. Als wir die unbewohnten, gähnend leeren Regale, die widerlich aufgeräumten Ecken betrachteten, ließen wir ihnen vielleicht zum erstenmal späte Gerechtigkeit widerfahren.

Da war zum Beispiel der alte Leotard. Man hatte ihn in den letzten Jahren sträflich vernachlässigt – und doch war er für gewisse Gemütslagen wie geschaffen. Er war Akrobat, dieser Leotard, und bewohnte eine Schachtel mit Glasfront. Seine locker verbundenen Glieder waren aus Pappe, aus Pappe war sein schlanker Rumpf, und seine Hände umspannten unentwegt die Trapezstange. Wenn man die Schachtel fünf, sechs Mal schnell drehte, geriet das geheimnisvolle Wunderwerk in Bewegung, und Leotard fing an zu schwingen und zu hüpfen, rückwärts, vorwärts, saß bald rittlings auf der Stange, flog bald frei durch die Luft, mit Drahtgelenken und geschmeidigen Sehnen, unentwegt im Erfinden neuer, verblüffender Stellungen, während über und unter und um ihn herum ein reich gekleidetes Publikum die in raffinierter Perspektive gemalten Ränge samt Logen, Balkon und Sperrsitz zierte und die aufregende Vorstellung mit einer Sturheit verfolgte, die auf deutsche Herkunft des Spielzeugs schließen ließ. Vielleicht war er nicht sehr anpassungsfähig, dieser Leotard; ohne Mitgefühl, kein Gefährte in allen Lebenslagen; man hätte ihn auch nie mit ins Bett nehmen wollen. Und doch, innerhalb seiner begrenzten Möglichkeiten, wie frisch, wie einnehmend, wie einfallsreich und erfinderisch! Der war also fort – einfach nicht mehr da. Nie sonderlich geschätzt, solange er bei uns weilte, hatte er sich doch einen ganz besondern Platz zu erobern gewußt. Sonnenaufgang und Sonnenuntergang, die Essensglocke und ein plötzlicher Regenbogen und die Schulstunden und Leotard und der Mond durch die Fenster des Kinderzimmers – sie alle waren Teile einer großen gefügten Ordnung, und wenn auch nur ein einziges Teilchen entfernt wurde, schien das ganze System durcheinander zu geraten. Es ging hier nicht darum, daß sich die Welt, sondern daß sich Leotard nicht mehr drehte.

Dort in jener Ecke, die jetzt reingefegt worden war, hatte das scheckige Pferd seinen Stall gehabt, wo es nach des Tages Mühe die ganze Nacht hindurch friedlich zu schlummern pflegte. In alten Zeiten hatten wir uns abwechslungsweise auf seinem schwanken Rücken durchs Zimmer gezogen, wir hatten unsere Fersen in seine harten Flanken gebohrt und uns die Hände an den Reißnägeln zerkratzt, mit denen die Mähne an seinem steifgebogenen Hals befestigt war. Später, als wir größer wurden, achteten wir seine Verdienste als Lasttier gering; aber wie bereitwillig, wie gutmütig hatte es sich in die neue Lage geschickt und sich ihr ohne Murren angepaßt! Wer wäre so bereit gewesen, eine Kavallerieschwadron, eine Kosakenhorde oder Artillerie, die in Stellung ging, darzustellen, wenn wir kriegerisch gestimmt waren! Es hatte sogar, als Seegefechte an der Tagesordnung waren, höchst ehrenvoll als Kanonenboot gedient, und kein falscher Pferdestolz hatte es jemals gehindert, die Rolle einer stampfenden Lokomotive zu übernehmen, wenn sie erderschütternd, stampfend und tosend Zeit und Raum hinter sich ließ. Es war gar nicht abzusehen, wie das Leben mit seinen mannigfaltigen Wechselfällen weitergehen sollte ohne einen Burschen wie das scheckige Pferd, stets bereit, in kritischen Momenten einzuspringen und genau die gewünschte Rolle zu übernehmen.

Nichts ist tröstlicher in Augenblicken seelischer Niedergeschlagenheit als der verläßliche Geruch eines bemalten Tiers, und unwillkürlich wandte ich mich zu dem Regal, das so lange der Berg Ararat unserer sturmerprobten Arche gewesen war. Das Regal stand leer, die Arche hatte ihren Ankerplatz verlassen und war nach Poplar gesegelt samt ihrem anheimelnden Geruch und dem vergnüglichen Durcheinander, das auch zur bestgeführten Arche gehört. Das Schiebedach wollte sich selten ganz schließen lassen. Immer hatten ein Paar Giraffenbeine herausgeragt, oder es war der Steife nach ein Elefantenrüssel, der sperrte und uns daran erinnerte, daß unsere zusammengewürfelte Freundesschar dort drinnen stark an Platzmangel litt und sich nur zu gern wie eine Kaskade auf den Fußboden stürzen ließ, um da zu weiden und zu galoppieren, zu flattern und zu brüllen und zu wiehern und sich wieder ihrem wahren Temperament gemäß aufzuführen. Ich glaube, keiner von uns hat je viele Gedanken an Sem, Ham und Japhet verloren. Sie waren nur dabei, weil sie in der Geschichte vorkamen, aber niemand wußte mit ihnen etwas anzufangen. Die Arche war schließlich für die Tiere gebaut worden – für Tiere mit Schwänzen und Rüsseln und Hörnern und mindestens drei Beinen, obwohl sich ein paar Pechvögel nicht einmal so viele hatten bewahren können. Und zu den Tieren gehörten natürlich auch die Vögel – die Taube zum Beispiel, grau mit schwarzen Flügeln, und der rotschopfige Specht – oder war es ein Wiedehopf? – und die Insekten, denn es gab auch einen hübschen Käfer, ungefähr gleich groß wie die Taube, der es mit jedem Säugetier hätte aufnehmen können.

In der Puppenabteilung schwang natürlich Charlotte schon lange das Zepter allein, und offiziell hatte ich gar kein Recht zu bemerken, daß das Personal heute nicht an seinen Plätzen war. Man kann jedoch jahrelang einem Klub angehören, ohne daß einem Zweck und Nutzen der übrigen Mitglieder je eingeleuchtet hätte, bis man an Weihnachten oder sonst an einem Feiertag kommt und mit dem Blick auf die verlassenen Lehnsessel und leeren Sofas und die nackten Huthaken traurig feststellt, daß diese andern doch ihre Daseinsberechtigung gehabt hatten. Wo war der alte Jerry? Wo waren Eugenie, Rosa, Sophie, Esmeralda? Zwar hatten wir uns längst auseinandergelebt, sprachen uns selten; vielleicht hatten mich neue Pläne, neue Aufgaben derart in Anspruch genommen, daß ich diese konservativen, rückständigen Mitglieder, die so offensichtlich mit sich und der Welt zufrieden waren, gar ein bißchen verachtete. Jetzt aber, wo ihre Ecken leer standen und ihre Sessel nicht besetzt waren, ja, da gingen mir die Augen auf, und ich wünschte sie zurück!

Jedoch hatte ich nichts damit zu tun. Für mich bestand keinerlei Veranlassung zur Beschwerdeführung. Obwohl meine Schleudern amtlich beschlagnahmt waren, wußte ich, in welcher Schublade sie verwahrt wurden und wo der Schlüssel dazu versteckt war, und konnte, wenn ich nur wollte, jedem im Umkreis einer Quadratmeile das Leben zur Hölle machen, solange die Schleuder innert angemessener Frist wieder in der Schublade lag. Aber ich fragte mich, wie die andern es aufnehmen würden. Der Erlaß traf sie härter. Auf alle Fälle konnten sie auf meine moralische Unterstützung, ja auf mehr zählen, wenn sie einen Protest oder einen Gegenschlag planen sollten. Und etwas schien in der Luft zu liegen, nach der verbissenen, düstern Art zu schließen, mit der sich die beiden in Richtung Himbeerstauden verzogen hatten. Gewisse Orte übten bei gewissen Stimmungen eine unerfindliche Anziehungskraft aus. Wer verliebt war, suchte den Obstgarten auf. Wer der Zucht und der Anstandsregeln überdrüssig war und sich nach der Landstraße, dem Lager der Goldwäscher und dem freien Pioniersleben sehnte, machte sich zur großen Wiese auf. Meuterisch und trotzig gestimmt, auf Komplott und Verschwörung sinnend, suchte man Zuflucht hinter den Himbeerstauden.

«Du kannst auch kommen, wenn du willst», sagte Harold mit gedämpfter Stimme, sobald er merkte, daß ich im Bett aufsaß und zu ihm hinüberschaute. «Wir haben gemeint, es sei dir gleich, weil du schon Schleudern hast. Aber wir haben uns etwas ausgedacht, und es nützt nichts, uns zu sagen, es sei verboten und wir dürften nicht und dergleichen, wir tun es nämlich trotzdem!»

Der Tag war verdächtig friedlich verlaufen. Charlotte und Harold waren mir wie allen andern mit soviel Bedacht aus dem Wege gegangen, daß man Übles ahnen mußte. Am Abend hatten wir in unsern Büchern gelesen, lustlos Schiffe und Schlachten auf Vorsatzblätter gezeichnet, weit auseinander, jeder für sich in seinem Winkel, kein Wort war gewechselt, keine Kritik laut geworden, auf allen lastete die auf der Welt um sich greifende Ordnungswut, bis die Schlafenszeit kam mit dem Entkleiden und dem Nachtgebet, das noch mechanischer abgeleiert wurde als sonst, und endlich das Bett selbst, ohne daß man auch nur eine Giraffe hätte unters Kopfkissen schmuggeln können. Harold hatte sich mit allen Anzeichen überwältigender Müdigkeit in die Leintücher gekuschelt, aber ich bemerkte, daß er sich sein Kissen hinter den Kopf stopfte und sich gegen die Messingstäbe seines Kinderbetts lehnte, und da ich seine Täuschungsmanöver kannte, war leicht zu erraten, daß er sich auf eine mühsam zu durchwachende Nacht vorbereitete.

Ich jedoch schlummerte ein, und Harold war schon auf den Beinen und fischte unter dem Bett nach seinen Schuhen, als ich mich aufsetzte und ihm finster zusah. Gerade als er sagte, ich könne mitkommen, wenn ich wolle, schlich Charlotte herein mit unerbittlich entschlossener Miene. Da ging mir auf, daß ich in dieser Szene keinen Auftritt hatte. Diese Kleinen hatten den Plan entworfen, es war samt Ausstattung und Besetzung ihr Stück. Das Zepter war mir entglitten, meine Herrschaft zu Ende. In dieser magischen Sommernachtsstunde galten Gesetze nichts, Regeln waren aufgehoben, und die wahren Herren und Gesetzgeber waren diejenigen, die am engsten mit dem Mondlicht, dem lauen Junigeist und dem Zauber verbunden waren, der herrscht, wenn die Uhr zehn schlägt.

Bescheiden, fast schüchtern, ohne zu mucksen folgte ich den Schritten dieser beiden zielstrebigen, unerschrockenen jungen Menschen, als sie geradewegs ins Schulzimmer marschierten. Hier im Mondlicht stand die scheußlich große Kiste, die Kiste, in der ein gut Teil unserer Vergangenheit und unseres Innenlebens begraben lag und erstarrt und in Papier gewickelt auf den Fuhrmann wartete, der sie in der Frühe in das fremde, kalte, ferne Kinderspital befördern sollte, wo niemand ihre kleinen Schwächen verstehen und Nachsicht üben würde. Gedankenverloren stand ich als müßiger Zuschauer daneben, während Harold den Deckel aufklappte und sich die zwei mit beiden Armen darüberstürzten und wühlten und tasteten und zerrten.

«Da ist Rosa», sagte Harold plötzlich. «Ich spür' es am Haar. Willst du Rosa heraus haben?»

«Ach, gib mir Rosa!» rief Charlotte mit stokkendem Atem. Und als sie die offenbar unerschütterliche Rosa herausgezerrt hatten, die mit ihrem Mondgesicht gelassen wie immer die Wechselfälle dieser Komödienwelt betrachtete, zog sich Charlotte mit ihr auf die Fensterbank zurück, vertiefte sich dort im Mondschein in ein vertrauliches Gespräch mit ihr und ließ Harold alleine weiterfischen.

«Hier ist etwas Eckiges», sagte Harold gleich

darauf, «das muß Leotard sein. *Den* lassen wir lieber.»

«Ach ja, Leotard können wir nicht retten», stimmte ihm Charlotte ergeben zu.

Der arme alte Leotard! Ich sagte natürlich nichts; mir kam in diesem Stück keine Rolle zu. Aber würde Leotard alles, was sich über ihm abspielte, gehört und richtig begriffen haben, dann hätte er sicher einen schwachen, unterdrückten Schrei ausgestoßen, eine zaghafte Bitte, vor fremden kleinen Annies gerettet und für Zuschauer aufbewahrt zu werden, die ihm gewogen und nicht über Gebühr kritisch wären.

«Jetzt bin ich bis zur Arche Noah durch», keuchte Harold, der immer noch blindlings am Wühlen war.

«Versuch, das Dach ein wenig zurückzuschieben», sagte Charlotte, «und zieh eine Taube oder ein Zebra oder eine Giraffe heraus, falls eins günstig liegt!»

Schnaufend und sich verrenkend mühte sich Harold weiter ab und brachte bald frohlockend einen kleinen grauen Elefanten und einen großen Käfer mit rotem Bauch zum Vorschein.

«Sie sind zu eng zusammengepfercht», klagte er. «Ich bringe keine mehr heraus. Aber ich bin sicher, daß ich beim Heraufkommen Potiphar gespürt habe.» Und wieder grub er in der Tiefe.

Potiphar war ein hübsch geformter Stier aus Wildleder, angenehm rauh und warm im Bett. Er war mein besonderer Liebling, und eine Welle heißer Rührung packte mich, als er nochmals ans Licht kam, breitnackig und währschaft wie je.

«Das muß genügen», sagte Charlotte und stand auf. «Mehr dürfen wir nicht nehmen, sonst merken sie es. Schließ die Kiste richtig zu und bring die Tiere mit!»

Harold stopfte Papier und Stroh, die er herausgerissen hatte, wieder zurück, legte den Deckel ordentlich, wie es sich gehörte, obenauf, raffte den kleinen Schatz, den er geborgen hatte, zusammen, und wir schlichen zu dem Fenster, das wir zu Gefängnisausbrüchen und nächtlichen Eskapaden gewöhnlich benützten. Ein paar Sekunden später eilten wir schon lautlos im Gänsemarsch dem dunkeln Rand des Rasens entlang.

Ach, der Aufruhr, der Tumult, der vielstimmige Chor all der stummen Dinge, die durch ihren Duft und ihre Farbe, in knospender Hülle und sprießender Fülle in dieser Junimondscheinnacht redeten! Unter dem Lorbeerbusch war es ein bißchen geisterhaft, man dachte an ein Räubernest, in dem es von der Nacht und ihren Schreckensmöglichkeiten knisterte und wisperte. Als wir aber den offenen Garten erreichten – mit welch freundlich neuem Gesicht empfing er uns, freundlich wie von jeher, wenn ihn das Sonnenlicht bestrich und absuchte, neu durch das ungewohnte nächtliche Gewand, in dem er uns wie Gäste in einer Halle begrüßte, wo Hörner zu einem neuen, wunderbaren Festmahl bliesen! War das noch das gleiche Gras, konnten das die gleichen vertrauten Blumenbeete, Wege, Baumgruppen und Rasenflecken sein? Mindestens das volle weiße Licht, das sie überflutete, war neu und verwandelte alles. Es war Mondscheinland und Nach-zehn-Uhr-Land, wir waren ein Teil davon und eins damit; alle seine Bewohner spürten das, und mit gelöster Zunge und endlich auferweckt begriffen sie es und stimmten zu. Die andern beiden, die von ihrer Mission ganz erfüllt vorwärtseilten, bemerkten von all dem sicher wenig. Ich in meiner Statistenrolle aber hatte Zeit, alles aufzunehmen, und wenn mir auch die Sprache und die Botschaft des Landes damals nicht ganz verständlich waren, erinnerte ich mich nach vielen Jahren daran und begriff sie.

Unter der äußersten Hecke, wo es nicht mehr weiterging, da wo mit der Pferdekoppel die Außenwelt begann, herrschte wieder Dunkelheit, nicht die kompakte Schwärze, die sich unter dem dichten Lorbeer breitmachte, sondern ein Halbdunkel, das von den weitverzweigten Armen der hohen Ulmen niederhing. Dort, wo das kleine Grab einen dunkleren Fleck im Grau bildete, holte ich die Geschwister gerade rechtzeitig ein, um die steif aufgebahrte Rosa zu sehen; ihre Kirschenwangen waren blaß im Mondlicht, aber ihr tapferes Lächeln war gelassen und siegreich wie immer. Es war ein winziges Grab, und tief war es auch nicht, dafür daß so viel in ihm ruhen sollte. Als Rosa drinnen war, kam Potiphar an die Reihe, der bisher aufrecht und breitnackig der Zeit und ihren mannigfachen Stürmen getrotzt hatte, und mußte seinen Kopf beugen und sich fromm zur Seite legen. Elefant und Käfer waren jetzt in einem stillen Land, wo Wirbelsäule und Blutkreislauf nicht zählen, ebenbürtig und mußten sich betten, wo es am besten ging und wo sie fast ebenso zusammengepfercht waren wie in der heimatlichen Arche.

Die Erde wurde hineingeschaufelt und festgestampft, und ich war froh, daß es ohne Gebete und größere Reden abging. Das Ganze war so natürlich und richtig und einleuchtend, und unsere Zuschauer, Sterne und Blumen, erwarteten keine weiteren Rechtfertigungen und Erklärungen. Die Verbindung war jetzt nicht ganz abgebrochen – ein Band blieb bestehen zwischen uns und ihnen. Der Rumpf der Arche Noah mochte mit ihrer Fracht traurig blickender Auswanderer hinter dem Horizont verschwinden, aber zwei ihrer Passagiere hatten das Schiff verpaßt und würden uns hinfort immer nahe sein, und wenn wir über ihnen spielten, würde ein Elefant das begreifen und ein Käfer würde es hören und im Geist wieder über den Kinderzimmerboden kriechen. Das scheckige Pferd würde künftig ferne Ebenen durchstreifen und das Heimweh fremder Ställe kennen, aber Potiphar bliebe die Mißhandlung durch fremde Städter, die ihn womöglich für eine Kuh hielten, erspart, obwohl er nie mehr, wenn Stierkämpfe auf dem Programm standen, durch die Arena stampfen würde. Jerry und Esmeralda mochten in den abgelegensten und unbekanntesten Weltgegenden nach und nach Gliedmaßen und Füllung verlieren, Rosas Leben aber war zu Ende, und ihrer harrte kein schlimmeres Schicksal als die naturgegebene Auflösung, sozusagen in Reich- und Hörweite vertrauter Gesichter, in einer Umgebung, die ihr wohlgesinnt war, seit sie zum erstenmal die Augen in einer Welt aufschlug, wo man sie nie als Fremde betrachtet hatte.

Als wir uns zum Gehen wandten, fiel mein Auge durch das Astgewirr der Ulmen kurz auf den Mann im Mond, und mir schien, er habe nie freundlicher geblickt. Er würde sich ihrer annehmen, das war klar; denn er war mehr oder weniger immer da, und er würde gar nichts dagegen haben, ihnen zu erzählen, wie es hier oben so weiterging, und ab und zu, wenn es drohte, etwas eintönig zu werden, würde er eine eigene Geschichte einflechten. Die Gewißheit, jemanden an dem Ort zurückgelassen zu haben, erleichterte den Abschied, noch dazu einen so guten Gesellen, heiter, trostreich, mit einem Schatz an Anekdoten, einen Mann, zu dem man volles Vertrauen hatte.

Nachwort

Nicht mit dem bekanntesten seiner Bücher, «The Wind in the Willows» (1908), ist Kenneth Grahame berühmt geworden, sondern mit seinem Erstling, «The Golden Age», der 1895 erschien. Kaiser Wilhelm II. soll es neben der Bibel als einziges Buch auf der Yacht «Hohenzollern» mitgeführt haben; Theodore Roosevelt bat um signierte Exemplare und versuchte, den Autor ins Weiße Haus einzuladen. Aber auch Belesenere, Zuständigere, wie Swinburne zum Beispiel, waren begeistert, und die Kritik empfahl es als Pflichtlektüre für Eltern. Die Viktorianische Epoche ist eine Glanzzeit des frühen Kinderbuchs. «Alice's Adventures in Wonderland» von 1865 ist das schönste und bekannteste. Aber anders als später «The Wind in the Willows» war «The Golden Age» nicht eigentlich für Kinder gedacht, sondern, ebenso wie «Dream Days», das 1898 folgte, ein Buch über Kinder für Erwachsene.

Dabei kam ein anderes Bild zutage, als man es sich damals von Kindern machte; das Jahrhundert des Kindes stand ja erst vor der Tür. Viktorianische Kinder hatten brav, manierlich und unschuldig zu sein. Aus Mädchen wurden Puppen oder Hausmütterchen gemacht, aus Jungen strebsame Musterknaben, und im Hintergrund thronten wohlmeinende, stolze Eltern. Die meisten von ihnen sahen Kinder als notwendiges Übel, das sie sich, wenn immer möglich, vermittels Kinderfrau und Gouvernante vom Leibe hielten. Die Not einer Kindheit in Armut war seit Dickens bekannt, die Nöte eines Kindes der oberen Schichten fanden hier, bei Grahame, zum erstenmal Ausdruck, und das erklärt den Erfolg, den das Buch bei seinem Erscheinen hatte. Hier ist ein neuer Ton angeschlagen, man betritt kein verniedlichendes Kinderland, denn alles ist darin schon enthalten: Enttäuschungen, die nicht weniger schmerzen, weil es noch nicht die großen des Lebens sind, weil es erst einen aufgeschobenen Zirkusbesuch zu verwinden gilt; Ungerechtigkeiten des Alltags, die man wehrlos hinzunehmen hat; die Verständnislosigkeit einer gleichgültigen Umwelt und die Kluft zwischen dem Ersehnten und der Wirklichkeit.

Kenneth Grahame war fast vierzig und bekleidete bereits die dritthöchste Stelle bei der Bank of England, als er gleichsam über Nacht zum berühmten Autor wurde. Gegen seinen Willen war er von der Familie in diese Laufbahn gezwängt worden, die ihm zwar nicht unangemessen war, da ihm die Arbeit offenbar leichtfiel und ihm viel freie Zeit ließ, aber er empfand die Bank doch immer als Gefängnis und nahm später aus gesundheitlichen Gründen frühzeitig seinen Rücktritt. Wie fremd er sich dort fühlen mußte, zeigt, daß einer seiner Kollegen beim Erscheinen von «The Golden Age» meinte, es handle sich um ein Buch über die Goldwährung.

Als Gegengewicht zur ungeliebten Bankarbeit hatte Grahame, sozusagen zum Zeitvertreib und weil er in literarischen Kreisen verkehrte, begonnen satirisch-humoristische Essays zu schreiben, wie sie damals beliebt waren und die er mühelos in namhaften Zeitschriften unterbringen konnte. 1891 erschien im «National Observer» anonym eine Geschichte mit dem Titel «The Olympians», die dem Herausgeber sofort auffiel; er bat deshalb um weitere ähnliche Beiträge und wollte den Verfasser sogar ganz von der Bank wegziehen. 1893 erschien ein schmaler Band «Pagan Papers», der neben verschiedenen Essays auch sechs Geschichten enthielt, die später in «The Golden Papers» erscheinen sollten. Wie das Titelbild – von Beardsley – und der Titel zeigen, bewegte sich Grahame damals in den Kreisen, die sich als Protest gegen den heuchlerischen Puritanismus und die poesielose Stubenwelt der Viktorianer gern die «Neuen Heiden» nannten. Denn das Unbehagen an der häßlichen Seelenlosigkeit des industriellen Zeitalters und an einem Leben, dem so schwer poetische Seiten abzugewinnen waren, führte zu verschiedenen Fluchtwegen: Rückkehr zum einfachen Leben, Sehnsucht nach Italien, nach dem Mittelalter, nach der keltischen Vergangenheit, nach Schönheit in der Kunst, kurz: nach Paradiesen irgendwelcher Art.

Bei Grahames unmittelbaren Zeitgenossen, das heißt bei den innerhalb des gleichen Jahrzehnts Geborenen, drückt sich dieser Wille zum Ausweichen, zur Flucht aus der Gegenwart, im Wiederaufleben einer historischen Romantik, im Gefallen an Buntheit und Abenteuern aus. Stevenson, sein schottischer Landsmann, hatte mit «Treasure Island» einen Klassiker der Jugendliteratur geschrieben. Kipling schilderte Englands Glanz in Indien und Joseph Conrad das Ringen des weißen Mannes mit den unergründlichen Mächten des Orients. J. M. Barrie, nur ein Jahr jünger als Grahame, sollte später mit seiner Märchenfigur des Peter Pan Erfolg haben. Bei Grahame ist es nun eben das verlorene Paradies der Kindheit, das er der Zeit, «dieser Zerstörerin alles Schönen», entreißen will.

Wie war denn diese Kindheit, und was hat den Junggesellen, der Kinder nicht einmal besonders mochte, auf dem Gipfel seiner Karriere dazu bewogen, diesen Schatz aus der Tiefe der Jahre zu heben? Wollte er damit etwa beweisen, daß die Zeit doch nicht alles zerstören kann, daß ihm auch im rußigen London bei seinen Bankgeschäften der Zugang zu dieser echteren Welt noch möglich sei?

Kenneth Grahame wurde 1859 in Edinburg als drittes von vier Geschwistern geboren. Helen und Willie waren älter, Roland fünf Jahre jünger als er. Der Vater war ein beliebter Rechtsanwalt; als aber die Mutter an Scharlach starb, schickte er seine vier Kinder kurzerhand zu ihrer mütterlichen Großmutter nach Berkshire in Mittelengland. Die Großmutter war eine resolute Frau, die sechs eigene Kinder großgezogen hatte und damals schon über sechzig war, eine Olympierin, die streng auf Sitte und Ordnung hielt und trotz der Unterstützung durch einen Onkel auch aus finanziellen Gründen die Kinder kurzhalten mußte. Sie besaß ein großes altes Haus in Cookham Dean, und als ein Schornstein einstürzte, wurden die Kinder von neuem in ein kleineres Haus bei Windsor verpflanzt. Nach sieben Jahren machte der Vater nochmals den Versuch, sich mit seinen Kindern in Schottland einzurichten. Voller Vorfreude reisten die vier Geschwister mit der Eisenbahn nach Norden, doch der neue Haushalt hatte keinen Bestand, der Vater war schon zu stark dem Alkohol verfallen. Er schickte die Kinder zur Großmutter zurück und verzog sich nach Frankreich, wo er sich mit Englischstunden durchschlug und, ohne mit seinen Kindern je wieder Verbindung aufgenommen zu haben, nach zwanzig Jahren einsam und verkommen starb. Auch mit den Geschwistern traf sich Grahame später nur noch selten. Willie starb sechzehnjährig, mit Roland zerstritt er sich in Geldfragen, und auch Helen, die Krankenschwester, die alle ihre Geschwister überlebte und erst 1940 starb, war ihm entfremdet.

Das also war die goldene, traumhafte Kindheit: mit fünf Jahren mutterlos, der Vater Alkoholiker, die Kinder stets wieder aus der vertrauten Umgebung herausgerissen. Was wir lesen, ist keine Autobiographie. Golden, ein Arkadien, war diese Kindheit nur insofern, als es eine ländliche war, im Einklang mit der Natur und dem Wechsel der Jahreszeiten, mit Sonne und Mond als Gesprächspartner, mit Wind und Wasser als Spielgefährten. Keltische Naturgötter stehen da noch Pate, inmitten einer bäuerlichen Umgebung, die vom Industriezeitalter erst die Eisenbahn kennt. Dabei wird die Natur bei aller Poesie nie verharmlost oder verniedlicht; sie erteilt dem Knaben frühe Lehren, wenn sie ihm beim Anblick des toten, halb verwesten Igels auch ihre erbarmungslose Seite zeigt.

Kein Wunder, daß die Kinder diese Welt leicht mit den keltischen Sagen- und Märchengestalten der Bücher, die sie gelesen haben, bevölkern können. Schon mit den Griechen haben sie größere Mühe; erst vor Odysseus kapitulieren sie, denn Schiffe, das Meer, selbst wenn sie es nie gesehen haben, gehören auch zu ihrer heimischen Bücherwelt. Und es sind Kinder, die lesen: Märchen, Sagen, Abenteuer- und Seefahrergeschichten, was ihnen in die Hände kommt, wenn auch nicht immer auszumachen ist, was zum Bildungsgut des Autors und was zu dem der Kinder gehört. Neiderregend bleibt es allemal, aus welch reichem Born sie schöpfen können. Und ob das nun ein Buch oder ein Bild sei, sie sind für alles empfänglich, und es wird ihnen zum Besitz; die Figuren steigen aus den Büchern, die Kinder in die Bilder, und die Grenzen zwischen Spiel und Wirklichkeit sind aufgehoben. Am schönsten geschieht das im Kapitel «Mit Mauern wie aus Jaspis». Bei dem Buch, das da dem Knaben in die Hände gerät und das er so übel mit Kohle verunziert, hat, nebenbei bemerkt, Grahame sicher an ein Exemplar aus der berühmten Kelmscott

Press von William Morris gedacht, der mit seinen künstlerisch hochstehenden Ausgaben den Buchdruck zu einer neuen Blüte führte.

Die Natur scheint Grahame immer mehr geliebt zu haben als die Menschen, und so genau er jene schildert, so undeutlich bleibt der häusliche Hintergrund der vier Geschwister. Es ist eine Familie, die nur aus Kindern besteht. Grahame wollte einen poetischen Schatz heben, nicht aber mit der Wirklichkeit abrechnen. Was diesen Waisenkindern angetan wurde, weshalb sie darbten, wird nicht dem Rabenvater, auch nicht der erziehenden Großmutter und noch viel weniger der Gesellschaft angelastet, sondern den Olympiern, und damit doch eben einer verschwommenen Macht, jenseits von Gut und Böse. Mit dieser Bezeichnung hatte Grahame, sicher leicht ironisch, ein Wort gefunden, das ihm, bildungsmäßig verbrämt, ermöglichte, das Leid seiner Kindheit über das Persönliche hinauszuheben, dichterisch zu bewältigen und ohne Groll und Wehleidigkeit in den Schacht der Erinnerung zu steigen. Auch die fünf Kinder werden nirgends beschrieben, und ihr Alter ist nicht angegeben (wir haben sie uns wohl so zwischen fünf und elf zu denken), und doch stehen sie uns durch das, was sie tun, unverwechselbar und deutlich vor Augen, und zwar nicht einfach als bunte Kinderschar. Ihre Auftritte sind über die Kapitel verschieden verteilt, aber jedes hat einmal seine große Stunde. Edward, der bewunderte Älteste und Anführer, mit seinem aufs Praktische gerichteten Verstand, der sich überall die besten Rollen anzueignen weiß, erlaubt es dem Autor, den Erzählstandpunkt streng zu wahren: nicht er muß am Schluß des «Goldenen Zeitalters» auf die Schule, sondern Edward hat ausgespielt, wie wenn Grahame gewußt hätte, daß er mit diesem Buch seine Kindheit noch nicht erschöpft habe, daß der Schatz noch nicht ganz gehoben, daß er noch einmal in diesem Land verweilen wolle und Stoff für ein weiteres Buch da sei. Selina, die Patriotin und Schwärmerin für Nelson, ist mit ihrer Freude an schönen Kleidern und Teevisiten schon ein wenig damenhaft. Charlotte hingegen, der die Hauptrolle im Schlußkapitel zufällt, ist noch ganz in der Märchenwelt befangen, und schließlich Harold, als Jüngster den Göttern am liebsten, dessen Phantasie und Spieltalent selbst den Autor immer von neuem verblüfft. Auch wenn sich Grahame hinter der Erzählerrolle verbirgt, ein Stück Kenneth steckt sicher in jedem der Geschwister.

Es ist eine viktorianische Kindheit, und manches ist zeitgebunden. Da ist den Kindern die Freude am Schießen noch nicht durch zwei Weltkriege vergällt worden; sie dürfen sich für Soldaten in schmucken Uniformen begeistern und blutdürstig Schlachten herbeiwünschen; was in den Geschichtsbüchern steht, ist noch nicht aus der Kinderstube verbannt. Auch die Klassenschranken gehören noch zur natürlichen Einrichtung der Welt: der kleine Kenneth weiß, daß er ein Gentleman ist und der Gärtnerjunge ein Proletarier. Das heißt aber nicht, daß die Kinder nicht ihre besten Freunde und Vertrauten unter dem Gesinde in Küche und Stall fanden, denn der Abstand zwischen Kindern und Eltern war damals, selbst wenn sie «mit den richtigen Eltern ausstaffiert» waren, mindestens in den obern Schichten groß.

Auf wahres Verständnis aber stößt das Kind nur bei den Außenseitern, exzentrischen Junggesellen, wie dem Stubengelehrten, der bei der Begegnung mit dem Bettlerpaar, die Griechen zitierend, den Knaben etwas vom Geheimnis der Liebe ahnen läßt. Der «lustige Mann» entführt die Kinder in die Scheinwelt des Zirkus und bezaubert sie später mit der Geschichte vom schöngeistigen, Byron zitierenden Drachen – die Geschichte übrigens, die «The Wind in the Willows» am nächsten kommt. Es ist der Maler, mit dem sich Kenneth in der Goldenen Stadt verabredet, weil nur das Kind und der Künstler in der Traumstadt die richtige Heimat haben.

Diese Randfiguren stammen aus einer Welt, die Grahames wahre ist. Sie haben Bücher an den Wänden statt viktorianischen Schnickschnacks; es ist eine männliche Welt, in der es nach Tabak riecht statt nach Lavendel und roh gezimmerte Holzbänke die Polster ersetzen. Dieser Lebensart begegnet der Knabe bei den Mönchen, diesen Aussteigern aus der Viktorianischen Welt, die sicher gar keine Mönche sind, viel eher eine Art Künstlerkolonie, wie sie die Präraffaeliten gründeten mit ihrer Rückkehr zum einfachen Leben und den handwerklichen Idealen des Mittelalters. Was dem Kind imponierte, bleibt die Sehnsucht des Mannes, der lieber eine andere Laufbahn, als sie ihm in der Londoner City offenstand, eingeschlagen hätte, weil er eben wie ein Künstler empfand und sich im Reich der Phantasie heimischer fühlte. Da deren Kräfte in der Kindheit noch ungebrochener waren, wendet er sich dorthin zurück, öffnet uns gleichzeitig auch die Augen für eine Welt in Schönheit, die jederzeit möglich wäre.

Dabei setzt er seine poetischen Mittel mit großer Umsicht ein, denn wenn er auch die Gefühls- und Erlebniswelt des Kindes wahrt, ist die Sprache doch alles andere als kindlich. Das zeigen allein schon die Kapitelüberschriften und klassischen Zitate aus dem Schulwissen des humanistisch Gebildeten. Was das Kind nicht versteht, wird belassen, aber in der Sprache des Wissenden gesagt. Daß wir das nicht als Bruch empfinden, beweist Grahames Kunstverstand. So ist auch jedes Kapitel durchkomponiert und kunstvoll abgerundet. Manchmal schließt es mit einer Lebensweisheit, die der Knabe zur Kenntnis nehmen muß, oder der Autor setzt sich mit dem Leser in augenzwinkerndes Einvernehmen, oder es endet in hoffnungsvoller Zuversicht, gehe es nun um das Finden einer Prinzessin, der glücklichen Insel oder der Goldenen Stadt. Ein andermal ist es Hesperus, der «rein, unsäglich fern und entrückt», aber doch ermutigend am Himmel hängt, und am Schluß werden die Kinder in der Obhut des Mannes im Mond zurückgelassen, eines Mannes, «zu dem man alles Vertrauen hatte», weil er Geschichten erzählen kann. Mit diesem einzigartigen Bild des Mondes als ältestem Geschichtenerzähler, dem der Stoff nie ausgehen wird, hat Grahame von seiner Kindheit Abschied genommen.

Solche Visionen lassen sich schwer in die Wirklichkeit hinüberretten, und Grahames Leben war denn auch von Enttäuschungen geprägt. Als man ihn im Alter von acht Jahren zusammen mit seinem ältern Bruder auf eine Schule in Oxford geschickt hatte, rechnete er fest damit, dort auch studieren zu können, aber dazu fehlte das Geld, und er wurde von seinem Onkel gezwungen, in die Bank of England einzutreten. Das war es, was er den Olympiern nie verzieh.

Frauen gegenüber war Grahame immer höchst zurückhaltend. Die schmunzelnd vermerkten Ideale des Knabenherzens waren abgetan. 1899 verheiratete er sich mit Elspeth Thomson, einem verstiegenen Blaustrumpf, nicht einmal besonders hübsch, ganz und gar nicht die glitzernde Zirkusprinzessin, aber auch der mütterlichen Bäckersfrau hätte sie nicht entsprochen. Sie umgab sich gerne mit Berühmtheiten, hatte sich schon mit zehn Jahren, in Pontresina in den Ferien, in Tennyson verliebt und schriftstellerte selbst ein wenig. Als sie, siebenunddreißigjährig, Kenneth Grahame kennenlernte, glaubte sie in ihm den Seelengefährten gefunden zu haben, mit dem sie ihre schöngeistige Traumwelt teilen konnte. Wie gekünstelt diese Verbindung war, zeigen die Brautbriefe mit peinlicher Deutlichkeit. Die beiden verkehren miteinander in einem kindlich sein sollenden Kauderwelsch mit einer Orthographie, wie sie Harolds Elaboraten angemessen sein mag, die aber Grahames Sprachgefühl Hohn sprechen mußte. Bald nach der Hochzeit schrieb sie einer andern unglücklichen Dichtersgattin, der Frau von Thomas Hardy, enttäuschte Briefe. Die Geburt eines Sohnes, ein Jahr später, milderte die Spannungen zwischen den Eheleuten, aber Alistair, von den Eltern zärtlich «Mouse» genannt, schielte und war auf einem Auge blind, kränkelte überhaupt oft. Sicher wurde er von den späten Eltern verzärtelt. Er war der erste Empfänger der Geschichten vom Maulwurf und der Ratte, die ihm sein Vater allabendlich vor dem Einschlafen erzählte und die dann 1908 als «The Wind in the Willows» erscheinen sollten. Leider wollte die Mutter ein Wunderkind aus ihm machen, und dem Vater, dem der Universitätsbesuch versagt geblieben war, genügten für den Sohn nur die besten Schulen. Aber «The Wind in the Willows» als Gutenachtgeschichte erzählt zu bekommen, genügt nicht, um das Leben zu meistern. Alistair war ständig überfordert, und als er schließlich doch die Universität beziehen konnte, warf er sich im Alter von zwanzig Jahren in Oxford unter einen Zug.

Das war der härteste Schlag, der Grahame treffen konnte. Der Rest ist traurig und bald erzählt. Schon vorher, nach Aufgabe seiner Stellung in der Bank, war er mit seiner Familie in die Landschaft, die er liebte, nach Berkshire gezogen, aber Elspeth war eine schlampige Hausfrau und verbrachte den größten Teil des Tages auf dem Diwan liegend, während Grahame lange einsame Spaziergänge unternahm. Reisen, vor allem nach

Italien, unterbrachen ihr Einsiedlerleben, in dem gut essen und trinken immer wichtiger wurden, letzteres in einem Maß, daß die Olympier kaum noch gebilligt hätten. Anfang 1932 litt Grahame unter hohem Blutdruck, Arteriosklerose und Herzverfettung, und eines Morgens fand Elspeth ihn bei noch brennendem Licht, seine Bettlektüre, Walter Scotts «The Talisman» auf dem Boden, bereits bewußtlos, einem Hirnschlag erlegen.

«Die Wahrheit ist nicht das Höchste», das ist das Stichwort, das den Geschichtenerzähler mit dem Kind verbindet, denn die kindliche Phantasie ist der schöpferischen verwandt, und was jener im Spiel möglich ist, gelingt dieser in der Kunst, nicht aber im Leben. Auch wenn Grahame nicht ausdrücklich sagt, was für ihn höher als die Wahrheit steht, dem Leser ist es klar und kann auch durch das Ende dieses Lebens nicht aufgehoben werden. Kenneth Grahame wollte nicht einfach das Kind schildern, das er gewesen ist; sein Hinuntersteigen in die Vergangenheit kommt eher dem Fischen nach einer Perle gleich, in der Muschel der Kindheit verwahrt, in einer Zeit, da die höhere Wahrheit, wie er sie versteht, nämlich die Poesie, am reinsten zu finden ist, und deshalb hat diese Kindheit für den Leser bis heute nichts von ihrem poetischen Zauber verloren.

Meret Ehrenzeller

Anmerkungen

1 «Caliban upon Setebos», Gedicht von Robert Browning (1812–1889), wo sich Caliban aus Shakespeares *Sturm* ausmalt, wie der Gott Setebos die Welt erschuf, «weder hassend noch liebend, nur weil es ihm so beliebte» («just choosing so»).

2 «The Lion and the Unicorn», bekannter Kindervers, in dem die beiden um die Krone kämpfen und der Löwe das Einhorn durch die Stadt jagt.

3 Lawrence Sterne (1713–1768) benützt in seinem Buch *A Sentimental Journey through France and Italy* jede Gelegenheit, um den Fluß der Erzählung durch eine empfindsame Abschweifung zu unterbrechen.

4 Im Bürgerkrieg (1642–1649) wurden die Anhänger von Charles I. «Kavaliere» und die Anhänger Cromwells nach ihrem kurzgeschorenen Haar «Rundköpfe» genannt.

5 *Water Babies* von Charles Kingsley (1819–1875), die humorvolle Geschichte eines kleinen Schornsteinfegers, der seinem strengen Meister davonläuft, in einen Fluß fällt und sich dort in ein Wasserkind verwandelt.

6 Jerome: die englische Namensform für Hieronymus.

7 *Alice's Adventures in Wonderland* von Lewis Carroll (1832–1898). Charlotte verfährt beim Nacherzählen mit der Geschichte höchst kursorisch.

8 Die englische Kapitelüberschrift «Young Adam Cupid» ist Shakespeares *Romeo und Julia* II,1,13 entnommen: «Young Adam Cupid, he that shot so trim...»

9 *fons et origo mali:* Quelle und Ursprung des Übels.

10 *The Pilgrim's Progress from this World to that which is to Come* des Quäkers John Bunyan (1628–1688). Im ersten Teil dieses Erbauungsbuchs zieht Christian aus der Stadt der Zerstörung in die himmlische Stadt. Auf seiner Pilgerreise begegnet er verschiedenen allegorischen Gestalten, darunter auch Apollyon, dem Ungeheuer der Apokalypse, das ihm den Weg abschneiden will. Im zweiten Teil folgen ihm Frau und Kinder, aber deren Nachbarin Mercy, eine Magd, pocht vergebens an der Himmelspforte.

11 Samson unter den Philistern: Richter 16.

12 Robert Michael Ballantyne (1825–1894) schrieb abenteuerliche Seefahrergeschichten, die bei Knaben sehr beliebt waren.

13 Vergil, *Äneis* I, 462: «Tränen auch hier...»

14 Lewis Carroll läßt in *Alice in Wonderland* das Grinsen der Cheshirekatze unvermittelt in der Luft auftauchen und wieder verschwinden.

15 Sir Richard Grenville (1541–1591), dessen Schiff «Revenge» fünfzehn Stunden lang gegen fünfzehn spanische Schiffe in den Azoren kämpfte und der dabei tödlich verwundet wurde. Alfred Tennyson (1809–1892) beschreibt den Kampf in seiner Ballade «The Revenge».

16 «the mortal bugs of the field»: Shakespeare, *Cymbeline* V, 5, 51. Da Shakespeare für «Entsetzen» das Wort «bug» gebraucht, was heute nur noch Käfer

bedeutet, läßt sich Grahames Gedankenverbindung auf deutsch nicht einleuchtend wiedergeben.

17 Mungo Park (1771–1806) diente als Schiffsarzt in der Handelsflotte. Er erkundete den Lauf des Nils und wurde berühmt durch seine *Travels in the Interior of Africa*.

18 Ende der 10. Ekloge Vergils: «Heim nun, Hesperus kommt, geht heim ihr gesättigten Ziegen».

19 Horaz, *Oden* I,32: «So ertön, o Lyra, Römergesang mir».

20 griechisch: denn

21 ein Phantasietier in Lewis Carrolls komischem Heldengedicht «The Hunting of the Snark».

22 Sophokles, *Antigone*, 781: «Eros, Unbesiegter im Streit». στοϱγή: seltener Ausdruck für Liebe im Sinne von *caritas*, kommt in einem Fragment des Empedokles vor.

23 Ogier der Däne: einer der großen Helden aus dem Umkreis Karls des Großen in den *Chansons de geste* der französischen Troubadours. In der Artuslegende wird er von der Feenschwester König Artus' zweihundert Jahre lang in Avalon zurückgehalten, bis sie ihn zum Kampf gegen die Sarazenen wieder nach Frankreich schickt.

24 «Here be I, King George the Third.» Diese Mummenschanzspiele, die auf einen alten Schwerttanz zurückgehen, waren zur Weihnachtszeit weitherum verbreitet. Der ursprüngliche Held war der heilige Georg, bei der langen Reihe von Georges auf dem englischen Thron änderte sich aber der Name.

25 Athenäum: Klub an der Pall Mall in London, wo zur Hauptsache Literaten, Künstler und Wissen-

schaftler verkehren. Im «Junior Carlton» treffen sich jüngere Leute.

26 Thomas Malory, *Der Tod Arthurs,* 2. Buch, 17. Kp.

27 Reform Club: politischer Klub, hauptsächlich der Oberschicht.

28 «O Diamond, Diamond! Du weißt nicht, welch Unheil du angerichtet hast!» soll Isaak Newton (1642–1727) zu seinem Hund gesagt haben, als der eine Kerze umwarf und dabei Papiere, die Mühe vieler Jahre, verbrannten.

29 «Once more unto the breach, dear friends, once more»: Shakespeare, *Henry V* III,1,1.

30 Ellen Clementine Howard (1827–1899):
'Tis but a little faded flow'r
But oh, how fondly dear!
'Twill bring me back one golden hour
Through many a weary year.

31 «Confidence is a plant of slow growth», sagte William Pitt d. Ä. (1708–1778) in einer Parlamentsrede.

32 Admet: Gemahl der Alkestis. Daß Grahame hier Apollo erwähnt, beruht wohl auf einer Verwechslung mit Herakles: der pocht nach dem Tod der Alkestis am Hause Admets an, um ihm zu helfen.

33 Im Märchen von «Amor und Psyche» im *Goldenen Esel* von Apulejus (2. Jh.) helfen die Tiere Psyche beim Erlesen der Körner, als sie auf der Suche nach dem verlorenen Geliebten verschiedene Proben bestehen muß.

34 Persephone, die, von Hades geraubt, in die Unterwelt versetzt wurde, von Zeus aber die Erlaubnis erhielt, alljährlich auf die Erde zurückzukehren.

35 Alfred der Große (um 848–899) verteidigte sein

Königreich Wessex erfolgreich gegen die eindringenden Dänen.

36 *Westward Ho!* von Charles Kingsley, damals bei der Jugend sehr beliebter Abenteurer- und Seefahrerroman, in Elisabethanischer Zeit spielend.

37 Hörselberg: in Thüringen, Tannhäusers Venusberg; gemeint ist wohl Walther von der Vogelweide im «Sängerkrieg auf der Wartburg».

38 in der Komödie *Die Vögel* von Aristophanes das von den Vögeln in der Luft gebaute Wolkenkuckucksheim.

39 Kekrops: der legendäre erste König von Attika und Gründer Athens. Die Stelle findet sich in Mark Aurels *Selbstbetrachtungen,* Buch IV, Abschnitt 23,3.

40 Thomas Sheraton (1751–1806), der berühmte Möbelschreiner und Entwerfer vornehmer bürgerlicher Möbel in klassizistischem Stil.

41 Ifrit: ein in der mohammedanischen Mythologie mächtiger Teufel von überaus häßlicher Gestalt. In *Tausendundeine Nacht* kommen sie oft vor.

42 *Der Graf von Monte Cristo*, Roman von Alexandre Dumas, Père (1802–1870), dessen Held in den Besitz eines vergrabenen, ungeheuern Schatzes gerät.

43 *Exit tyrannus:* der Tyrann tritt ab. Bühnenanweisung bei antiken Dramen.

44 Fired their ringing shot and passed,
Hotly charged and sank at last –
Die Herkunft dieses Zitats hat sich nicht eruieren lassen.

45 David Cox (1783–1859), geboren in der Nähe von Birmingham, entwickelte sich aus bescheidenen Verhältnissen vom Miniaturenmaler zum berühmten Aquarellisten und Landschaftsmaler.

46 Guy Fawkes, der Anstifter zur Pulververschwörung englischer Katholiken, die am 5. November 1605 das ganze Parlament mitsamt König James I. in die Luft sprengen wollten. – Als der Stuartkönig Charles II. in der Schlacht von Worcester (1651) von Cromwells Armee geschlagen wurde, versteckte er sich vor seinen Verfolgern auf einer Eiche.

47 Beim Froschmarsch trägt man einen widerspenstigen Gefangenen mit dem Gesicht nach unten an allen vieren.

48 Horaz, *Epistulae* II, 214: «Sattsam hast du gespielt».

49 Horaz, *Satiren* II, 7,86: «(männlich gefaßt), und ganz in sich selbst ruht, glatt und rund».

50 Rhadamanthys: in der griechischen Mythologie einer der drei Richter in der Unterwelt.

51 s. Anm. 12.

52 Robert Blake (1599–1657), der in vielen Seeschlachten siegreiche Flottenführer Cromwells. – M. A. De Ruyter (1607–1676) und M. H. Van Tromp (1598–1663), niederländische Admirale, die den Engländern hart zusetzten und einmal bis in die Themse eindrangen.

53 Schlacht von Trafalgar (21. Oktober 1805), Nelsons großer Sieg über die vereinigten Flotten der Franzosen und der Spanier, der die britische Vorherrschaft zur See begründete. Nelson wurde dabei tödlich verwundet.

54 «The best of life is but intoxication»: Lord Byron (1788–1824) in seinem Versepos *Don Juan*, Canto II, 179.

55 Tag des Zorns: Anfang einer Dichtung aus dem 13. Jahrhundert, bis heute Teil der Totenmesse.

56 *Varium et mutabile semper femina:* Vergil, *Äneis* IV, 569: «Rasch wandeln und wechseln Weibergedanken.»

57 *caetera desunt:* der Rest fehlt; ein Ausdruck, der bei unvollständiger Überlieferung gebraucht wird.

58 s. Anm. 10.

59 offenbar erfundener Name der damals üblichen Zeitschriften erbaulichen Inhalts, die als Sonntagslektüre geeignet betrachtet wurden.

60 Auf Schiffen ist die Wachzeit von je vier Stunden in acht Glasen eingeteilt, denn die früheren Sanduhren liefen eine halbe Stunde.

61 Angespielt wird auf die Ballade «Lucy Gray or, Solitude» von William Wordsworth (1770–1850).

62 Anspielung auf Byrons *Childe Harold's Pilgrimage,* Canto IV, 141, wo der Tod eines Gladiators in der Arena beschrieben wird: «butcher'd to make a Roman holiday».

63 Vergil, *Georgica* II, 82: «Laub und gesegnete Last, die sonst nicht seine gewesen.» Die Vergil-Stelle bezieht sich auf einen okulierten Baum.

64 Armenviertel in Londons Eastend.

65 Charlotte Mary Yonge (1823–1901), Verfasserin zahlreicher sentimentaler Jugendschriften und erbaulicher Traktate. Sie stand der Oxford-Bewegung nahe.

Inhalt

Das Goldene Zeitalter

Traumtage